김요한 전도사
자살사건

김요한 전도사
자살사건

발 행 | 2020년 07월 03일
저 자 | 최정성
디자인 | 유민정, 최정성
펴낸이 | 한건희
펴낸곳 | 주식회사 부크크
출판사등록 | 2014.07.15.(제2014-16호)
주 소 | 서울특별시 금천구 가산디지털1로 119 SK트윈타워 A동 305호
전 화 | 1670-8316
이메일 | info@bookk.co.kr

ISBN | 979-11-372-1112-4

www.bookk.co.kr
ⓒ 최정성 2020

김요한 전도사 자살사건

최정성

내 집은 만민이 기도하는 집이라 칭함을 받으리라고
하지 아니하였느냐
너희는 강도의 소굴을 만들었도다 하시매

마가복음 11장 17절

†

"4월인데도 날이 춥네."

혼자 말을 중얼거리며 승강기 안으로 걸음을 옮겼다. 사무실에 들어가 자리에 앉자 이 전도사는 기다렸다는 듯 나에게 다가왔다. 그녀는 나에게 눈인사를 건넨 후 휴가로 인해 참석하지 못했던 직원회의의 내용과 결과를 정리한 파일을 건네주었다. 나역시 미소로 화답하며 고맙다는 말을 그녀에게 전했다. 하지만 그녀는 자기 자리로 돌아가지 않고 우두커니 서 있었다.

'할 이야기가 더 있나?'라는 생각과 함께 무심히 그녀를 올려다보았다. 그녀는 머뭇거리며 파일 하나를 더 내밀었다. 그녀는 나의 시선을 피하며 반응을 기다리고 있었다.

친절과 괴리되는 그녀의 행동에 이질감을 느끼며 건네주는 공문을 받아 들었다. 그리고 그녀의 행동이 이해와 배려 그리고 공감에서 비롯됨을 깨닫게 되는 데는 그리 많은 시간이 걸리지 않았다. 그것은 기찰 파견 공문이었다. 말미에 적혀 있는 '본 사건의 기찰 목사로 최재성 목사를 파견한다.'는 문구가 나의 미간을 일그러트렸다.

"나보고 담당하래요? 회의 때 결정한 일이에요?"

그녀의 잘못이 아닌데도 나도 모르게 언성이 높아졌다. 이성적 판단보다 감정이 앞섰다. 그녀는 큰 죄라도 지은 듯 나를 쳐다보지도 못하고 고개를 숙인 채 작은 목소리로 중얼거렸다.

"죄송해요."

그러나 이건 그녀가 사과할 일이 아니었다. 이미 결정된 일을 전달하는 역할, 그 이상의 책임은 없었다. 나의 분노는 엉뚱한 곳을 향하고 있었다. 그때 사무실 구석에서 짜증과 권위가 뒤범벅된 목소리가 들려왔다.

"이 전도사! 주고 가면 되지! 자기가 왜 설명을 해? 가서 일 봐."

김철민 목사였다. 김 목사의 호통에 이 전도사는 후다닥 자신의 자리로 돌아갔다. 김 목사는 나를 쏘아본 후 귓가에 속삭이듯 말을 이어갔다.

"최 목사, 잠깐 나 좀 보지?"

그의 명령에 나는 어떤 대꾸도 하지 않았다. 그러나 그의 말을 마냥 무시할 수는 없었다. 그가 내 직속상관이기 때문이다.

자리에서 일어나자 김 목사는 먼저 걸음을 옮겼다. 사무실을 나와 복도를 지나 비상계단으로 걸어가는 김 목사를 조용히 따라나섰다. 복도 비상문을 닫고 비상계단에 마주 서자 김 목사는 짜증이 가득한 눈으로 나를 바라보았다.

"최 목, 불편한 건 알겠는데 사무실에서 뭘 또 언성을 높여? 그리고 누군가는 해야 할 일이잖아. 안 그래?"

그는 코를 긁적거리며 여전히 짜증스럽고 날카롭게 쏘아보며 이야기했다. 기분 나쁘고 자존심 상하는 상황. 그러나 어쩌겠는가? 내가 이 상황을 모면하기 위해서는 일단 그를 설득해야만 했다.

"목사님. 제 사정 잘 아시지 않습니까? 제가 이런 케이스는… 제 사정 뻔히 다 아시잖아요."

나는 애원하듯 그에게 대답했다.

"이 사람이 언제까지 묶여 살 거야? 그거 쓴 뿌리야. 기도 좀 해요. 기도! 그리고 이거 다 업무야! 업무! 내가 당신 엿 먹이려고 이런다고 봐? 아니라니깐. 총회 차원에서 조사가 필요한 일이니깐 기찰 목사 파견하는 것, 당연한 일 아니야?"

'쓴 뿌리?'

그의 입에서 뱉어지는 단어들이 나의 마음을 후벼 팠다.

'네가 나한테 어떻게 그런 말을 던져? 너 진짜 미쳤어?

네가 목사 아니 최소한 인간이라면 나한테 어떻게 이걸 시켜!'

라는 말을 그의 귓구멍에 박아 넣고 싶었다. 그러나 이성은 생각의 말꼬리를 붙잡고 입 밖으로 놓아주지 않았다. 아랫입술을 질끈 깨물고는 아무런 대꾸도 하지 않았다. 하지만 표정만큼은 숨길 수 없었던 모양이다.

"인상 펴. 어쩌겠어. 좋은 일, 싫은 일 가려가면서 하는 것도 웃기잖아. 그럴 처지도 아니고. 그렇지?"

흐릿한 조명 탓인지 나의 분노 탓인지 그의 표정이 잘 보이지 않았다. 그러나 그의 빈정거리는 목소리에서 표정을 느낄 수 있었다. 김 목사는 나의 어깨를 주먹으로 툭 쳤다. 어찌나 기분이 나쁜지 욕설이 터져 나올 것만 같았다. 그러나 나의 입술은 내가 생각하는 것보다 용기가 없었다.

'뱀 같은 놈' 그저 머릿속에서만 그에 대한 증오가 맴돌았다. 나는 크게 한숨을 내뱉었다. 그리곤 최대한 공손한 말투로 그에게 다시 이야기했다.

"김 목사님, 지금 대기 중인 기찰 목사가 저 하나는 아니잖아요? 제가 일을 안 하겠다는 것이 아니고 이런 일은…"

다시 한숨이 새어 나왔다. 그러나 말을 이어가야 했다.

"그래도 목사님께선 제 사정 다 아시잖아요…다른 분이 가셔도 되는 일이지 않습니까?"

애원하듯 말을 마치자 김 목사는 오히려 한심하다는 눈빛으로 나를 쏘아보며 말을 받았다.

"일이라니깐! 일!"

김 목사는 다시 한번 내 어깨를 툭 치며 등을 돌렸다. 부아가 치밀어 올랐다.

"야 김철민! 너 진짜 너무하는 것 아니냐?"

김 목사, 김철민. 이 녀석은 나와 신학부, 신대원 동기 놈이다.

대학 동기지만 늘 학교에서는 겉돌기만 하던 녀석이라 깊은 친분은 없었다. 그저 동기니 얼굴이나 알고 오다가다 보면 인사나 하는 사이. 다만, 그의 아버지가 대형교회 담임 목사인 부르주아 PK(Pastor-kid. 목회자 자녀)라는 것 정도만 알고 있었다. 그런 정보는 자신이 아무리 숨기려 해도 소문이 돌기 마련이다. PK도 다 같은 PK가 아니다.

대형 교회 담임목사 집안의 PK들은 옷차림부터가 달랐다. 그리고 줄이라도 한 번 대볼까 싶어서 들러붙는 인간들 때문에 늘 주변에 사람이 많았다. 그러나 김철민은 조금 달랐다. 옷차림은 몰라도 최소한 아버지 후광으로 인기몰이는 하지 않는 인간이었다.

자신이 가진 아주 작은 권력이라도 내세우고 자랑하며 인기를 얻어 이득을 취하려는 것이 인간의 본성 아닌 본성일 것이다. 그러나 그런 모습에서 혐오를 느끼는 것 또한 인간의 본성이다. 하지만 김철민은 그렇게 하지 않았다.

학교를 졸업한 후 김철민은 전형적인 대형 교회 담임 목사 아들의 삶을 살았다. 그는 아버지가 시무하는 교회에 사역자로 소속되어 신대원 졸업과 동시에 목사 안수를 받았다. 동기들 중에서 군목을 제외하곤 가장 빨리 목사 안수를 받은 놈이다. 그놈의 목사 안수 기수가 뭔지. 그가 누린 특권은 훈장이 되어주었다. 그는 PK가 누릴 수 있는 특권의 고속도로를 달려갔다. 목사 안수를 받은 후 아버지 교회에서 잠시 사역을 하다 무슨 사정인지 그 내막은 정확히 알 수 없지만 교회를 떠나 지금은 교단 총회에서만 일을 하고 있다.

김 목사는 나를 쏘아보며 언성을 높였다.

"어디서 반말이야? 미쳤어? 그리고 이 사정, 저 사정 다 봐주면서 일을 어떻게 하냐? 아니꼬우면 나가든가! 왜 굳이 여기 붙어있어? 그리고 나는 뭐 좋아서 이런 일을 너한테 주겠냐? 너도 파일 봤잖아! 이번 기찰은 예민한 사건이야.

아무나 보낼 수 있는 사건도 아니고. 그리고 자기는 박사학위까지 있잖아? 이런 일은 아무나 못 맡겨. 머리 좀 쓰는 사람이 해야지. 아무래도 비슷한 일을 겪어 본 사람이 사건을 좀 더 잘 이해하지 않겠어? 다 잘 해보자는 의미니깐 그렇게 알고 바로 출발해. 그 교회에 연락은 내가 해둘게.

아 그리고 한 번 더 말하는데 반말하지 마라. 너랑 나랑 같아? 목사 명찰 붙였다고 다 같은 목사 아니다."

한동안 나를 매섭게 쏘아보던 김 목사는 사무실로 돌아갔다.

'하아, 인생 참 피곤하네.'

나는 혼잣말을 중얼거리며 사무실로 돌아와 책상에 앉았다. 아무 말 없이 출장 준비를 했다. 출장 준비라고 해봐야 노트북, 디지털카메라, 녹음기 그리고 성경 한 권을 챙기는 것이 고작이지만.

✝

"여보, 주님의 뜻이 있을 거야. 우리 조금만 더 힘내자."

'그때 나는 이 말 외에 무슨 말을 했어야 할까?'

이번 업무의 성격 탓인지 출장을 떠나는 내내 예전 일들이 머릿속을 들쑤셨다. 잊으려 해도 잊을 수 없는 과거의 상처들. 누구나 삶의 상흔들은 있겠지만 불현듯 찾아온 상실의 고통은 우리 가족을 사망의 음침한 골짜기로 밀어 넣었다. 어쩔 수 없는 일이었다. 누구의 잘못도 아니었다. 그저 불행이 떠돌다 우리를 찾아온 것뿐이었다. 그렇게 머리로는 이해할 수 있었다. 그러나 이해한다고 해서 아프지 않을 순 없다.

내가 아내에게 겨우 입을 열어 던진 한 마디는 기독교인이라면 누구나 느낄 상투적인 위로였다. 상투적 위로 외에는 어떤 말도 던질 수 없을 만큼 나 역시 괴롭고 혼란스러웠다. 이번 기찰사역은 다시는 기억하고 싶지 않았던 그 시간으로 나의 감정을 흘려보냈다. 자책, 후회, 원망 그리고 정확하게 표현할 길 없는 먹먹한 감정들로 인해 불안감이 밀려들었다. 명치가 꽉 막힌 느낌, 심장은 불규칙적으로 뛰었다.

나는 차에 앉아 한동안 시동조차 켜지 못했다. 자동차 핸들에 머리를 기대려 고개를 숙였지만 오히려 속은 울렁거렸고 메스꺼움이 올라왔다. 자동차 시트를 조금 뒤로 젖히고 눈을 감았다.

다시 올라온 기억의 고통이 감정의 파도가 되어 휘몰아쳤다. 혼신의 힘을 다해 아무것도 생각하지 않으려 발버둥 쳤다. 들숨날숨에만 집중했다. 아들과 아내의 사건이 연이어 터진 이후 잠시 동안 받았던 심리 상담에서 상담사는 윔호프 호흡법이란 것을 알려주었다. 불안감이 휘몰아와 아무것도 할 수 없을 때는 편안한 자세로 깊이 숨을 마시며 호흡 자체에 정신을 집중해보라는 그 상담가의 조언은 어느덧 나의 계명이 되었다.

얼마나 시간이 흘렀을까? 한참의 시간이 흐른 후 울렁거림은 사라졌다. 감정이 가라앉자 내가 해야 할 일을 하려 했다. 시동을 켜고 운전대에 손을 올렸다. 그러나 운전대를 잡은 팔과 손가락에 쉽사리 힘이 들어가지 않았다. 감정은 진정되었는지 몰라도 몸은 그렇지 않은 모양이었다. 다시 기지개를 한 번 켠 후 운전대를 잡았다.

"후…힘내자. 김 목사 말이 틀린 것도 아니잖아. 일이다. 이건 일이다. 힘내자."

주문을 외우듯 혼자 중얼거리며 천천히 내비게이션에 찍을 주소를 서류뭉치들 사이에서 찾았다. 한 글자, 한 글자를 천천히 눌렀다. 내비게이션은 친절하게도 안내를 시작한다고 알려주었다. 내비게이션에 찍혀 있는 도착 예상 시간을 확인했다. 소요 시간 1시간 06분. 몸과 마음을 다잡기에 너무 길지도 짧지도 않은 적당한 시간이었다.

기찰 목사는 대체로 환영받지 못한다. 기찰 목사가 파견되는 사건들은 생각보다 다양하다. 교회 내부의 분쟁이 발생할 때, 교회 내에 비리나 범죄 행위에 대한 고발이 교단에 접수될 때 그리고 이 사건처럼 사건이 이슈성이 있거나 논란이 야기될 가능성이 있을 때 기찰 목사가 파견된다. 그러나 논쟁적인 사건이나 이슈성이 강한 사건이 발생했을 땐 간혹 교회에서 기찰을 요청하기도 한다. 기찰을 통해 여러 의혹이나 음모론을 잠재우고 진실을 명확하게 세우기 위해서다.

이번 기찰의 경우는 일반적인 기찰 파견과는 달리 특수한 경우였다. 교회에서는 사건에 대해 이미 결론을 다 내린 후 총회로 보고서를 올렸다. 이 경우에는 개별 교회를 존중한다는 의미에서 총회는 움직이지 않는다. 그러나 이번엔 총회가 자체적으로 판단해서 기찰 행위를 수행하고자 한 것이다. 이런 경우 기찰 목사는 더욱 환영받지 못한다. 환영은커녕 경계의 대상이 된다. 때로는 적대적 대상으로 간주되기도 한다. 이런 현실을 누구보다 잘 알기에 마음이 영 심란했다. 복잡한 심정을 조금이라도 달래볼 겸 보조석에 굴러다니는 찬양 CD를 하나 집어 카오디오에 집어넣었다.

"주님 내가 여기 있사오니 나를…"

흐르는 찬양이 귓전을 때리자 한숨이 나왔다. '내가 여기 있으니 나를 보내 달라 이게 참 어려운 일이었네.' 평소 편하게 듣던 찬송 한 구절이 새삼 무겁게 다가왔다. 찬양이란 곡조가 있는 기도이다. 우리는 기도 가운데 얼마나 많이 교만하게 하나님께 자기 자신을 드러내고 장담하며 충성과 믿음을 표현하는 걸까? 자신을 하나님께 드린다고 얼마나 쉽게 입으로 뱉어내는 걸까? 그고백의 준엄함을 망각한 채. 최소한의 양심이 있다면 인간은 하나님께 어떤 약속도 불가능하지 않을까? 그렇게 찬양이 나에게 던져주는 준엄한 고백과 내 양심의 고뇌 속에서 서서히 그곳에 가까워져 갔다.

"목적지 부근에 도착하였습니다. 안내를 종료합니다."

내비게이션이 안내한 곳은 그곳의 주차장 입구였다. 주차장은 건물의 입구 옆에 반지하 형태로 구조되어 있었다. 그리고 이곳은 평일에도 주차장을 개방하지 않는지 주차장의 통행 차단기는 내려가 있었다. 차에서 내려 호출 버튼을 찾았지만 보이지 않았다. 주차장 입구에 설치되어 있는 CCTV를 향해 손을 흔들었지만 아무런 기척도 반응도 없었다. 결국 다시 차에 올라 가볍게 클랙슨을 울리자 주차장 한편의 작은 사무실에서 사람이 나왔다. 그의 충혈된 눈과 어벙한 표정으로 보아 아무래도 한참 낮잠을 즐기고 있었던 모양이었다.

"무슨 일로 오셨어요?"

그는 지극히 사무적이며 약간은 짜증이 난 표정으로 나를 쳐다보며 말했다. 아마도 자신의 꿀잠을 깨워 기분이 언짢은 모양이었다.

"안녕하세요? 그…김 전도사님 일로 기찰 나온 교단 기찰 목사입니다. 교회로는 연락이 갔을 겁니다만."

그는 황급히 표정을 바꾸더니 아주 예의 바른 사람처럼 대답하며 사무실로 뛰어갔다. 그리곤 곧 차단기가 올라갔다. 차를 몰아 들어서자 그는 사무실에서 나와 주차 자리를 안내해 주었다. 그는 자신이 할 수 있는 가장 친절한 표정을 억지스럽게 지어내었다. 그는 팔을 크게 휘두르며 주차 자리를 안내 했다. 나는 주차를 마친 후 차에서 내려 가볍게 목례를 한 후 건물 입구로 발길을 돌렸다

그곳은 모던한 디자인의 건물이었다. 흔히들 말하는 현대식 건물. 박스형으로 지어진 제법 큰 건물이었다. 벽면을 통유리로 마감해 세련되고 깔끔하고 도시적인 건물. 하지만 그곳에서 신성함은 찾아볼 수 없었다.

"교회가 아니라 구청이라고 표지판만 바꿔도 모르겠네."

혼잣말을 구시렁거리며 가방에서 서류 뭉치를 꺼내들었다. 본경기에 들어가기 전에 한 번 더 사건을 정리할 필요가 있었다. 보고서에는 감정이 없다. 감정 없는 글을 읽으면 이상하게도 감정이 정리되었다. 기찰이란 사역이 기본적으로는 대상을 불편하

게 만드는 경향이 있기에 대상에 대한 미안한 감정이 들기도 한다. 그러나 서류를 읽으면 그런 감정은 순간 사라지고 일에 대한 집중력이 상승했다.

'일이다! 일! 호랑이 굴에 들어왔으니 호랑이 똥 냄새라도 맡고 가야지. 밥값은 하고 살자.'

왼쪽 어깨에 가방을 메고 왼손에는 서류 봉투를 들고 반대 손으로는 한 장씩 서류를 빠르게 넘기며 읽어 내려갔다.

'김요한 전도사는 2019년 04월 19일에 자차에서 전임 전도사 전환의 실패와 경제적 고난을 비관하여 본교회의 주차장에서 자살했다.'

사건의 개요를 읽자 한숨이 나왔다.

'사역자가 자살이라! 그 가족들은…'

서류 뭉치를 허벅지에 올려 정리하고선 다시 가방에 처박았다. 그리고 그곳의 문을 천천히 열고 들어갔다.

입구를 열고 들어서자 싸늘한 적막감이 밀려왔다. 적막감과 고요함의 차이는 어디에서 오는 것일까? 두 감정은 동일한 환경 조건에서 전혀 다른 감정으로 다가온다.

적막감은 물질적 무의 상태, 완전한 빈 공간을 의미하는 것이 아니다. 뒷골목의 적막함은 아무것도 없기에 발생되기보단 -실제로 뒷골목엔 많은 것들이 있다- 아무런 생명력과 운동성도 느낄 수 없음에서 발생된다. 그럴 때 우리는 텅 비어 있는 것처럼 공간을 인식한다. 그러나 고요함 역시 아무것도 없는 그 상황에서 평안함이라는 감정을 준다.

텅 빔이 주는 평안함! 그것은 함께 있음에서 비롯된다. 보이지 않는 존재가 나와 함께 존재하고 나의 벗이 되어 줄 때 우린 평안함을 느낀다. 이런 감정을 텅 빈 예배당에서 느낀다면 그것은 하나님의 임재를 느낀 것이 아닐까? 고요함은 평온과 따스함을 준다. 그것은 인간의 이성으로는 이해될 수 없는 신비이다.

하지만 슬프게도 나는 이곳에서 적막감만을 느꼈다. 교회에서 느껴지는 적막감이란 상당히 불쾌한 감정이다. 나는 불쾌감을 떨치기 위해 다급히 안내판을 찾았다. 안내판은 교역자실이 2층에 있음을 알려주었다.

교회의 구조를 조금 더 살펴보기 위해 승강기가 아닌 계단을 이용했다. 한 계단, 한 계단을 밟으며 '계단을 이용하길 잘 했네.'라는 생각이 들었다. 계단마다 이 교회가 추구하는 구호들이 붙어 있었다.

'부흥! 그것은 우리의 소망!' '예수님이 가장 기뻐하시는 그 일! 복음을 전하자.' '일만 성도 달성하여 주님을 기쁘시게 하자.' 'VIP! 주님의 유일한 관심.' '주님을 기쁘시게 하는 것이 복 받는 지름길.' '한 영혼이 천하보다 귀하다.'

계단마다 붙어있는 문구들, 어린 시절 교회에서 보았던 문구들이 눈에 들어왔다. 요즘은 주보나 강단 커튼 등에는 이런 구호를 전시해도 계단과 계단마다 붙이는 곳은 그리 많지…아니, 최근에 본 적이 없다.

'뭐야, 이게? 지금이 80년대도 아니고 아직 이런 것을 덕지덕지 붙여 놓는 교회가 있네. 담임 목사님께서 연세가 꽤 있으신가 보군. 건물의 외관은 21세기인데 속은 19세기네.'

이런 생각이 들자 순간 어린 시절 아버지가 근무하시던 대학교를 따라갔던 기억이 떠올랐다. 반미, 반정부적 슬로건들이 붙어 있던 대학교의 모습, 그 속에서 느꼈던 이질감과 저항의식. 어린 시절 처음으로 대학을 본 후 꽤나 충격을 받았었다. 세련되고 우아하며 지성의 장이라 생각했던 곳이 전사들의 집단처럼 보였으니 나름 큰 충격이었다. 지금도 나의 뇌리에는 그때 보았던 대학교의 모습이 선명하게 남아있다. 그리고 그 느낌과 유사한 감정을 이 모던한 건물에서 느끼게 될 줄 누가 알았겠는가? 이 교회의 모토는 투쟁인가 보다.

2층에 들어서자 눈앞에 교역자실이 정면으로 나타났다. 교역자실 입구로 걸어가 문을 힘껏 열었다. "암행어사 출두요"를 외치는 심정으로. 그러나 무안하게도 '철컥' 소리와 함께 문은 열리지 않았다. 교역자실이 훤히 들여다보이는 통유리 창을 두드리자 잠금장치가 열렸다. 교역자실에 잠금장치가 되어 출입이 통제되어 있는 것도 낯설지만 더욱 어이가 없는 일은 교역자실에 들어선 다음에 일어났다.

내가 교역자실에 들어섰지만 아무도 어떠한 반응을 하지 않는 것이다. 마치 아무도 없는 것처럼. 분명히 이 공간에는 사람이 있음에도 '적막감'만이 밀려왔다.

문을 열어줬으면 얼굴이라도 확인하는 것이 최소한 사람에 대한 예의가 아닌가? 내가 어디에서 온 누구인지 알지도 못할 텐데 이런 무례한 행동을 한다는 건 평소 이들이 어떤 자세로 타인을 대하는지 충분히 추측게 했다.

"저기 아무도 안 계세요?"

그래도 남의 사무실에 찾아왔으니 예의를 지킨답시고 나지막하게 불러보았다. 그러나 돌아온 것은 무안함뿐이었다.

"아무도 안 계시냐고요?"

분명 이런 광경을 본 듯했다. 그것은 관공서였다. 조용한 관공서에 들어서면 누가 들어와도 아무도 신경 쓰지 않는다. 그저 자기 일만 할 뿐이다. 이 교역자실의 인간들은 스스로 관료가 된 모양이다.

"누구… ?"

감정 없는 표정의 한 남자가 파티션 너머로 빼꼼 고개를 내밀었다.

"이번에 김 전도사님 일로 총회에서 파견된 기찰 목삽니다."

내 말이 떨어지기가 무섭게 파티션 안에 숨어 있던 머리들이 두더지 게임 마냥 올라왔다. 그중 제일 구석자리에 앉아 있던 한 양반이 급하게 나에게 다가왔다. 태세 전환도 이런 태세 전환이 있을까?

구석자리에서 성큼성큼 다가오던 그는 큰 키와 날씬한 실루엣을 가졌고 살짝 나온 덧니 때문인지 귀여운 외모였다. 그러나 그의 외모와 풍기는 분위기는 조화롭지 않았다. 그의 반달눈 안에 녹아 있는 눈빛은 무언가가 과잉되어 있었다. 선거철에 선동을 위해 거리에 나와 소리 지르는 연설가들처럼 자신의 목적을 이루기 위해 모든 것을 걸고 싸우는 전사의 광기가 반달눈 안에 녹아 있었다. 이 교회의 모토는 투쟁이 맞는가 보다. 아놔! 이 전사의 후예들!

"안녕하십니까? 먼 길 오시느라 수고하셨습니다. 저는 총무 목사 마여호수아입니다."

중저음의 부드러운 그의 목소리는 매력적이었다. 그러나 그의 눈빛과 표정은 못마땅함이 가득했다. 목소리만 들었다면 그가 나를 반기고 있다는 착각에 빠졌을 것이다. 자신을 총무 목사라 밝힌 그는 나에게 악수를 청했다. 나는 그의 손을 짧게 잡은 후 말했다.

"먼 길 아닙니다. 금방 왔어요. 총무 목사님이시라고요? 담임 목사님 먼저 뵙고 또 이야기 나누죠. 담임 목사님께 안내를 부탁드려도 될까요?"

나는 그와 길게 대화하고 싶지 않았다.

"네. 따라오시죠."

그도 나의 기분을 아는지 군더더기 없이 행동했다. 총무 목사를 따라 교회 3층으로 올라갔다. 3층의 복도 끝에서 기역 자로 꺾인 복도가 나타났다.

"이쪽입니다."

조명도 켜져 있지 않은 복도, 무거운 적막감이 사로잡는 이 복도의 끝에 도달하자 문이 하나 보였다. 총무 목사가 말을 이어간다.

"이쪽으로 들어오시면 됩니다."

담임 목사 목양실은 마치 비밀의 방같이 구석 한편에 자리하고 있었다. 공간은 상황을 보여준다. 격리되어 있는 듯 보이는 목양실은 어렴풋이 담임 목사의 상황이나 성격을 짐작하게 했다.

'구석지고 불 꺼진 복도의 끝에 비밀의 방과 같은 목양실이라니 마치 유폐된…'

총무 목사는 내 사유의 진행을 방해하듯 문고리를 잡은 채 나를 쳐다보았다. 그의 눈빛에서 경계심과 적개심을 느낄 수 있었다. 그 감정이 나를 향한 것인지 아니면 담임목사에 대한 감정인지 고민되던 순간 다시 한번 그와 눈이 마주쳤다.

그와 눈이 마주친 순간 요청해야 했던 서류들이 생각났다. 교역자실에서 느낀 불쾌감 때문에 잊고 있었던 것들이었다.

"아 참, 제가 받은 서류에 김 전도사님 교적 관련 서류가 없더군요. 담임 목사님과 면담 후 바로 볼 수 있게 김 전도사님 교적 관련 서류들의 출력을 부탁드립니다."

"네."

총무 목사는 낮은 목소리로 대답했다. 그리곤 획 돌아서며 문을 두드렸다.

"들어가겠습니다."

총무 목사는 자신의 방문에 대해 허락을 요구하지 않았다. 그저 통보하며 문을 벌컥 열었다.

"무슨 일입니까?"

담임 목사로 보이는 사람은 얼떨떨 표정과 잠긴 목소리로 총무 목사에게 물었고

"목사님 오늘 김 전도사 일로 총회에서 기찰 목사님이 오셨습니다."

라고 총무 목사는 대답했다. 그러나 이상하게도 총무 목사의 얼굴에는 경멸의 감정이 묻어있었다.

"난 그런 말 못 들었는데"

여전히 잠긴 목소리로 담임 목사는 말을 이어갔다.

"교역자 사무실로 연락이 왔었습니다. 미처 말씀을 못 드렸습니다."

총무 목사는 퉁명스럽고 사무적으로 답변했다.

담임 목사는 눈을 가늘게 떠서 그를 잠시 노려보더니 이내 공중에 손을 휘휘 저으며

"알겠어요. 마 목사님은 나가서 일봐요."

라고 응답했고

"네."

라는 짧은 대답을 남기고 총무 목사는 자리를 떠났다.

총무 목사가 나갔지만 담임 목사는 별다른 말이나 행동을 하지 않고 잠시 멍하니 앉아 있었다. 이내 안경을 찾아 쓰고는 자신의 집무 책상에서 일어나 목양실에 놓여있는 소파로 천천히 걸어갔다. 그리곤 나에게 손짓으로 자신의 앞자리에 앉을 것을 권했다. 목양실은 꽤나 컸다. 한 쪽 벽면을 차지한 책장에는 신학 책들과 주석들로 가득했다. 불을 켜지 않아 조금 어두웠지만 햇볕이 잘 들어 그럭저럭 시야는 확보되었다.

목양실에 들어서면서 느낀 첫 감정은 '잠자기 딱 좋은 온도네'

였다. 다만, 가습기를 강하게 틀어놨는지 습도가 아주 높았다. 마치 식물원의 온실에 들어온 것 같은 느낌이었다. 담임 목사의 손짓에 따라 소파에 앉자 그의 얼굴이 보다 선명하게 눈에 들어왔다.

그는 60대 후반에서 70대 초반 정도로 보였다. 원로 목사라고 해도 어색하지 않을 얼굴. 갸름한 얼굴에는 날카로움이 묻어 있었다. 그러나 그의 눈빛에서는 총기를 찾기가 어려웠다. 이 부조화는 세월의 힘이란 생각이 들었다. 내가 자리에 앉자 그는 자신에게 기본적인 보고조차 되지 않은 나의 방문이 민망했는지 변명으로 대화를 시작했다.

"요즘 우리 교회가 어수선해요. 그래선지 나에게 보고도 안 들어 왔네. 그래. 김 전도사 일로 기찰을 나오셨다고?"

담임 목사는 가라앉은 목소리를 애써 가다듬어 말하려 노력했다. 소파 위의 핀 조명 탓일까? 그의 왼뺨의 눌린 자국이 더욱 선명하게 보였다. 눌린 자국을 보니 엎드려 낮잠을 자고 있던 모양이다. 충혈된 눈, 떡 진 머리, 무엇인가에 눌린 왼뺨의 자국이 역겹게 나의 눈에 들어왔다. 그 모습에서는 얼마 전 부교역자를 잃은 상실감은 전혀 찾아볼 수 없었다. 아니 최소한의 성직자로서의 기품조차도 찾아볼 수 없었다.

나는 그의 질문에 대답 대신 명함 한 장을 꺼내 담임 목사에게 전달했다. 그는 명함을 보지도 않고 소파 앞 탁상 위에 올려놓고선 나를 가만히 응시했다. 나름의 기싸움이 시작된 것이다. 그러나 아무리 기찰 목사라도 선배 목회자에 대한 존중의 자세를 가져야 한다.

사실 이것은 내 나름의 처세술이다. 대다수의 연세가 높은 목회자들은 자신을 존중하고 존경해 주길 원한다. 그리고 그들의 그러한 인정 욕구를 충족해 줄 때 수월하게 그들의 협조를 얻어 내기도 한다. 나는 짐짓 청탁이라도 하러 온 사람처럼 최대한 겸손하게 자기소개를 하며 마치 그가 엄청난 슬픔에 빠져 있는 사람인 마냥 부교역자를 잃은 슬픔에 대한 애도와 위로의 말을 전했다. 그러자 잠이 덜 깬 목소리로 그가 화답했다.

"나는 담임을 맡고 있는 마충만 목사요. 그래. 김 전도사 일로 기찰을 나오셨다고?"

그는 허리를 뒤로 젖히며 거만한 웃음과 함께 조금 전 자신이 한 질문을 잊었는지 재차 물었다.

"네. 사안이 사안인지라 총회에서 기찰을 보냈습니다."

교회에서 기찰을 요청하지도 않았을 뿐만 아니라 이미 종결 처리 후 보고서를 올린 사건에 대해 기찰을 나온다는 것은 교회의 입장에서는 불편하기 짝이 없는 일이다. 간략하게 왜 기찰 파견이 발생되었는지를 설명하고 협조를 요청해야 하는 것이 이번 기찰의 첫 단추였다.

나는 사건의 중대성과 특이성을 내세워 기찰의 당위성을 설명하려 했다. 그가 협조하게 만들거나 아니면 최소한 방해는 하지 않도록 만들어야만 했다. 담임 목사가 작정하고 방해하기 시작하면 일보의 진전도 어려운 것이 기찰의 현실이다.

기찰 목사는 교회 안의 수사기관과 같은 역할을 하지만 그렇다고 강제적 수사권을 가지는 것도 아니기에 교회의 협조는 필수적이다.

나의 대답에 담임 목사는 감정을 알기 어려운 표정으로 말을 이어갔다. 그의 얼굴은 불편한 기색을 감추기 위한 교묘한 장치들로 가득했다. 올라가 있는 입꼬리는 그가 여전히 미소 짓고 있는 것으로 착각하게 만들었다. 그의 얼굴은 노련한 정치인의 그것이었다.

"기찰까지 나올 것 있나요? 안타까운 일이지만 세상에서 보면 뻔하고 흔한 일이잖아요. 우리 교회의 입장에서야 총회에서 사람이 나와서 설치고 다니는 것, 그게 그다지 반갑지는 않아요. 그리고 교회적으로도 겨우 진정되고 있는데 시끄러워지는 건 더더욱 달갑지 않지. 내 말 이해하죠?"

그는 자신의 입장에 대해 동조할 것을 권했고

"네. 이해합니다. 걱정하시는 부분에 대해 잘 알고 있습니다. 조속히 마무리하고 돌아가겠습니다."

나는 동조하는 듯 답해주었다.

그는 활짝 웃으며 말을 이어갔다.

"그래요. 좋네요. 이렇게 말이 통하는 사람이 기찰을 나오면 참 좋지. 그렇게 해주시면 나나 교회적으로나 참 고맙죠. 총회장이 또 내 후배예요. 내가 잘 말해 놓을게요."

그의 미소는 징그러웠다. '한 영혼이 천하보다 귀하다'는 문구를 온 교회의 계단에 도배해 놓은 양반의 입에서 나오는 말이 이처럼 추잡하고 자기 배반적일 수 있는지 놀라웠고 놀라움은 곧 혐오감이 되었다. 특히 총회장이 자기 후배라는 말이 나의 귀에 들어왔을 땐 미간이 일그러졌다. 일그러짐이 커질수록 티를 내지 않으려 더욱 용을 썼다.

나는 일단 그를 착각하게 만들어야만 했다. 이 기찰 목사는 자신이 통제할 수 있는 사람이며 전혀 위협적이지 않은 사람이자 그의 말처럼 총회장 연줄 타고 승진하고 싶어 하는 속물로 보이게 해야 했다.

"네. 그렇게 신경 써주시면 저야 너무 감사하죠. 그러면 목사님 말씀처럼 신속하게 일처리 하겠습니다. 이만 일어나 보겠습니다."

나는 그의 충복이라도 된 듯 그의 지시에 따라 한시라도 빨리 일을 처리하려는 자처럼 자리에서 일어나려 했다. 하지만 내심 그가 잡아주길 바랐다. 만약 그가 이대로 나를 보낸다면 그는 나에게 호감을 느끼지 못했다는 뜻이 될 것이다. 이것은 나름 그동안 기찰 활동을 통해 얻은 정치력이자 처세술이었다.

"아니, 뭐가 그리 급해요? 내가 일어나자고도 안 했는데! 다시 앉아 봐요."

나는 속으로는 쾌재를 부르며 겉으로는 굴종을 최고의 미덕이라 여기는 인간처럼 급하게 자리에 앉았다. 그는 내가 자리에 앉자 흡족한 미소를 지으며 말을 이어갔다.

"금방 가시겠지만 그래도 몇 날은 있으실 거 같은데 숙식은 어떻게 해결해요?"

그는 이미 내가 자신의 사람이라도 된 듯 기찰보다 나의 숙식을 걱정하고 있었다.

"상주하면서 일처리 하려 합니다. 아무래도 제가 근처에 있거나 교회에서 숙식하는 것보다 상주하는 편이 목사님과 교회에 더 편하실 것 같습니다."

나의 말이 끝나기 무섭게 그는 밝게 웃으며 말을 이어갔다.

"그래요? 그러지 말고 교회에서 주무시면 아무래도 불편하실 테고. 교회 근처에 호텔이 있어요. 거기서 주무시고."

그는 말을 끊고 나를 지그시 바라보았다. 나는 엄청난 은혜를 입은 사람처럼 감사의 미소와 감동한 표정을 지으려 노력했다. 그는 잠시 생각하다 말을 이어갔다.

"어허 이 사람이. 혹시 비용 걱정하는 거예요? 요즘도 총회에서 출장비용 같은 걸로 닦달하나?"

그는 인심 좋은 사람 마냥 미소를 지으며 말을 이어갔다.

"비용은 걱정 마시고. 그건 우리 쪽에서 처리할게요."

"호의는 감사하지만 괜찮습니다. 선배님께 부담을 드리고 싶지 않습니다."

단순히 내가 마음에 들어서 그가 이런 호의를 베푸는 것은 당연히 아닐 것이다. 어떻게든 조금이라도 신세를 지게 해서 결과를 자신이 원하는 방향으로 이끌어내려는 심산일 것이다. 이 정도 계산이 안 되면 이 정도 규모의 교회를 목회하기는 불가능에 가깝다. 목회라는 행위엔 교회라는 집단의 내부 정치활동도 포함된다. 교회에서 발생되는 구성원 간의 이익 충돌은 인간의 공동체이기에 당연한 일이다. 결국 목회도 사람 부리는 재주가 필요하다.

이 양반도 분명 사람 다루는 데는 이골이 났을 것이다. 내가 처음 기찰의 일을 맡았을 땐 이런 호의를 받는 것이 정말 호의인 줄 알았다. 그러나 세속에서 순수한 호의를 찾기 어렵듯 목회자들 사이에서도 동일하다는 것을 깨닫게 되기까지는 그리 많은 시간이 걸리진 않았다.

그런 경험을 통해 나만의 노하우들이 만들어졌다. 호의를 이끌어내고 그 호의를 통해 내가 자신의 방향대로 움직이고 있다고 생각하게 만들어야 했다. 기찰 대상들의 경계심을 푸는 것이 기찰을 쉽게 하는 중요한 요소이자 노하우였다. 그렇다고 주는 떡을 덥석 받아먹어서도 안 된다. 자칫 예의 없는 속물로 비쳐 역으로 경계심을 자극할 수도 있다.

"선배 된 사람이 말하면 '네' 하고 순종하는 것도 목회자의 덕목이에요. 우리 최 목사가 사람이 참 좋네. 좋아. 경우가 있어. 그래도 선배가 말한 대로 하세요."

그는 나에게 선배라고 자신의 위치를 설정했다. 그의 어휘들을 보니 나에 대한 경계심의 상당 부분은 해소된 듯 보였다. 그는 계속해서 말을 이어갔다.

"그리고 사무실이나 컴퓨터 같은 건 필요 없어요? 김 전도사 후임이 아직 없어서 그 자리가 비워져 있어요. 최 목사님 생각은 어때요? 그 책상 그대로 쓰셔도 되는데."

그는 내가 생각하는 것보다 손쉽게 나를 믿었다. 어쩌면 이것은 웃픈 현실의 한 단면일 것이다. 이 정도 목회를 하는 양반께서 자신보다 젊은 목회자들을 한둘 상대해 봤겠는가? 그런데 그들이 약간의 호의나 정치적 줄에 얼마나 손쉽게 충성을 다짐했으면 이처럼 쉽게 자신의 승리를 믿을까? 이 웃픈 현실이 씁쓸한 건 사실이지만 또한 이런 현실을 이용해야 하는 나 자신의 상황도 웃펐다.

그리고 나 역시 김 전도사님이 사용하셨던 컴퓨터를 조사해야 하는 입장이라 담임 목사의 제안은 반가운 것이었다. 기찰 목사라 해봐야 말이 좋아 기찰이지, 강제력 하나 없는 형식적인 제도에 불과한 현실에서 담임 목사가 직접 지시하고 허락해 주면 정보 수집 활동은 너무나 수월해진다.

"네 알겠습니다. 그럼 선배님 말씀대로 순종하겠습니다. 편의를 봐주셔서 감사합니다."

나는 감동한 사람의 표정을 연기하기 위해 노력하고 있었다.

담임 목사는 흡족한 표정과 미소를 지으며 모든 일이 다 자신의 뜻대로 마무리되었다는 듯 크게 기지개를 켠 후 자리에서 일어났다. 그리곤 집무 책상으로 가 수화기를 들었다. 그는 자신의 영향력에 흡족한 얼굴이었다.

"난데, 올라와서 최 목사님 안내해 주세요. 아니야. 뭔 기찰을 하루에 끝내나? 거참 모르면 시키는 대로 좀 해. 일단 올라와서 최 목사님을 김 전도사 자리로 안내해 주세요. 그리고 내가 문자 보낼 테니깐 확인하시고 숙소 잡아주세요. 거참 말이 많네! 그래! 그리고 교역자들 장부 대고 식사하는 곳 있잖아. 거기 안내해 주고 식사하실 수 있게 조치 취해줘요. 그래! 거기. 그렇게 해요."

그는 잔뜩 짜증을 내며 통화를 마쳤다. 수화기를 내려놓으며 마 목사는 말을 이어간다.

"안내하러 사람 올 겁니다. 이왕 오셨으니 편하게 있으시다가 가세요. 왔다 갔다 할 필요 뭐 있나? 휴가 왔다 생각하시고 며칠 쉬시다가 가세요. 내가 총회장한테 전화해 놓을게. 내가 잘 이야기 해놓을 테니깐 걱정 하지 말고. 아무래도 최 목사 나이 때는 위에 눈치 많이 보잖아. 내가 말 잘해 놓을 테니깐 아까 이야기한 대로 깔끔하게 일처리만 잘 해줘요."

그는 미소를 띠며 나를 바라보았다. 그 미소는 참으로 미묘했다. 그의 말들과 행동들 때문에 분명 징그럽고 혐오스럽게 보여야 했다. 그러나 그의 미소는 내가 이 방에 들어와서 처음으로 '인자하신 목사님이시구나.'라는 감정을 느끼게 했다. 아마도 이것이 그가 긴 세월 동안 배우고 익힌 목회 스킬이지 않을까? 일반적으로 목회를 할수록 이런 능력은 고양되는 것 같다. 사람들을 홀리는, 논리로는 설명할 수 없는 능력. 마 목사의 미소는 역설적으로 나의 경계심을 자극했다.

'믿을 수 없는 사람이다. 부조리를 말하면서 성직자의 미소를 지을 수 있다니. 결코 만만한 상대가 아니야. 방심은 금물이다.'

원하는 것을 이끌어 냈다는 방심에 빠질 뻔한 찰나에 그의 기묘한 미소는 나의 방심에 일침을 날리는 좋은 예방주사가 되었다. 경계심이 바짝 올라오던 그 순간 노크 소리가 들려왔다.

"들어가도 되겠습니까?"

총무 목사와는 달리 이번 방문자는 담임 목사에게 출입의 허락을 기다렸다. 담임 목사는 "들어와요."라고 짧게 답했다.

담임 목사의 얼굴에는 여전히 미소가 가득했다. 목양실의 문이 열리자 교역자실에서 보았던 교역자가 들어왔다. 담임 목사에게 눈짓을 보낸 그는 나를 향해 팔을 뻗으며 말을 이어갔다.

"안내해 드리겠습니다."

나는 그렇게 교역자실로 향했다. 교역자실은 네 칸으로 분할되어 둘씩 마주 보고 있는 형태였다. 나를 안내해 준 교역자는 자기 자리 맞은편의 비어있는 자리를 가리키며 말했다.

"여기가 김 전도사 자리입니다. 김 전도사 개인적인 물품은 가족들이 가져가셨고…컴퓨터를 켜 보시면 아실 겁니다. 저희가 따로 지우거나 한 건 없습니다만…"

그는 나름 친절을 다하기 위해 자신이 알고 있는 것들을 늘어놓았다. 그러나 그가 이야기를 다 마치기 전에 총무 목사의 호통이 들려왔다.

"거 쓸데없는 소리 말고 본인 일이나 보세요."

사실 나에게 자리를 안내했으니 설명을 하는 것 역시 그의 일이었다. 그러니 막내 교역자의 말을 막으며 총무 목사가 내뱉은 말은 그의 자기 감정에서 튀어나온 헛소리인 것이다. 무언가를 숨기고 싶은 것인지 아니면 불안한 것인지는 차차 알게 될 일이었다.

다만, 총무 목사의 한 마디에 풀이 죽어 자기 자리에 털썩 주저앉는 그 모습이 조금은 안쓰러웠다. 총무 목사는 막내 교역자를 노려보던 고개를 휙 돌리고선 한 번 헛기침을 하고 말을 이어갔다.

"담임 목사님께 말씀 전해 들었습니다. 컴퓨터는 편하게 쓰셔도 됩니다. 저희가 제공해 드릴 수 있는 정보는 기꺼이 다 보여드리겠습니다. 그리고 이건 아까 부탁하셨던 김 전도사님 교적부입니다."

그는 "기꺼이"에 힘을 주어 강조했다. 하지만 그의 말에 묘한 거부감이 들었다. '내가 원하는 건 제공해 줄 수 있는 정보가 아니라 모든 정보야.' 그가 정보 제공에 제한을 두고 있다는 것을 그의 몇 마디에서 느낄 수 있었다. 보여주고 싶지 않은 무언가가 있는 것이 분명했다. 그것이 김 전도사와 관련이 있든 없든 말이다.

"네. 알겠습니다. 그리고 교회에서는 사역 보고서를 매일 작성하나요?"

"네. 출근한 날은 다 작성합니다. 필요하시면…"

나는 총무 목사의 말을 잘랐다. 그가 무언가 숨기고 있다는 혹은 숨기길 원한다는 생각이 들자 그와는 길게 대화하고 싶지 않았다.

"사역 보고서들 전부 출력해 주세요. 그리고 김 전도사님이 관련된 서류나 파일들은 다 출력해 주시고요. 급여 내역서, 담당 부서 주보 등 김 전도사님 관련 자료는 모두 다! 그리고 김 전도사님 처음 청빙하실 때 제출하셨을 자기소개서나 이력서까지 김 전도사님과 관련된 건 하나도 빼놓지 말고 제출해 주세요."

나의 말이 끝나기가 무섭게 총무 목사는 막내 교역자가 앉아 있는 책상을 향해 핑거 스냅을 날렸다. 마치 주인이 자신이 기르는 개를 부르듯 총무 목사의 손가락이 딱, 딱 소리를 내자 막내 교역자는 벌떡 일어났다.

총무 목사가 아무런 지시도 내리지 않았지만 막내 교역자는
"네. 알겠습니다."
라고 우렁차게 대답하면서 다시 자신의 자리에 앉았다. 군대 내무실의 한 장면을 보는 듯했다. 이 상황이 이곳의 분위기를 설명해 주었다.

인간을 대하는 총무 목사의 행동은 인간을 인간으로 보는 것이 아닌 도구로 이해할 때에 나타나는 행동이다. 자신의 명령을 기계적으로 완수하는 수단으로서의 타자! 여전히 많은 교회의 교역자실에서 펼쳐지는 풍경이라 새삼스럽지는 않았다. 다만, 이 풍경이 김 전도사님의 슬픈 선택과 무관하지 않을 가능성도 배제할 수 없었다. 나는 이곳에 김요한 전도사님의 자살 사건에 대한 기찰을 나왔다는 사실에 다시 집중했다. 사소한 것 하나도 놓칠 수 없는 것들이었다.

교역자실은 김 전도사님의 삶의 터전이었다. 삶의 터전은 누구에게나 영향력을 발휘한다. 그렇기에 나로서는 이 공간의 사소한 분위기도 무시할 수 없었다. 나는 이 공간에서 일어나는 일들, 이 공간에서 생활하는 사람들의 행동 하나하나에 집중하고 집중해야 했다.

내가 요청한 보고서들과 서류들 속에서는 감정을 찾을 수 없을 것이다. 그저 사실과 정황만을 발견할 뿐. 그것이 서류의 특징이다. 인간은 사실로 인해 좌절하거나 기뻐하지 않는다. 같은

사건 속에서도 서로 다르게 행동하고 판단하고 살아가는 것이 인간이다. 그렇기에 기찰이란 사역은 문서에만 매달려서는 안 된다. 객관적 서류들과 함께 이 객관화된 사건에 대한 당사자들의 주관성과 감정들을 발견해야 사건의 진실은 고개를 내민다. 하지만 과학주의와 객관주의의 시대를 살아가는 우리는 사실과 객관이라는 개념만이 진실이라 착각한다. 이러한 시대를 살고 있기에 더욱 잊지 말아야 할 것은 사실이나 객관의 이야기는 사건의 본질이 아닌 껍데기만을 제공한다는 것이다.

우리가 객관적이라고 생각하는 것들은 해석된 객관이다. 인간이 인식하는 객관성이란 언제나 그 객관을 마주한 인간의 주관적 해석에서 자유로울 수 없다.

총무 목사의 행동에서 나는 두 가지 주관적 본질을 파악해야 했다. 첫째는 김요한 전도사님은 이 교역자실의 강압적 위계 질서와 타인을 물화시키는 분위기를 어떤 식으로 해석하고 받아들였을까?라는 것이고 다음으로는 총무 목사가 타인을 도구로 대하는 이유였다.

현상은 분명하게 나타났다. 그것을 통해 총무 목사가 평소에 어떻게 일 처리를 하고 업무를 분담하며 지시하는지를 잘 알 수 있었다. 그는 왜 이렇게 행동할까? 그의 방식은 공동체에 이롭지 않으며 동시에 자신의 커리어에도 그리 도움이 되는 것이 아니다. 불친절이 권력과 권위가 되는 공동체는 그다지 좋은 공동체라고 할 수 없다. 이것은 분명한 사실이다. 책임 있는 자리에 있는 사람은 그 책임에 맞는 행동을 해야 한다. 그러나 대화도 구체적 지시 사항도 없이 자신의 지위에 기대어 권위적으로 업무를 지시하는 인간들은 대부분 합리성을 결여하고 있다. 이 비합리성이 아랫사람에게는 난감함과 두려움이 된다. 결국 구성원들은 눈치만 늘어나게 된다.

막내 교역자도 얼마나 부담되고 힘들었을까? 그는 나와 총무 목사의 대화에 집중해야 했을 것이다. 그 시간에 자신의 업무는 내팽개치고 언제 자기에게 던져질 줄 모르는 막연한 지시 사항들을 숙지하기 위해 대화를 엿들어야 했을 것이다. 이런 일은 하루 아침에 수행할 수 있는 것이 아니다.

자기 업무에 집중하다 사무실에서 어지럽게 흘러가는 대화들을 조금이라도 놓쳐 갑자기 지시되는 업무를 이해하지 못했다간 무능하고 눈치 없다고 욕먹기 십상이리라. 이런 교역자실의 분위기는 총무 목사를 제외하면 모두가 못마땅할 상황일 것이 뻔하다. 이런 식의 업무 분담은 업무의 효율을 떨어뜨리고 정작 자기에게 주어진 본연의 사역에는 집중하지 못하게 만들어 버린다. 업무 효율성은 떨어져 잦은 야근으로 이어지고 결국 업무 과잉과 효율성 저하로 인해 조직 전체를 엉성하게 만들어 버린다. 그러나 슬프게도 이런 식의 업무 분담은 교회에서는 일상적인 형태이다.

교역자들을 언제나 눈치나 보며 대화를 엿듣게 만들고 맡은 사역과 과업에는 집중하지 못하게 만드는 슬픈 현실은 이곳에서도 이루어지고 있었다. '교회들은 왜 합리성이 없을까?'라는 생각이 들면서 동시에 막내 교역자가 측은히 보였다. 그러나 더 큰 문제는 합리성의 부재가 아니었다.

명료한 지시와 업무의 분담은 일종의 약속이다. 그러나 구체성과 합리성이 결여된 업무 분담은 책임의 소재를 불분명하게 만든다. 책임은 일종의 양심의 문제이다. 양심이란 사태에 대한 책임감에서 나타난다. 그러나 책임 소재가 불분명한 사태에서 양심은 작동하지 않는다. 사회적 재난 사태가 발생할 때, 많은 시민들을 분노하게 만드는 고위 공직자들의 무책임한 태도는 단순히 그 인간들이 멍청하고 무능하기 때문이 아니다. 이것은 구체성 상실에서 발생되는 일종의 구조적 문제이다.

불명확한 업무 분담으로 인해 발생되는 업무의 불명료성이 양심의 부재로 이어지는 것은 어쩌면 당연한 것이다. 그렇기에 시스템은 조직에 반드시 필요하다. 그러나 많은 이들은 이 시스템을 중요하게 생각하는 것과 조직의 권위주의를 동일시하는 착각을 한다.

시스템이란 하나의 업무를 진행 시키는데 필요한 합리적인 알고리즘을 말한다. 그러나 권위주의는 시스템을 벗어나 주먹구구식의 업무처리를 강요한다. 이런 측면에서 생각한다면 대다수의 교회들은 시스템이 없다. 일반적으로 인간의 양심은 시스템이라는 장치를 필요로 한다.

양심은 행동을 촉진시키는 강력한 장치이다. 동시에 이 양심은 연약하고 허약하다. 그렇다. 그것이 인간이다. 인간은 양심을 가지고 있다. 그러나 동시에 양심에 따라 살아가는 것은 그리 쉽지 않다. 교회는 양심으로 살아가는 것에 대해 유아적인 낙관주의에 빠져있는 경우가 많다. 그것은 성경의 사건을 너무 일반화했기 때문이다.

성경이 진술하는 긍정적인 인물들은 모두 믿음의 조상들이다. 이들은 모범이 되는 인물들이다. 그러나 대다수의 인간은 그들과 같이 살지 못한다. 다윗이 위대한 것이지 다윗과 같이 골리앗과 싸우지 못한 이들이 문제가 있는 것이 아니듯.

대다수의 인간에게는 양심적으로 행동할 수 있게 만드는 보호 장치가 필요하다. 그것이 시스템이다. 교회라는 사회, 즉 교계에서 이 시스템은 크게 두 가지로 나눌 수 있다. 하나는 행정적인 시스템이다. 그리고 다른 하나는 신앙의 시스템이다.

신앙의 시스템, 그것은 코람데오다. 하나님 앞에서의 시스템! 코람데오의 시스템은 행정적 시스템의 부재나 시스템의 수정이 필요한 상황에서 보다 중요하게 부각된다. 종교 개혁자들이 코람데오를 자신들의 좌우명으로 삼았다는 것은 그들의 탁월성을 보여주는 대목이다. 그들은 구시대의 시스템을 전복시킨 후 다시 시스템을 재구축해야 했다.

그들은 신앙의 시스템을 먼저 구축 후 행정적 시스템을 재구축 했다. 그리고 그들이 재구축하고자 했던 시스템의 목적성은 양심의 작동을 유연하게 만드는 것이었다. 신앙의 시스템의 대표적 장치가 코람데오였다면 행정적 장치는 칼빈의 사중직을 예로 들 수 있다.

칼빈은 교회의 직분을 크게 네 가지로 구분했다. 이 네 가지 직분은 상호 간의 협력과 견제를 위한 장치이다. 협력과 견제는 양심의 활동을 자유롭게 한다. 인간은 언제나 연약하다. 대다수의 인간은 루터도 칼빈도 아니다. 대다수의 인간은 양심의 활동을 위한 시스템을 필요로 한다. 그렇기에 개혁가들은 개혁 자체, 즉 구시대의 시스템을 전복시키는 것에 머물지 않고 새로운 시스템을 재구축했던 것이다. 결국 양심은 책임과 시스템에 의해서 작동된다. 그러나 이곳은 책임도 시스템도 보이지 않았다.

이런 생각들이 머릿속에서 연속적으로 사유되다 총무 목사 어깨너머 보이는 모니터가 눈에 들어오는 순간 사유는 사라졌다. 총무 목사의 어깨너머 보이는 모니터는 주차장 입구를 보여주고 있었다. 주차장 입구에서 차단기를 올려 달라고 허우적거렸던 내 모습이 떠올랐다. 이들은 모든 것을 보고 있었지만 어떤 행동도 하지 않았다. 도움을 필요로 하는 이들을 감시할 뿐 그들은 행동하지 않았다. 얼굴이 화끈거렸다.

"아 참, 아까 교회 들어올 때 보니 주차장 입구에 차단기가 있던데 그거 통과하려면 차량 등록을 해야 되나요?"

다시는 그런 불편한 상황을 만들고 싶지 않았다. 내가 질문하자 총무 목사는 감정 없이 답을 했다.

"네."

그의 대답은 무미건조했다.

그 대답 후 잠시 동안 대화에 공백이 생겼다. 나의 질문은 궁금증을 해소하기 위한 질문이 아니었다. 그러나 그는 멍청한 것인지 아니면 공감 능력이 떨어지는 것인지 그것도 아니라면 기찰 목사에 대한 불편한 감정 때문인지 그의 사고는 멈춰있었다.

"차량 등록 부탁드릴게요."

나의 말에 그는 심사가 뒤틀렸는지 미간은 찌그러졌고 눈썹이 움찔거렸다. 그러나 나는 그의 행동에 아랑곳하지 않고 말을 이어갔다.

"교역자실에 잠금장치가 되어 있던데 출입 시에 지문 인식해야 하나요? 그것도 등록 부탁드려도 될까요?"

그는 또다시 눈썹을 움찔거리며 난감한 표정을 지었다.

"차량은 등록해 드릴 수 있는데 사무실 출입 지문은 좀…"

그는 '이곳은 반드시 지켜야 해!'라 생각하는 방위군 마냥 나의 자유로운 사무실 출입을 막으려 했다. 분명 담임 목사가 사무실 사용을 허락했음에도 그는 자기감정에 따라 행동하고 있었다.

"왜죠?"

나는 단호한 표정을 지으며 그에게 따지듯 묻자

"사무실에는 방송 장비나 물품들이 있어서…"

라고 대답했다.

나는 그의 어이없는 핑계를 더 이상 듣고 싶지 않았다. 나는 그의 말을 자르며 쏘아붙였다.

"제가 물품이라도 훔쳐 갈까 봐요?"

갑작스러운 나의 공격에 그는 적지 않게 당황했는지 왼손에 끼고 있는 반지를 만지작거리며 또다시 입으로 똥을 쏟아내기 시작했다.

"그런 것보다는 등록 시스템이 조금 번거롭기도 하고…"

그도 스스로 자기 말이 어처구니가 없었는지 끝까지 말을 이어가지 못했다. 그는 신경질적으로 자신의 반지를 손가락에서 매만지고 있었다. 나는 핑계 댈 여유를 주고 싶지 않았다.

"그래요? 지문 등록이 번거로우면 카드 키는 있죠? 카드 키를 좀 빌려 써도 될까요?"

총무 목사의 미간이 퍼그의 주름처럼 일그러졌다.

그는 교역자실을 자신만의 왕국으로 이해하는 듯했다. 그는 자신의 왕국에서 자신의 통치력이 미치지 못하는 다른 이가 자유롭게 들락거리는 것이 불편한 모양이었다. 나의 질문에 교역자실의 다른 사역자들까지 일순 행동을 멈췄는지 침묵만이 감돌았다. 이내 적막감의 침묵 속에서 눈을 들어 총무 목사의 얼굴을 몰래 살피는 막내 전도사의 불안해 보이는 행동이 나의 눈에 들어왔다. 또다시 측은한 마음이 들었다. 그래도 어쩌겠나? 수시로 교역자실을 들락거리려 할 판인데 그럴 때마다 문 열어 달라고 창문을 두드리긴 싫었다.

여러 교회의 기찰을 나가 보았지만 평소에 교역자실을 잠금장치로 막아놓은 곳은 본 적이 없다. 잠금장치를 하더라고 일과시간에는 열어놓고 누구나 들어올 수 있게 개방하는 것이 일반적이다. 이런 상황들은 나로 하여금 의심의 눈초리를 치켜세우게 했다.

'담임 목사님이 허락한 일인데 이렇게까지 신경질적으로 반응하는 이유가 뭐지?' 뭔가를 숨기고 있는 것 같은 그런 느낌적인 느낌. 그리고 무엇보다 총무 목사의 태도가 나의 오기를 자극했다. 총무 목사 역시 일그러진 표정을 숨기지 않았다. 그는 나를 잠시 노려보더니 혼잣말을 중얼거리며 자신의 지갑에서 카드 키를 빼서 말없이 넘겨주었다. 그러나 그의 눈에는 감추기 힘든 분노가 서려있었다. 그의 이러한 반응은 이해의 범위를 넘어서 있었다. 그의 행동은 지나쳤고 좀처럼 이해되기 어려웠다.

카드 키가 뭐라고 이 정도까지 노골적으로 적대감을 드러내야 하는 일일까 싶었다. 다만, 이런 상황이 분명하게 보여 주는 것은 그가 나를 경계의 대상으로 인식하고 있다는 사실이다.

"감사합니다."

나는 그의 손에서 카드 키를 조심스럽게 빼내며 말을 이어갔다.

"그리고 제가 이력서와 자기소개서만 출력 부탁드렸죠. 등본이랑 가족관계증명서도 제출하셨을 테니 그것도 부탁드릴게요."

총무 목사는 다시 막내 교역자가 앉아 있는 방향으로 또다시 핑거 스냅을 날렸다.

'딱! 딱!'

막내 교역자는 수족관 속 오징어가 물 위로 뛰어오르듯 자리에서 벌떡 일어났다. 그의 표정은 한층 더 굳어있었다. 마치 겁에 질린 이등병처럼.

"우 전도사, 들었지?"

총무 목사의 한 마디에 그는 얼어붙은 표정으로 아무 말 없이 고개를 끄덕였다.

"그리고 등본은 재정국 박창섭 집사님한테 있으니깐 받아서 여기 최 목사님 드려. 담임 목사님께 문자 왔는데 최 목사님 숙소도 잡아드려. 스벅 사거리에 있는 비즈니스호텔 알지? 거기 인터넷 예약되니까 지금 예약하고 바로 결제해. 특실로 잡아드려."

총무 목사는 토해내듯 말을 이어갔다.

"기찰 기간 동안 식사는 교회에서 대접해 드릴 겁니다. 교회 입구에서 우회전하셔서 조금 내려가시면 백석 식당이라고 보이실 겁니다. 교회에서 왔다고 하시고 장부에 이름 쓰시고 식사하시면 됩니다."

그는 속사포같이 말을 마쳤다.

'어휴. 속사포 래퍼야?' 말을 마친 그의 얼굴은 벌겋게 상기되어 있었다. 그를 조금이라도 달래야겠다는 생각이 들었다.

"이렇게까지 안 하셔도 되는데…"

"저도 그렇게 생각합니다만 담임 목사님께서 하라고 하시니 어쩔 수 없죠."

총무 목사는 자신의 감정을 노골적으로 드러냈다. 그는 왜 이렇게까지 분노의 감정을 표출하는 것일까? 기찰이라는 행위 때문이라면 어느 정도 이해할 수 있지만 그렇다고 해도 그의 행동은 분명 과도한 것이었다. 그러나 그의 감정에 내가 몰입할 필요는 없었다. 그가 왜 이런 행동을 하는지는 차차 알게 될 것이니. 다만, 그가 과도하게 흥분한 감정을 오래 지속하는 것은 기찰에 득이 되지 않는다. 나는 그의 기분을 누그러뜨릴 필요가 있었다. 분위기를 전환시키고자 총무 목사에게 사역자들을 소개해 달라 부탁했다. 그도 아차 싶었는지 늦은 소개에 사과하며 한 명씩 간략하게 소개했다.

"저기는 우경치 전도사입니다."

우 전도사는 자리에서 일어나 나에게 가볍게 목례를 했다.

총무 목사는 우 전도사 옆자리를 가리키며 소개를 이어갔다.

"이쪽은 박관조 목사입니다."

박 목사 역시 자리에서 일어나 가볍게 목례 후 자리에 앉았다. 나는 다시 모두가 들릴 정도의 목소리로 인사를 건넸다.

"정식으로 인사드리겠습니다. 총회에서 기찰 파견된 최재성 목사라 합니다. 잘 부탁드립니다."

교회의 규모에 비해서 사역자의 수가 적었다. 김 전도사님까지 포함해도 담임 목사님 한 분에 부목회자 네 명이면 상당히 적은 숫자의 교역자 구성이었다. 총무 목사에게 교역자 숫자에 대해 묻고 싶었지만 입을 닫았다. 지금은 굳이 질문을 하지 않는 것이 나을 듯했다. 그때 우 전도사가 조금은 긴장한 얼굴로 나를 불렀다.

"저기… 목사님 죄송한데 성함이 어떻게 되신다고 하셨죠?"

별것 아닌 질문인데도 우 전도사는 상당히 긴장하고 있었다. 나는 그의 모습이 조금은 안쓰러워 상냥하고 부드럽게 그에게 대답했다.

"최재성입니다."

그는 내 이름을 듣자 급하게 키보드를 두드렸다. 계속 서 있는 것도 민망해 엉덩이를 길게 빼고 조심스레 김 전도사님이 사용하셨던 자리에 앉았다. 얼마 전까지 이 자리에서 김요한 전도사님이 업무를 보았다는 사실이 무겁게 다가왔다. 한 사람이 생을 마치고 떠난 자리에 아무런 애도의 흔적도 없는 것이, 그 사람의 삶의 흔적이 느껴지지 않는 것이 무섭게 다가왔다.

"최 목사님 결제 다 됐고요. A 비즈니스호텔 특실로 잡아드렸습니다. 교회에서는 차로 한 삼, 사분 거리입니다."

우 전도사는 자리에서 일어나 나에게 이야기했다. 그리곤 약도와 주소가 적혀있는 예약 영수증을 출력해 나에게 주었다.

"네. 고마워요. 그런데 김 전도사님 담당 부서가 어디죠?"

"유년부입니다."

나는 우 전도사에게 물었지만 총무 목사가 대답했다. 그는 다른 교역자들이 나와 대화하는 것이 못마땅한 모양이었다. 그는 자신을 통하지 않는 정보의 유출을 극도로 꺼렸다. 그러나 나는 총무 목사의 대답에 아랑곳 않고 우 전도사에게 부탁을 했다.

"전도사님, 유년부 교사 분들 명단이랑 연락처도 부탁드릴게요. 전도사님 업무도 많으실 텐데 자꾸 부탁드려서 죄송하네요."

"우 전도사, 들었지? 언제까지 되지?"

총무 목사는 나를 쳐다보며 '모든 일은 나를 통하라'는 전언을 던지며 나와 우 전도사의 대화에 끼어들었다.

"김 전도사님 신상과 관련된 서류는 10분 안에 준비됩니다만 사역 보고서나 유년부 관련 서류는 내일 아침까지 해 놓겠습니다."

요란한 프린터기 소리가 적막한 사무실에 울려 퍼졌다. 나는 다시 자리에 앉아 눈을 감고 잠시 휴식을 취했다. 10분은 고사하고 5분도 되지 않아 우 전도사는 김요한 전도사님의 신상 관련 서류를 건네주었다.

"고맙습니다. 그러면 유년부 관련 서류와 사역 보고서들은 내일 아침에 이 책상 위에 올려놓아 주세요. 저는 숙소에 가서 짐이라도 풀어야겠네요. 그럼 내일 뵙겠습니다. 전도사님 고생시켜 미안해요."

"아닙니다. 들어가세요."

우 전도사는 총무 목사의 눈치를 보며 애써 밝은 목소리로 대답했다.

나는 급한 발걸음으로 교역자실을 빠져나와 주차장으로 향했다. 차에 앉자마자 바로 김 전도사님의 교적부에서 가족관계를 확인했다. 다행히 교적부에는 김 전도사님의 사모님에 대한 개인 정보가 기록되어 있었다. 천천히 사모님의 전화번호를 눌렀다. 하지만 쉽사리 통화 버튼을 누를 수 없었다. 용기가 필요했다. 크게 숨을 몰아쉬곤 다시 휴대폰을 노려보았다.

'수신음 세 번 가고 안 받으면 끊어야지.'

그렇게 생각하니 마음이 조금 편해졌다.

통화음이 두 번 울리자

"여보세요?"

하며 차분하지만 생기 없는 목소리가 수화기 너머 들려왔다.

"안녕하세요?"

다음 말을 미리 생각하지 않은 나 자신이 원망스러웠다.

"저기…그러니깐 그…김요한 전도사님 사모님 되시나요?"

"네. 그렇습니다만 누구시죠?"

"먼저 삼가 고인의 명복을 빕니다. 다름이 아니라 김요한 전도사님 비보와 관련해서 교단에서 몇 가지 확인차 나온 최재성 목사라고 합니다. 상심이 크시겠지만 만나서 잠시 이야기를 나누고 싶은데 가능할까요?"

하지만 사모님은 대답이 없었다. 잠시 무거운 침묵이 흘렀다. 누군들 이런 만남이 편하겠는가?

"혹시 불편하시면 거절하셔도 됩니다."

수화기 너머에서 들릴 듯 말 듯 한 한숨 소리가 들려왔다. 그 작은 한숨 소리는 나에게 무거운 돌덩이가 되어 되돌아왔다. 그녀의 반응은 나의 이해의 영역 안에 머물렀다. 나의 행동은 그녀에게 너무나 잔인한 행동임은 자명했다. 그러나 다시 한번 용기를 내어 말을 이어갔다.

"강제성은 없습니다. 불편하시면 거절하셔도 됩니다."

'그냥 거절하세요. 이런 부탁을 드려서 죄송합니다.'

라는 말이 입 밖으로 나오려 할 때,

"아닙니다. 교단에서 나오셨다고요? 제가 어디로 나가면 될까요?"

그녀는 용기를 내어 질문했고

"교적부를 보니 아이가 있으시네요. 움직이시기 불편하실 텐데…편하신 쪽으로 제가 가겠습니다."

나는 읍소하듯 대답했다.

"네. 알겠어요. 아무래도 아이가 있어서 어디로 나가기가 쉽지 않네요. 괜찮으시면 집으로 오실 수 있으신가요?"

"편하신 대로 하시면 됩니다."

"지금 전화 주신 이 번호로 주소 보내드리면 될까요?"

"네. 감사합니다."

"도착하시면 전화 주세요."

사모님께서는 바로 주소를 보내주었다. 교적부에 적힌 주소와 같았다. 그녀는 친정으로 돌아가지 않았다. 여전히 그녀는 떠나 간 사람과 함께 살았던 그곳에서 살고 있었다. 그러나 그녀가 느낄 감정에 대해 고민하는 것보다 더 중요한 것은 어두워지기 전에 도착해야 한다는 시간의 압박이었다. 아이가 있는 집에 대한 예의이자 미망인의 집에 방문하는 인간으로서의 예의였다. 내비게이션에 주소를 찍고 교회 주차장을 빠져나왔다. 가족을 떠나보낸 사람을 만나러 가는 길이 어떻게 편할 수 있을까? 그리고 떠나보낸 사람에 대해 물으러 오는 사람을 만나야 하는 가족의 마음은 얼마나 무거울까? 그러나 해야 할 일이었다. 최소한 그녀는 용기를 내었다. 나의 감정적 불편함 따위는 그녀의 용기 앞에 무의미한 것이었다. 그러나 막상 출발하려니 심장이 두근거렸다.

'어렵게 생각하지 말자.'

그렇게 되뇌며 크게 숨을 들이쉬고 엑셀 페달을 밟았다.

✝

"여보세요? 장모님 최 서방입니다."

"응. 우리 사우 밥은 먹었어?"

"아니요."

"그려? 그럼 지금 들어오는 길이여?"

"아니예요. 저…며칠 못 들어갈 것 같아요."

"왜? 여다야 본다고 내려갔다 온 게 언젠디 또 외박이여?"

"죄송해요. 갑자기 출장이 생겨서요. 그렇게 됐어요."

"총회는 최서방 혼자 일햐? 사람이 집 밥을 먹어야 힘이 나지! 똥개도 밥이랑 잠은 자기 집에서 자는 법이여. 일을 그렇 코롱 시키면 안 되는 긴데. 거는 사람을 너무 혹사시키네. 진짜."

"죄송합니다."

"무슨 우리 사우가 사과할 일이 아이지. 그려 며칠이나 걸려야?"

"잘 모르겠습니다. 빨리 처리하고 돌아갈게요. 염치없는 소리지만 율이 좀 잘 보살펴 주세요."

"알았어. 이 사람아. 안 그래도 지금 병원 들어가는 길이여. 그리고 내가 내 딸 잘 돌봐야지 누가 돌봐. 나한테 미안해하지 말고. 일 잘 하고 와야. 밥 잘 챙겨 먹고. 바쁠수록 밥을 잘 챙겨 먹어야 혀. 조선 사람은 밥심으로 사는 것이여."

"네. 어머님도 너무 무리하지 마시고요. 식사 잘 챙겨 드세요. 늘 고맙습니다."

"그려. 매일 기도하는 것도 잊지 말고. 늘 자네 위해 중보하고 있으니 걱정은 하던 덜 말아. 늘 주님 앞에 정직하게 혀야."

"네. 기도할게요. 들어가세요."

"그려. 끊구먼."

장모님께 아내를 부탁하고 전화를 끊었다. 장모님이라 해도 아픈 아내를 맡긴다는 것은 여간 미안한 일이 아닐 수 없다. 특히 최근 들어 집에도 자주 못 들어가는 상황이니 더욱 미안했다.

다행인지 불행인지 장모님께서는 이런 나의 상황을 잘 이해해 주셨다. 같은 사역자라는 것은 이런 면에서 다행스러운 것 같다. 지금은 사역을 하지 못하는 상황이시지만 장모님께서도 목회자이시다 보니 사위가 가정에 충실하지 못할 때에도 그저 다른 이야기보다는 늘 기도 생활과 끼니에 대한 진심 어린 걱정을 해주셨다. 그래서 더욱 미안했다.

장모님과의 짧은 통화 후 장모님에 대한 미안함과 고마움에 빠져들 때, 반갑지 않은 전화가 걸려왔다. 총회장님이었다. 지금껏 기찰 사역을 나갔다고 해서 총회장이 직접 전화를 걸어온 적은 한 번도 없었다. 약간의 불안감이 들었지만 어쩌겠는가? 총회장의 전화를 안 받을 수도 없고.

"네. 최재성입니다."

"어. 최 목사님 수고 많죠?"

능글거리는 그의 목소리에는 진심 어린 걱정이라곤 1도 느껴지지 않았다.

"아닙니다."

나 역시 사무적으로 그에게 대답했다.

"그래. 그쪽 분위기는 어때요?"

"막 도착한 터라…"

"그래요. 내가 이렇게 연락한 이유는…다름이 아니라 마 목사한테 전화 왔어요."

"네…"

"자네도 참 능력 있어. 우리 최 목사님께서 뭘 어떻게 하셨는지 마 목사가 자네 칭찬을 그렇게 하더라고. 그런데 거기 눈치 보지 말고 최 목사 소신껏 해요."

그의 말에 가시가 있었다. '저는 청탁이나 줄 서기 한 것이 아니라 기찰 업무를 위해…'라는 말을 해주고 싶었다. 그러나 굳이 자기변명은 하지 않았다. 그도 기찰 목사 출신이기도 하고 또한 뛰어난 정치가였다.

나는 총회장을 좋은 목회자라 평가하지 않는다. 다만, 그의 정치력과 통찰력은 인정하고 있었다. 훌륭한 목회자는 아닐지라도 최소한 뛰어난 정치력은 가지고 있었다. 그런 총회장이라면 나의 행동의 목적을 분명하게 파악하고 있을 터였다.

"최 목사, 주님 일에 선후배가 어디 있어요? 그렇죠? 그 양반도 참 웃긴 양반이야. 아니 교단에서 그렇게 요청할 때는 앞면 몰수하더니 나한테 전화를 다하고. 뭔가 있긴 있나 봐. 의혹 하나 남지 않게 깨끗하게 처리해요. 요즘 세상에서도 갑질이니 뭐니 해서 논란 많잖아요? 교계도 그런 부분 있으면 고쳐나가야지. 쉬쉬한다고 덮어지는 세상 아닙니다. 뒤는 내가 봐줄 테니 하던 대로 하세요. 무슨 말인지 알죠?"

'총회장님이 원래 이런 분이었나? 아니면 마 목사와의 통화에서 뭔가 틀어졌나? 그것도 아니면…잠깐 교단에서 요청을 해? 뭘 요청한 거지? 아 혼란스럽다. 혼란해.'

여러 생각이 교차했다. 이유야 어떻든 최소한 눈치를 안 봐도 되는 상황이라는 것은 만족스러웠다.

"네. 알겠습니다."

"그러면 중간, 중간 필요한 것 있으면 연락하시고. 새로운 것 나오면 보고도 잊지 말고."

"네."

"정식 보고서는 올릴 필요 없어요. 굳이 김철민 목사님 거치지 말고 나한테 바로 전화해요. 무슨 말인지 알죠?"

'젠장! 혹시나 했는데.' 한 방 얻어맞은 기분이었다. 상대에 대해 급하게 판단한 나 자신이 실망스러웠다.

"…네."

"그럼. 최 목사님 수고하세요." 그의 목소리에서 흡족함의 미소를 띠고 있는 그의 얼굴이 보이는 듯했다. '혹시나 했는데 역시나네.' 한숨이 나오는 것을 억지로 참으며 대화를 마무리했다.

'이 인간이 그러면 그렇지.' 이번 기찰은 기획 상품이었다. 교단 안에서 눈엣가시를 길들이기 위한 수작이거나 정적을 제거하려는 수작질이나 그것도 아니면 무언가 이득을 얻기 위한 작업의 실무자로 파송된 셈이었다.

눈치 보지 말라는 총회장의 말은 마 목사의 눈치를 보지 말라는 것이지 자기 눈치는 보라는 뜻이었다. 지위 계통을 무시하고 자신에게 직접적으로 보고하라는 것은 조용히 마충만 목사와 거래하려는 수작일 확률이 높았다. 또한 마충만 목사가 직접 전화를 했음을 밝히면서 총회장님이 직접 나에게 연락을 한 것으로 보아 마 목사와 총회장의 1차 거래는 어긋난 듯했다. 그렇지 않았다면 김 목사를 통해 최대한 빨리 철수하라거나 다른 급한 업무가 있다는 식으로 나를 옮겼을 것이다.

마충만 목사와 총회장의 거래는 아마도 돈 문제일 것이다. 세상 일이 그렇듯 교회의 일도 돈이 연관되어 있는 경우가 백에 구십구였다. 이번 기찰은 예상한 것보다 더 피곤한 일이 될 것이라는 예감이 들었다.

보통 일이란 것이 그렇다. 내가 의도하지 않아도 이것저것 얽히고설켜서 예상할 수 없는 결과로 귀결되기도 한다. 그저 젊은 전도사의 사망 사건에 대한 진상조사가 이제는 중대형 교회의 원로급 목사와 교단 총회장의 암투의 장으로 흘러가는 것처럼. 나는 선택해야 했다. 그러나 쉽게 선택할 수 없었다. 기찰을 할 것인지, 정치를 할 것인지를. 그녀를 만나기 전까지는 말이다.

✝

　교회에서 30여 분 정도 운전을 하자 김 전도사님의 자택 앞에 도착했다. 흔히 말하는 빌라 단지들. 빼곡히 들어찬 빌라들과 좁은 골목길 그리고 자동차 한 대 겨우 빠져나갈 길을 제외하곤 온통 자동차들로 주차되어 있었다. 적막함이 사로잡은 거리는 마치 아무런 생명도 살지 않는 외계 행성을 보는 듯했다. 살아있음은 어디서도 찾을 수 없는 삭막한, 그저 콘크리트로 무장한 네모 박스들이 가득하고 강철로 만든 마차들만이 휴식을 취하는 이런 광경은 도시의 흔한 풍경들일 것이다. 주택가라는 이름의 생동감이 사라진 이 공간에도 생명이 살아가고 있음을 증명이라도 하려는 듯 콘크리트 박스는 형광등 불빛을 창문 너머 던져주고 있었다.

목적지에 도착 후 주차 공간을 찾아 동네를 몇 바퀴 돌아야 했다. 하지만 주차할 공간을 쉽사리 발견할 수 없었다. 주차 공간의 부재는 도시에 살고 있는 사람들에게는 큰 문제가 되고 있다. 그러나 주차 공간의 부족이라는 사실보다 더 큰 문제는 이 문제에 인간들이 사로잡혀 있다는 것이다.

주차 공간이 부족하다는 것을 알고 있으면서도 상가들은 자신의 가게 앞에는 주차하지 못하도록 막아 버린다. 상가 앞의 주차 공간은 상가의 것이 아니다. 그러나 그들은 자신의 것으로 착각하고 있다. 그리고 싸울 필요 없는 사람들끼리 감정싸움을 벌인다. 사실 이러한 문제는 정치와 행정을 통해 해결되어야 한다. 주민들의 불편은 그 공동체의 행정과 정치가 해결해야 하지만 언론은 문제를 통해 발생된 사건만을 부각함으로 정작 진짜 적이 누구인지를 감춰버린다. 서로 이해하고 양보해야 하는 것처럼 언론은 선전선동을 일삼는다. 그러나 문제를 그대로 방치한 채 이해로 해결될 문제는 없다. 적을 감추는 것! 그것은 언제나 통했다. 예를 들면 IMF 사태가 터졌을 때, 그 슬픈 사건의 근원적 문제와 원인은 감추고 국민들의 무절제와 과소비를 탓함으로 문제의 본질을 덮어 버렸다. 언제나 문제는 약자들의 책임이라 떠들어대는 언론들을 보면 분노하지 않을 수 없다.

이런 생각이 들자 김 전도사님의 사건에 대한 의심이 발생했다.

'진짜 경제적 상황에 대한 비관이 원인일까? 문제는 다른 곳에 있는데 개인의 감정적 좌절로 포장하고 있는 것은 아닐까?'

이런 의문들이 스쳐 지나가는 순간 차량 한 대가 빠져나가는 것이 눈에 들어왔다. 김 전도사님 집과는 도보로 10분은 걸어가야 할 거리였다.

좁은 주차 공간에 어렵게 주차를 마치고 사모님께 문자를 보냈다.

"15분 정도 후에 뵙겠습니다."

전화를 드리는 것보다 문자를 한 것은 아이가 있는 집에 대한 나름의 배려, 어렵게 재운 아이의 안식을 방해하지 않기 위한 배려였다.

차에서 내려 빌라들 사이를 걷기 시작하자 예전 추억이 밀려왔다. 막 결혼을 했던 신혼 시절, 아내와 처음 보금자리를 얻었던 곳도 이곳과 유사했다. 그곳은 주차 전쟁터였고 가끔은 주차 문제로 주민들 간의 고성이 오가기도 했다. 빡빡한 삶의 현실, 숨 막히는 경쟁의 현실을 공간으로 보여주려는 것 같은 그런 동네. 여유가 아닌 무관심의 적막만이 흐르는 동네였다. 쓰레기 배출 공간은 언제나 지저분하게 수거되지 않은 쓰레기 더미가 쌓여 있었다. 삭막하고 혼란스러운 동네를 만들고 방치하고 있는 것에 대해 변명이라도 하듯 시에서는 쓰레기 더미들 옆에 화분 하나씩을 배치했다.

그런 동네에서 나와 아내에게 허락된 공간은 고작 10평 남짓이었다. 그러나 인간은 위대하고 신비롭다. 신혼의 꿈은 그런 곳에서도 피어올랐다. 하지만 늘 아내에게 그런 동네 그리고 그런 작은 집에서 살게 한 미안함들이 내 안에는 있었다. 그래선지 이런 빌라 단지들을 지날 때면 아내에 대한 미안한 마음이 들었고 그 미안함은 언제나 나의 경제적 무능함을 직면하게 만들었다. 하지만 아내는 나보다 용감했고 씩씩했다.

"목회자들 삶이 그렇지 뭐. 내가 자기 연봉을 모르고 사랑한 것도 아니잖아. 내가 당신을 사랑한 건 당신 그 자체야. 미안해하지 마."

그녀의 용감한 위로를 받을 때면 미안함이 생겼다. 아내는 나보다 더 용감했고 정직했고 씩씩했다.

나는 늘 아내를 그렇게 생각했다. 씩씩하고 용감한 사람, 밝고 긍정적인 사람. 이러한 나의 선입견은 아내도 아파하고 있다는 것을, 아내도 슬픔의 무게를 버거워한다는 것을 잊게 했고 힘겨운 삶의 무게에 쓰러질 수 있다는 것을 간과하게 만들었다. 그리고 여다야를 떠나보낸 후 아내는 그 상실의 슬픔을 감당하지 못했다. 아니 누구도 홀로 감당할 수 없는 상실이었지만 나는 그때도 아내가 씩씩하게 이겨낼 것이라 착각했다.

예전의 추억은 추억이 아닌 아내에 대한 미안함이 되어 밀려왔다. 눈시울이 붉어졌다. 명치가 꽉 막히는 아픔이었다. 소리 내어 울고 싶었다. 빨간 외눈으로 나를 노려보는 가로등을 술에 취한 사람 마냥 붙잡고 울음을 토하고 싶었다. 현기증이 밀려왔다.

그때 김 전도사님의 사모님께 전화가 왔다. 가족을 상실한 또 다른 사람에게 온 전화! 나는 감정을 다 잡았다. 두 번의 실수는 하고 싶지 않다는 생각이 스쳐 지나갔다. 그러나 그녀의 전화를 바로 받을 수가 없었다. 그녀의 전화가 마치 아내의 전화처럼 느껴졌다. 울렁거리는 마음을 진정시키기 위해 안간힘을 쓰며 가로등에 기대어 크게 숨을 몰아쉬었다. 그리고 손가락에 힘을 주어 전화를 받았다.

"네. 최재성입니다."

나는 일상의 목소리를 되찾기 위해 목소리에 힘을 주었다.

"네. 목사님. 주차는 어떻게 잘하셨어요? 여기 주차하기가 힘들어서 남편도…"

그녀는 자신도 모르게 남편이라는 말이 자신의 입에서 나오는 것에 놀란 듯했다. 그녀는 황급히 말을 멈췄다. 그녀는 자신도 모르게 죄인이 되어 있었다. 자신의 남편에 대해 언급하는 것조차 죄스러운 죄인. 그것이 어떻게 그녀의 죄가 되어야 하는 것인가? 하지만 사회는 그리고 교회는 가족을 상실한 아픔에 공감하고 위로하기보다 가족을 상실한 죄를 정죄하기 바쁘다. 이 정죄함이 그녀에게 남편이란 단어조차 금기로 만들어 버린 것이 아닐까라는 생각이 들자 이 방문이 더욱 미안했다.

"네. 다행히 자리가 있네요."

"네. 목사님 저…먼 길 오시느라 힘드셨을 텐데…너무 죄송합니다만 10분만 더 있다가 오시면 안 될까요? 아이가 이제 막 잠이 들어서 올라오셔서 초인종 누르시지 마시고 노크 부탁드릴게요."

그녀는 10분이라는 시간의 기다림이 뭐가 그리 미안한지 조심스럽게 물었다. 그러나 미안해야 하는 것은 그녀가 아닌 나였다.

"제가 죄송하죠. 이 시간에…말씀하신 대로 할게요. 걱정하지 마세요. 10분 후에 뵙겠습니다."

"네."

그녀와의 전화를 끊자 다시 현기증이 밀려왔다. 그러나 나보다 힘든 것은 김 전도사님의 사모님일 것이다. 난 그녀의 용기 앞에서 비틀 거리며 어리광 부릴 처지가 아니었다. 그녀는 의도하지 않았겠지만 나에게 마음을 다스릴 10분간의 여유를 허락주었다.

'10분이라…오히려 다행이네.'

김 전도사님의 집으로 걸어가는 길에 작은 편의점 하나가 눈에 들어왔다. 편의점에서 어린이 음료수와 장난감이 들어 있는 과자 그리고 선물용 음료 한 박스를 구입했다. 방문자로서 최소한의 예의였다.

편의점을 나와 천천히 걸음을 옮겼지만 어느덧 김 전도사님의 집 앞에 당도했다. 빌라 입구에는 그 흔한 디지털 잠금장치도 없었다. 차로 지나치며 볼 땐 미처 보이지 않았지만 가까이서 보니 20년은 되어 보이는 건물이었다. 건물 안으로 발을 옮기자 건물은 자신의 노후함을 알리기라도 하듯 습하고 매캐한 냄새가 가득했다. 건물의 벽면 군데군데는 습기 때문인지 페인트칠이 일어나 있었다.

303호. 3층까지 계단을 오르다 보니 어린이 자전거가 보였다. 낡은 자전거, 계단을 오르면서 본 어린이용 세 발 자전거는 이것한 대인 것으로 봐선 김 전도사님 아이의 것 같았다. 나는 그 낡은 자전거에 한동안 눈이 갔다.

'여다야가 우리 곁에 여전히 있었다면 비슷한 자전거가 우리 집에도 있었겠네.'

라는 생각과 함께 없는 형편에서도 아이 물품들을 구해 오던 아내의 모습이 스쳐 지나갔다. 자전거가 오래되어 보이는 것으로 봐선 아마 사모님도 어디서 드림 받아 온 게 아닐까라는 생각이 들었다. 목회자들 형편이 대개 그렇듯 새것을 아이에게 사줄 형편인 사람은 그리 많지 않다. 그래서 맘 카페 같은 곳에서 나눠주는 물품을 열심히 받아쓰곤 한다. 나는 아내에게 물은 적이 있다. 교회에서 물건을 줄 때는 거절하더니 왜 맘 카페에서는 열심히 받느냐고.

"교인들은 뭐 하나 주면서 목회자 먹여 살리는 것처럼 온갖 생색을 다 내잖아. 그런데 맘 카페는 쿨해."

난 처음 아내의 말을 들었을 때는 의아했다. 물건을 주면서 생색을 안 낸다는 것이, 그것도 일면식 하나 없는 사람에게 주면서 생색 하나 안 낸다는 것이 의심스럽기도 했다. 정말 생색 하나 안 내냐는 나의 질문에 아내는 웃으며 답해주었다.

"생색내는 사람도 있기는 있지. 가끔 쓰레기 같은 물품을 나눔하는 인간들도 있고. 그런데 대부분은 그렇지 않아. 머리 조아릴 필요도 없고. 그런데 교인들은 머리 조아리지 않으면 감사할 줄 모른다느니 뭐니 별소리를 다 하잖아. 그리고 선물을 받으면 꼭 다시 뭘 선물해 줘야 돼. 그러지 않으면 뒤에서 소문 돌거든. 그러면 자기 사역하기도 힘들어지고…"

"무슨 소문?"

나는 예민하게 반응했고

"그런 게 있어요. 알면 다쳐요."

그녀는 신경 쓰지 말라는 듯 나에게 윙크를 보내며 웃어넘겼다.

어린아이의 낡은 자전거는 나를 잠시 추억의 시간 속으로 여행케 해주었다. 하지만 계속 추억에 머물 순 없는 노릇. 다시 현실에 발을 디뎌야 했다.

그렇게 추억을 지나 303호 앞에 도착했다. 김 전도사님 자택 앞의 복도 전등은 기능을 상실했는지 작은 깜박임 조차 일으키지 못했다. 어두운 복도에 우두커니 서서 문을 두드리려 했지만 쉽사리 손이 움직이지 않았다. 상실을 경험한 사람과의 만남이 상당한 부담으로 다가왔다. 사소한 말 한마디가 미망인의 마음에 비수가 될 수도 있다. 그리고 이 어두운 복도가 나의 불안감을 더욱 자극했다.

나는 호흡을 가다듬었다. 만나러 가는 내가 불안감을 보이면 그 불안감은 상대에게 전이되어 버린다. 전이된 불안감은 상대로 하여금 더욱 위축된 심리 상태로 몰아넣어 말문을 막아 버린다. 그리고 이 만남의 성격을 다시 한번 더 되뇌었다.

'취조가 아니라 대화여야 해. 내가 불안해하면 상대는 얼마나 불안감이 들겠어. 정신 차리자.'

심호흡을 반복하자 마음에 안정이 생겼다. 그리고 가볍게 문을 두드렸다. 노크한 손이 멈추기가 무섭게 급하게 문이 열렸다. 누군지 물어보지도 않고 문이 열려 나는 조금 당황스러웠다. 나의 방문을 알고 있기에 미리 기다리다 문을 열어준 것일 수도 있지만 지금 이 집의 상황을 설명하는 듯했다. 아무도 찾아오지 않는 집. 일상의 확인도 할 정신이 없는 상황.

문이 열리자 집안의 온화한 불빛이 순간적으로 나를 덮쳐왔다. 불빛 탓인지 나도 모르게 눈에 맺혀 있던 눈물 탓인지 모든 것이 흐릿하게 보였다. 흐릿한 실루엣은 나에게 말을 건넸다.

"최 목사님이시죠?"

"네. 반갑습니다. 최재…"

"일단 안으로 들어오세요." 그녀는 급하게 나를 불빛 안으로 끌어들였다. 그녀는 아이가 깨거나 혹은 늦은 시간 누군가의 방문을 이웃들이 오해하지는 않을까라는 걱정으로 서둘러 나를 집 안으로 이끌었는지도 모른다. 그러나 그녀의 행동은 나에게 어둠 속의 적막감에서 빛으로 이끌어주는 묘한 안도감을 선사해 주었다. 나는 대꾸하지 않고 조용히 김 전도사님의 자택으로 들어섰다. 작은 거실은 싱크대와 냉장고 한 대 그리고 작은 교자상에도 가득 찼다. 거실과 연결되는 모든 방의 문은 닫혀 있었다. 그 모습이 마치 경고문처럼 느껴졌다.

'절대로 이곳은 들어오면 안 돼! 너에게 허락된 공간은 거실이 전부야.'라고 문들이 말하고 있는 듯했다.

"별거 아니지만 받으세요."

나는 편의점에서 구입한 것을 내밀었다. 사모님은 큰 표정의 변화 없이 살짝 고개를 움직이며 감사를 표현했다. 그녀의 눈빛과 피부는 메말라있었다. 그것은 사랑하는 사람을 잃어버린 사람의 얼굴이었다. 창백함이 서려있는 하얀 그녀의 얼굴이 집 안에서는 선명하게 보였다. 미망인을 유심히 바라보는 것은 자칫 결례가 될 수 있다. 그렇기에 조심스레 그녀의 얼굴을 살폈다. 그녀의 얼굴에서 아내의 얼굴이 겹쳐 보였다. 그러나 그녀의 얼굴에선 아내에게서는 결핍된 어떤 것이 느껴졌다. 그것은 어머니의 얼굴이었다.

최근에 자른 듯 보이는 아주 짧은 쇼트커트 헤어가 그녀의 생의 각오를 보여주는 것 같았다. 그녀는 애써 나에게 친절한 말투와 눈빛을 보이려 하지 않았다. 나는 그 점이 오히려 다행이라 생각되었다. 자신의 아픔과 감정에 솔직할 수 있는 것이 정상적이고 건강한 상태이다. 그러나 한국의 문화는 타인에게 자신의 감정 상태와 관계없이 친절을 베풀 것을 강요한다. 그것은 인간으로 하여금 자신의 감정을 스스로 포장하게 만들어 버린다. 상대에게 무례해선 안 되지만 상황과 감정에 맞지 않는 어색한 친절을 베푸는 것도 정상이라 할 수 없다. 그러나 사모님은 자신의 상황과 감정에 충실한 태도로 나를 대하고 있었다. 그런 그녀의 행동에 도리어 안도감이 들었다.

"여기 앉아서 기다리세요. 마실 것이라도 내올게요."

사모님은 작은 거실의 교자상을 향해 손짓했다. 나는 대답 없이 조용히 앉았다. 자리에 앉는 순간 흠칫 놀라고 말았다. 바닥이 너무 차가웠다. 4월이지만 밤은 아직 겨울의 기운을 놓지 않고 있었다. 놀란 표정을 감추고 그녀가 냉장고 문을 열고 서성거리는 모습을 지켜보았다. '많이 힘든 모양이네.' 어린 자녀를 둔 미망인에게 많은 짐이 주어질 것은 뻔한 일이다. 가장 먼저 다가오는 것은 막막한 생계일 것이다. 이런 생각이 들자 나도 모르게 눈시울이 붉어졌다. 나의 눈에 맺힌 눈물을 들키지 않으려 고개를 숙였다. 그러나 냉장고 앞에서 서성이던 그녀가 나의 고개를 들게 했다.

"제가 요즘 정신이 없어서 마실게 우유랑 물 밖에 없네요."

사모님은 무표정한 얼굴로 나를 바라보며 말했다.

"아닙니다. 늦은 시간에 만나주신 것으로도 너무 감사합니다. 물 한 잔이면 충분합니다."

서둘러 눈물을 털어낸 나의 대답에 그녀는 별다른 대꾸 없이 조용히 물 한 잔을 교자상 위에 올려놓았다. 그리곤 맞은편에 앉아 말없이 나를 응시했다.

"먼저 삼가 고인의 명복을 빕니다."

"감사합니다."

상투적인 표현이지만 이 상황에서 상투적 인사 외에 어떤 말을 전할 수 있을까? 상투적 위로는 그것이 인간들이 발견한 가장 이상적인 위로이기에 상투적이란 감투를 쓰게 된 것이 아닐까?

그녀도 상투적인 감사의 표현을 던진 후 침묵하기 시작했다. 나 역시 어떻게 이야기의 포문을 열어야 할지 감을 잡지 못했다. 이럴 땐 철저히 사무적으로 접근하는 것이 하나의 방법이지만 나의 양심은 그따위로 해선 안 된다고 말하고 있었다. 어떻게 말을 이어갈지를 고민하다 대면 후 자기소개도 제대로 하지 않았다는 사실이 떠올랐다.

"전화로 말씀드렸듯이 총회에서 파견된 기찰관 최재성이라 합니다."

"네."

그녀는 나에 대해 조금도 궁금해하지 않았다. 사모님은 상실을 경험한 사람들이 가지는 무표정한 얼굴, 나에게는 상처로 남아 있는 그 상실의 표정으로 대답 후 다시 침묵으로 나를 이끌었다. 하지만 나의 방문에는 분명한 목적이 있었다. 난 어떻게 해서든 이야기를 들어야 했다. 그렇다고 과격하게 질문을 이어갈 수도 없었다.

"김 전도사님의 선택의…과정과 상황에 대해 알고 싶습니다. 힘드시겠지만…"

결국 나의 입은 자신의 목적을 이루기 위해 움직였다.

"저희 남편에 대해 더 궁금한 것이 있나요?"

그녀는 억양 없는 목소리로 나의 부탁에 도리어 질문으로 답했다.

"네?"

나는 그녀의 질문에 놀라 대답했다. 그녀의 행동은 일반적이지 않았다. 그녀가 나를 취조하기 시작한 것이다. 그녀는 "당신 정말 내 남편이 궁금해? 진심으로 묻고 있는 거야?"라는 질문을 던지고 있었다. 나의 당황해하는 모습에 그녀는 크게 동요하지 않았다. 마치 그럴 줄 알았다는 듯 그리고 귀찮다는 듯 말을 이어갔다.

"이미 교회에서 보고서가 올라가지 않았나요?"

"아… 네."

"그거 그대로 받아쓰기 하시면 되시잖아요. 이런 것까지 사들고 굳이 여기까지 찾아오신 이유가 뭔가요? 절차상의 문제면 빨리 대화를 마쳤으면 해요."

그녀의 말이 맞았다. 이 사건은 개별 교회의 차원에서는 이미 결과 보고가 끝난 사건이다. 그러니 그저 며칠 교회에서 대접받고 교역자들과 면담이랍시고 수다나 좀 떨고 개별 교회의 보고서에 대해 문제없음으로 보고서나 올리고 떡값이나 좀 받아 가면 그만이다. 교회를 위해 교회를 지키기 위해 충성했다며 스스로 자위 질하며 복귀하면 그만일 것이다. 아니, 대개 이따위의 짓거리에 기찰이란 명패를 붙이고 뭐라도 된 듯 으스대다 돌아온다. 그렇지만 그따위로 일하는 것은 나의 양심이 허락하지 않았다. 나는 목사란 교회를 위해서 살아가는 사람이 아니고 교회를 위해 충성하는 직분도 아니라고 생각하는 별종이다. 교회는 그저 모형이며 모임에 지나지 않는다. 그러나 많은 사람들이 착각을 한다. 교회라는 집단의 충복이 되는 것이 하나님의 충성된 종이 되는 것이라고. 그런 생각으로 목사를 하는 자들은 교회와 하나님을 동일시하는 오류를 범하고 있다. 교회와 하나님을 동일시하는 순간 교회는 우상이 된다. 그렇기에 나는 교회에 충성하는 것보다 하나님 앞에 양심으로 살아가는 것! 하나님께 충성하는 것을 중요하게 여긴다.

양심이 허락하지 않는 방식으로 살아야 하고 지켜야 하는 교회라면, 그것이 과연 성도들의 모임이라 할 수 있는 것일까? 양심을 저버리지 않는 것, 이것이 나의 기찰 사역의 첫 계명이다. 그러나 양심의 작동만으로는 이번 기찰에 대한 나의 열심을 다 설명될 수 없었다.

총회장과 마 목사의 정치적 힘겨루기 따위는 처음부터 나에게 그리 중요한 사건이 아니었다. 그들이 무슨 짓을 하던 나는 내 방식대로 하나님 앞의 양심으로 일하면 그만이다. 그것이 평소 나의 태도였다. 그러나 이번 기찰에서는 이상하리 만큼 매 순간 마주치는 사건들이 날카롭게 다가왔고 신경이 쓰였다. 또한 평소 기찰에 임하는 나의 열심에 비해 이번 기찰 사역에 확연히 더 열정적이었다. 굳이 미망인을 급하게 만나고 직접 대면을 하려고 했던 것부터 나의 평소 업무 패턴과는 달랐다. 왜일까? 김철민의 말처럼 같은 아픔을 간직한 사람으로서의 공감이었을까?

그녀는 나의 대답을 기다리고 있었다. 나는 어떻게 답해야 할지 고민에 고민을 거듭하며 나의 내면에 침잠하고 있었다. 그런 나를 기다리기가 지루했는지 그녀는 나를 바라보며 고개를 갸웃거렸다.

순간 내가 놓친 한 가지가 생각났다.

'어? 잠깐만 이 사람. 교회 시스템을 너무 잘 알고 있는데.'

일반적인 경우라면 사건 당사자들이나 가족들은 기찰관을 붙잡고 윽박을 지르거나 눈물로 호소를 한다. 그러나 그녀는 그런 행동을 전혀 하지 않았다. 오히려 냉소적이었다. 그 냉소는 개교회와 교단의 관계에 대해 알지 못하면 나올 수 없는 것이었다.

나는 그녀의 기다림에 조급함으로 대응하지 않기로 했다. 조급하게 던진 한 마디로 모든 것을 망칠 수 있었다. 나는 그녀의 기다림에 아랑곳 않고 다시 내면으로 침잠해 들어갔다.

'이상하다. 분명히 원치 않는 기찰 업무였어. 그런데 그곳에 도착했을 때부터 평소와 달랐어. 더 집중하게 되고 더 비판적이었어. 그리고 더 몰입하고 있잖아! 왜? 내가 왜? 빨리 끝내고 집에 가면 되는데 내가 경찰관도 아니고 강제력이 있는 것도 아닌데. 평소답지 않게 왜 이렇게 몰입하지? 왜 이렇게 열심일까?'

나는 나에게 질문했고

'사모와 아이 때문이겠지. 너도 잘 알잖아! 교회에서 자살이란 사건이 터지면 그 가족들이 어떤 손가락질을 당하고 정죄를 당하는지! 교회가 그들의 가슴에 어떤 못을 박는지! 특히 목회자 가족들이 받는 수모를! 최재성, 너는 다 경험해 봤잖아!

그리고 여다야를 그렇게 보낸 후로는 지나가는 아이만 봐도 울컥하잖아! 한 번도 본 적 없는 김 전도사의 아이가 걱정되지? 안쓰럽지? 지켜주고 싶지? 그게 너야. 여다야가 떠난 후 교인들이 아내에게 한 말들을 잊었어? 아내가 그런 선택을 한 후에 네가 교인들과 동료들에게 들었던 저주 같은 말들이 기억나지 않아? 네가 경험한 일들이 사건에 조금씩 집착하게 만드는 이유야. 정말 모르겠어?'

나는 나에게 대답했다.

나의 대답에 작게 고개를 끄덕였다. 그리곤 그녀를 다시 바라보았다. 나는 나의 상황과 이 사건에 대한 태도들에 대해 그녀에게 설명해야겠다고 생각했다. 이 사건에 대한 나의 태도를 그녀에게 전달하지 않는다면 그녀는 아무것도 나에게 말하지 않을 것이다. 그녀는 교회가 어떻게 사건을 무마하고 그것을 교회를 지키는 거룩한 일이라 착각하는지 잘 알고 있는 사람이었다. 하지만 타인의 삶을 뒤져보는 것과 스스로 나의 삶을 열어 보이는 것은 또 다른 용기가 필요한 일이었다. 나는 용기가 필요했다. 나는 다시 고개를 숙였다. 그리고 내가 아는 용기를 낼 수 있는 최고의 방법을 선택했다.

'주님! 나의 삶을 열어 김 전도사님 사모님께 보이려 합니다. 하지만 아픕니다. 용기가 나지 않습니다. 나에게 용기를 주시옵소서. 나로 진실한 마음으로 이 사건에 임할 수 있게 이끌어 주시고 용기와 힘과 언변을 주시옵소서.'

기도를 마치자 나의 입은 움직일 힘을 얻었다.

"제 가족 중에 자살을 시도한 사람이 있습니다."

내 말을 들은 그녀의 표정에는 아무런 동요도 없었다.

"누군가요?"

그녀는 담담히 나에게 물었다.

"아내입니다."

잠시 침묵이 흘렀다. 여전히 그녀의 얼굴에서는 어떤 동요도 느낄 수 없었다. 나는 천천히 말을 이어갔다.

"솔직히 말씀드리면 이 사건의 담당자로 배정되었을 때, 저는 사건에서 빼달라고 선임 목사에게 부탁했습니다. 그 과정에서 마찰도 있었고요. 결국 보시는 바와 같이 제가 오게 되었습니다만 저는 여전히 이 사건이 싫습니다."

탁자에 놓인 물을 벌컥 마셨다. 그리고 말을 이어갔다.

"그런데 이상하게 집착하게 되네요. 맞습니다. 사모님 말씀처럼 며칠 그곳에 들락거린 후 보고서에 문제없다고 올리면 끝날 일입니다. 저도 이해가 되지 않지만 그렇게 못하겠습니다. 그곳에 처음 도착했을 때, 저는 불편한 감정이 들었습니다. 교역자들과의 짧은 만남 역시 불편하더군요. 자살…무거운 사건이죠. 교회에서는 금기시된 죄악이죠. 그렇다 할지라도 한 사람을 떠나보냈다면 최소한의 애도가 있어야 합니다. 그런데 그곳에서는 어떤 애도도 찾을 수가 없었습니다. 한 사람을 떠나보낸 것에 대한 상실감도 찾을 수 없었습니다. 그런 분위기가 저로 하여금 화가 나게 했던 것 같습니다.

그리고 저는 자살한 가족을 둔 유가족에 대한 교회의 태도를 잘 압니다. 자살뿐만이 아니라 불행한 사건이 발생했을 때, 교회가 취하는 태도는 단순합니다. 그들은 자신들의 집단과 하나님을 보호하기 위해 불행한 일의 원인을 가족들에게서 찾습니다.

저의 아내가 극단적 선택을 하기까지 과정에서도 그랬습니다. 모든 사건의 주권자이신 하나님을 교회에서는 가르치면서 불행한 사건엔 하나님을 배제하죠. 그리고 모든 불행의 원인을 사건의 피해자들의 죄로 환원하여 상실의 고통에 허덕이는 피해자들을 사고의 원인 제공자로 만들어 버리죠. 그리고 저의 아내는 결국 그들의 정죄함에 무너졌습니다.

아내가 그런 선택을 한 이후에도 그들은 자신들이 준 상처들에 대해서는 조금도 반성하지 않고 저를 몰아내는 일부터 시작했습니다. 어제까지 같이 동역하던 교역자들이 앞장서서 저와 대화하는 것만으로도 자신들에게 부정함이 묻을 것 같이 행동하더군요. 제가 김 전도사님이 시무하셨던 그곳에 갔을 때, 같은 느낌을 받았습니다.

저는…죄송한 이야기입니다만 김 전도사님에 대해 알지도 못하고 일면식도 없습니다. 그리고 그가 자살을 선택한 이유에 대해서 그 이유 자체가 궁금한 것도 아닙니다. 다만, 교적부를 보니 사모님과 아이가 보였습니다. 그들이 사모님의 가족에게 했을 말과 행동들에 대해 정확히는 알지 못하지만, 그 상황들을 제 경험이 유추하게 했고, 공감하게 했습니다. 그래서 알아야겠습니다. 진짜 원인이 어디에 있는지 왜 그런 극단적인 선택을 했는지를.”

나는 말을 마쳤다. 그녀는 살짝 눈을 떨구고 있었다. 슬픈 표정과 금방이라도 터질 것 같은 눈물이 그렁그렁 맺힌 그녀의 눈. 그녀의 눈물은 남편에 대한 그리움에 의한 것인지 아니면 남편을 잃은 미망인에게 쏟아졌을 비난에 대한 설움인지 그것도 아니면 어린 자식을 남기고 떠난 남편에 대한 분노와 막막함인지는 알 수 없었다.

그녀의 표정은 한없이 슬펐으나 조금은 후련해 보이기도 했다. 나는 그런 그녀의 표정을 조심스럽게 살피며 눈물을 닦을 손수건을 건네려 하다 멈추었다.

‘내가 이 분을 위로할 자격이 있을까?’

라는 생각이 스쳐 지나갔기 때문이다. 나는 손수건을 찾는 손을 멈추고 다시 말을 이어갔다.

"저는 대부분의 자살은 우발적인 사건이라 생각합니다. 다만, 그 우발적인 사건까지 이끄는 외·내부적인 작동 원인이 있다고 생각합니다.

김 전도사님이든 제 아내든 같다고 생각합니다. 저는 김 전도사님을 극단으로 밀어 넣은 원인들과 원인 제공자들이 반드시 있다고 생각합니다. 그렇다면 그 원인들이 한 사람으로 하여금 극단적인 선택을 하게 만든 책임을 져야 되지 않겠습니까?!"

나는 열변을 토해냈다. 그러나 나의 열변에도 그녀는 여전히 무심한 얼굴이었다.

"목사님…목사님께서도 교회를 믿지 않으시나 보네요."

"네?"

그녀의 짧은 한마디는 나를 당혹스럽게 했다. 그녀는 억양 없이 목소리로 다시 물어왔다.

"교회를 믿으시나요?"

그녀도 내 말을 듣고 심정에 변화가 있었던 모양이다.

"교회는 믿음의 대상이 아닙니다."

나는 눈을 감은 채 대답했다.

"그런 경험을 하셨기 때문인가요?"

그녀는 무언가를 결심하기 전 재차 확인받고 싶었는지 또다시 물어왔다.

"맞습니다. 제 아내의 일을 통해 교회가 사람을 어떻게 인식하는지를 경험하게 되었습니다."

"그런데 왜 교회에서 일을 하세요?"

"저는 교회를 위해 일하지 않습니다. 하나님을 믿는 사람들을 위해 일한다고 스스로는 생각합니다. 제가 개교회에서 목회 일을 하지 않는 것은 제가 경험한 일들도 있지만 또한 교회 안에서 있어서는 안 되는 일들이 수도 없이 있기 때문이기도 합니다.

착하고 선한 사람들이 교회에 상처받고 떠나는 일은 있어서는 안 되겠죠. 그들이 손가락질을 받아도 안 되고요.

제가 총회에 들어갔을 때, 총회에서 처음 배정한 업무는 행사 관리였습니다. 그러나 제가 업무 변경을 요청했었습니다. 기찰관 업무로 배정해 달라고요. 기찰관은 험한 일이라 총회 내에서도 기피하는 일입니다. 처음 행사 관리 담당으로 배정한 것은 총회 차원에서는 나름 저를 배려한 것이었습니다. 교단 내의 행사 관리는 나름 요직이기도 하고 눈먼 돈이 많이 돌기도 하죠.

업체들 로비도 있고요. 총회에서도 처음에는 의아하게 여기더 군요. 제가 조직신학이란 분과를 전공을 해서인지 행사 담당이 싫다면 이단 조사국이나 교단 법무팀은 어떠냐고 제안했습니다. 사실 그쪽이 요직이라면 요직입니다. 그런데 저는 거절했습니다. 이유는 간단했습니다. 다시는 저의 아내와 같은 사람이 없었으면 하는 바람이었습니다. 그런데 저도 초심을 잠시 잊고 있었나 봅니다. 제가 왜 기찰 목사가 되기로 했는지를. 이번 기찰은 저에게 초심에 대해 생각나게 했습니다. 기찰은 교회를 위한 일이 아닙니다. 기찰은 억울한 사람을 위한 일입니다. 억울한 사람은 없어야죠. 그래서 저는 김 전도사님이 왜 그런 선택을 했는지 알아야겠습니다."

"억울한 사람…목사님…남편이 아무리 억울하더라도 이미 죽은 사람을 위해 할 수 있는 일은 없어요."

다시 침묵이 흘렀다. 그녀를 만나 나눈 몇 마디 대화는 나를 부끄럽게 만들었다. 초심을 잃고 이번 기찰에서 빼달라고 소리 지르던 나 자신이 부끄러웠다. 그리고 되새기게 만들었다. 내가 왜 아직 목사 명찰을 달고 있는지를.

"하지만 목사님 말대로 남겨진 사람들을 위해 하실 수 있는 일은 있을 것 같네요. 남편이 그런 선택을 했는데 제가 아무런 책임이 없다고 할 수 없겠죠. 저를 욕하고 모독하고 남편 잡아먹은 년이라고 손가락질해도 그것 또한 제가 감당해야 할 일이라 생각해요. 하지만 아이는 뭔 죄가 있어요? 우리 아들을 위해서…"

그녀는 아이가 대화의 주제어로 등장하자 차마 말을 끝까지 이어가지 못했다. 이내 목이 메는 듯했다. 그러나 그녀는 거기에서 주저하지도 머물지도 않았다. 그녀는 태산과 같은 존재! 어머니였다. 메이는 목을 가다듬고 다시 말을 이어갔다.

"아이가 있으시나요?"

그녀의 질문에 눈두덩이 파르르 떨려왔다.

"있었습니다."

그녀는 담담히 질문을 이어갔다. 그리고 내가 그녀에게서 놓친 것을 발견했다. 교인들의 기찰관에 대한 태도와 그녀의 태도가 다른 근본적인 이유는 그녀가 슬프지 않기 때문도 아니고 교회를 믿지 않기 때문도 아니다. 그리고 기찰관에 대한 불신도 아니었다. 그런 것들은 부차적인 이유였다.

그녀의 태도는 그녀가 어머니이기에, 지켜야 내어야 할 사랑하는 아이가 있기에 할 수 있는 행동이었다. 누군가에게 매달릴 여력조차 어머니에게는 사치였을 것이다. 그녀는 사건의 진상에 대한 불확실한 기대에 힘을 쏟을 형편이 아니었다. 그녀에게는 당장 돌보고 지켜줘야 할 아이가 있기에 자신의 소망과 감정을 철저히 절제하고 있었다. 그녀는 자신의 사명! 어머니로서의 해야 할 일에 대해 분명하게 이해하고 있었다.

"있었다."

그녀는 나의 말을 작은 목소리로 되뇐 후 다시 말을 이어갔다.

"사모님의 선택과 연관이 있나요?"

"네. 아이를 떠나보낸 아내는 그 책임과 고통을 감당하지 못했습니다."

"죄송해요. 아픔을 건드릴 의도는 없었어요. 다만, 저도 더 이상은 상처받고 싶지 않아요. 그리고 저는 지나간 일에 힘을 쏟을 여력도 없어요. 슬픔에 잠겨 있을 여유도 없죠. 그래서 확실한 확인이 필요했어요. 목사님을 믿을 수 있는지. 만약 목사님을 믿겠다고 판단이 된다면 제 결심에 맞는 행동을 해야 하니깐요."

그녀의 말이 맞다. 나 역시도 그녀와 같은 입장이었다면 똑같이 행동했을 것이다.

"저도 처음에는 이 사람 저 사람 붙들고 사정도 하고 묻기도 했어요. 하지만 많은 사람들이 경찰관들이야 그렇다고 쳐도, 남편과 함께 사역하던 동역자들까지 그저 귀찮은 일이 생긴 것처럼 행동했어요. 그리고 남편 동역자들은 마치 모든 것이 저와 남편이 모자란 사람들이라 생긴 일처럼 말했어요. 여호수아 목사님은 저를 나무라기까지 했어요.

가장 큰 피해자는 교회래요. 저희 남편 때문에 교회가 난처하게 되었는데 어디 양심도 없이 얼굴은 들이미냐고 하더군요. 저도 그런 일을 겪어보니 교회도 목회자들도 믿을 수 없더라고요. 아니 믿음의 문제가 아니라 혐오스럽기 그지없었어요. 그렇다고 목사님을 확실히 믿는다는 뜻도 아니에요. 하지만 목사님이시라면 최소한 그들처럼 행동하진 않으시겠죠. 최소한의 양심이 있으시다면요.

그리고 제가 바라는 것도 대단한 것이 아니에요. 최소한 남편이 진짜 마귀에 홀려서 그런 선택을 한 것인지 아니면 그 인간들이 저에게 말했듯 정말 쓰레기 같은 목회자였는지 정도만 밝혀주셨으면 좋겠어요. 포장도 필요 없어요. 그저 진실을 알고 싶을 뿐이에요.

언젠가 아이가 커서 물어볼 거 아니에요? 그런데 아이에게 아무것도 답해 줄 수 없다면 그건 너무 비참한 일이잖아요. 우리 아이는…이 아이만큼은 아버지에 대한 진실을 알아야 하지 않을까요? 다시 부탁드릴게요. 포장해 주실 필요 전혀 없어요. 저는 진짜 진실을 알고 싶어요. 교회를 위해서가 아닌 남겨진 아이를 위해서. 이것도 바라면 안 되는 건가요?"

그녀의 호소와 감정은 정직했다. 그녀의 호소는 이 기찰을 업무가 아니게 만들고 있었다. 이것은 한 아이를 위한 숭고한 사역이었다.

불현듯 그곳에 붙어있던 문구가 떠올랐다.'한 영혼이 천하보다 귀하다' 그렇다. 한 영혼이 천하보다 귀하다. 이 문구의 숭고함이 나를 떨리게 했다. 한 영혼을 위해 천하와 싸워야 한다면 그래야 한다는 이 숭고한 명령이 나에게 결의를 선사해 주었다. 그들은 한 영혼이 천하보다 귀하다는 문구로 치장된 그곳에서 그곳의 양적 성장을 위해 발버둥 치고 있다. 그러나 정말 그 숭고한 명령대로 행동하는 사람이 있다면 그는 천하를 등지고 홀로 한 영혼을 위해 살아가야 할 것이다. 마치 그리스도가 그리하셨듯이.

우리가 정말 그리스도를 주로 모신다면 한 영혼을 위해 모든 것을 던지고 살아가야 할 것이다. 이것은 모든 기독교인에게 던져진 명령이며 계명이자 양심이어야 한다. 그리고 나의 양심은 나를 천하에 맞서라고 충동했다.

"감당하겠습니다."

나의 대답은 그녀를 향한 것이었을까? 주님을 향한 것이었을까?

그녀는 내 눈을 한동안 주시했다. 그녀의 눈은

'당신의 그 말을 지켜주세요. 그리고 절대 배신하지 말아주세요. 세상 속에 홀로 남겨진 저와 아이를 기억해 주세요.'

라고 소리 없이 말하고 있었다. 그녀의 아랫입술이 꿈틀거렸다. 그리곤 말을 이어갔다.

"목사님의 뜻은 잘 알겠습니다. 애석하게도 제가 남편의 사역이나 동역자들과의 생활에 대해 구체적으로 말씀드릴 만한 것은 없네요.

남편은 입이 무겁거나 무뚝뚝한 사람은 아니었어요. 다만, 제가 이 교회와 적당한 거리를 가지길 바라는 것 같았어요. 그래선지 남편은 사역에 대한 이야기는 거의 하지 않았어요. 제가 드릴 수 있는 말은 남편이 어떤 사람인지 정도일 거예요. 아내로서 그리고 동역자로서 제 이야기만 해 드릴게요."

'동역자? 보통 남편에게 동역자라는 표현을 쓰나?'

그녀의 말에 순간 의구심이 들었다. 그러나 마음을 열고 진술을 시작한 그녀의 말을 자르고 물을 순 없었다.

"남편은 강한 사람이었어요. 삶의 애착도 강했어요. 이상하죠? 삶의 애착이 강한 사람이 자살이라니."

그녀는 쓸쓸한 미소를 지었다.

"그리고 예민한 사람이기도 했어요. 보통 성격이 강인한 사람들은 예민하지는 않잖아요? 하지만 남편은 상당히 예민했어요. 예민했기 때문에 자상할 수 있었던 같아요. 저와 아들에게 정말 자상한 남편이었어요. 아들도 저보다 남편을 더 좋아할 정도로 말이죠. 저와 아들의 감정에 예민하게 반응했어요.

타인의 입장에서 그 사람의 감정을 예민하게 이해하고 반응했죠. 흔히 말하는 공감능력이 뛰어난 사람이었어요. 사랑도 참 많은 사람이었죠.

한 번은 편의점 앞에 앉아 있는 걸인을 보고선 다가가 몇 마디를 나누더니 돈을 주더라고요. 저는 그 모습을 보면서 의아했어요. 그 걸인 앞에는 소주 병이 놓여 있었거든요. 보통 목회자들은 술병이 놓여 있는 걸인을 도와주지 않잖아요. 돈을 줘봐야 또 술 마실 건데 왜 주냐고 하잖아요. 저도 같은 맥락에서 남편에게 물었어요. 무슨 말을 했고 왜 돈을 주었냐고요.

그러자 남편은 안주 없이 술 마시면 속에 좋지 않으니 안주 좀 사서 같이 드시라고 했다는 거예요. 저는 그게 웃기기도 하고 어이없기도 해서 술을 마시지 말라고 해야 하는 것 아니냐고 말했죠. 그런데 남편은 자신이 마시지 말라고 한다고 해서 안 마실 거면 저기 앉아 있지도 않을 거라고 하더라고요. 그래도 빈속에 술 마시는 것보다 뭐라도 먹으면서 마시게 해야 병원 신세라도 면한다고 말하더라고요. 제가 그래봐야 저분은 깡소주 마실 거라고 했더니 남편은 웃으며 '하나님께서도 우리가 또 잘못하실 것을 아시면서 사랑해 주시잖아.'라고 하더라고요. 참 다정한 사람이었어요."

그녀는 남편에 대한 그리움이 몰려드는 듯했다. 그녀는 갑자기 말을 멈추고 잠시 동안 흐느꼈다.

"죄송해요. 저도 모르게…"

나는 대답 대신 고개를 끄덕여 보였다. 그러자 그녀는 잠시 울음을 진정시키며 말을 이어갈 준비를 했다. 그러나 쉽사리 울음이 멈추지 않았다. 미세하게 떨리는 목소리로 그녀는 말을 이어갔다.

"한 번은 새벽 기도회를 마치고 둘이서 커피숍에 갔어요. 겨울이었죠. 새벽 시간이라 사람이 거의 없었어요.

그런데 비구니 한 분이 들어오시더라고. 그날 날씨가 참 추웠어요. 남편이 그분을 계속 쳐다보더라고요. 남편이 계속 쳐다보니 저도 덩달아 눈이 갔어요. 그런데 그분은 음료 주문은 안 하시고 살짝 떨면서 구석 자리에 앉아 계시더라고요. 아마 추위를 피해 잠시 들어오셨던 것 같아요.

그때 갑자기 남편이 일어나선 주문대로 가더니 진동벨을 받아서 그 여자 스님에게 주더라고요. 뭐라 이야기하더니 자리에 돌아왔어요. 제가 눈짓으로 뭐라고 했냐고 물으려는데 그 비구니께서 저희 테이블로 오셨어요. 그리곤 감사의 표시를 하시면서 자신이 무엇을 해드리면 되냐고 물으셨어요.

그러자 남편이 '저희는 예수님 믿는 사람들입니다. 아무것도 안 해주셔도 됩니다.'라고 대답하더라고요. 그 스님은 상당히 난감한 표정을 지으셨어요. 남편이 다시 말했어요. '추위에 떠는 사람을 외면하지 말라고 예수님께 배웠습니다. 배운 대로 했을 뿐입니다. 커피 맛있게 드세요.'

남편은 그런 사람이었어요. 보통 목회자들은 승복 입은 사람을 보면 묘한 적대감을 드러내거나 불편해하잖아요? 그런데 남편은 그런 것이 없었어요.

사람은 사람으로 보아야 한다는 것이 남편의 생각이었죠. 남편이 자주 해주던 말이 '어떤 사람도 불법적인 인간은 없어'였어요. 그래서 늘 사람들에게 다정했었어요. 하지만 자기 자신에게는 지나치다 싶을 정도로 엄격했죠.

자기 행동에 대해 늘 스스로 납득할 만한 성경적 근거가 있어야 했죠. 그리고 자기 행동이 조금이라도 성경의 것에 어긋나면 고치려 노력했어요.

이렇게 말하면 참 완벽한 사람 같지만 꼭 그런 건 아니에요. 다만, 자기의 잘못을 빨리 인정하고 사과하고 고치려는 사람이었어요. 그런 남편의 모습이 좋았어요. 자기를 돌아볼 줄 아는 사람이라 작은 행동이라도 생각 없이 하는 일이 별로 없었어요. 그래선지 자기 자신의 행동에 무척이나 예민했었어요."

그녀는 남편에 대한 회상에 다시 감정이 밀려오는 듯했다. 터져 나올 것 같은 울음을 참기 위해선지 한동안 입술을 꼭 다물었다.

"또 남편은 똑똑한 사람이었어요. 생각하는 것이 남달랐어요. 설교도 늘 외워서 하고 책임감도 강했어요. 아이에게도 늘 다정했고요. 자기에게는 엄격한데 다른 사람에게는 늘 부드러웠어요. 참 좋은 사람이에요. 그런 사람인데…"

그녀는 다시 울먹였다. 그녀가 울먹이는 간격이 짧아지고 있었다. 묶어두었던 남편에 대한 기억과 애틋함이 한 번 터져 나오기 시작하자 점점 거세지는 듯했다. 막혔던 둑이 서서히 무너지듯. 하지만 그녀는 남편에 대한 진술을 끝끝내 완수하겠다는 신념을 가진 사람처럼 자신의 떨리는 목소리를 가다듬으며 말을 이어갔다.

"이 교회에서는 어떤 평판이었는지 잘 모르지만 다른 사역지에서는 상당히 인정받는 사람이었어요. 특히 성도들에게 인정받고 사랑받는 사람이었죠. 그건 제가 잘 알아요. 남편과 함께 5년 정도 동역을 했었어요. 성도들에게 조금도 권위적이지 않은 그런 사람이었고 교사들과 성도들을 존중하고 아이들을 사랑했던 사람이었어요. 그런 사람이 왜 이런 선택을 했는지…저는 제 남편을 원망하지 않아요. 그 사람이 그런 선택을 했다면 그럴 수밖에 없었기 때문일 거예요. 그리고…"

사모님은 무언가 말을 이어가려다 자신의 감정을 통제하려는 듯 작게 한숨 쉬었다. 하지만 그녀의 눈빛은 내가 그녀를 만난 후 처음으로 빛나고 있었다. 남편에 대한 회상은 그녀를 추억에 빠뜨려 허우적거리게 만들지 않았다. 오히려 그녀를 다시 일어서게 한 것 같았다. 남편의 죽음이라는 극단적이고 충격적인 사건으로 인해 놓쳐버렸던 그가 남겨 준 삶의 소중한 유산을 다시금 생각나게 했을 것이다. 소극적이고 생기를 잃었던 그녀는 그렇게 김 전도사님을 떠올리며 차차 생기를 찾아갔다.

"솔직히 저도 궁금해요. 남편에게 무슨 일이 있었는지. 이번 사역지에서 많이 힘들어했던 것은 사실이에요. 온몸에 피부병이 생길 정도로 스트레스를 많이 받았었죠. 하지만 그렇다고 해서 자살이라는 것이 어떤 의미인지 누구보다 잘 알 만한 사람이 그렇게 책임감이 강하고 영특한 사람이 아무 생각 없이 극단적인 선택을 했을 거라 생각이 들지 않네요. 최소한 제가 아는 남편이라면 말이죠. 분명 다른 무언가가 있을 거예요."

그녀는 말을 마치고 잠시 고민하다 자리에서 일어났다.

"잠시만요…"

자리에서 일어난 그녀는 닫혀있던 방문들 중 하나를 자신의 몸만 들어갈 수 있을 만큼 조금 열었다. 그리곤 조심스럽게 들어간 후 문을 닫았다. 10여 초가 흘렀을까? 한 손으로 다 들기에는 많은 양의 노트들을 들고 조심스레 방에서 나왔다. 제법 무게가 나가 보이는 그것들을 조심스럽게 교자상 위에 올려놓았다.

"남편 일기장들과 남편이 생전에 사용한 스마트폰입니다."

그녀의 눈빛은 이제 살아있는 사람의 그것, 생기 있는 그것이 되었다.

"아무에게도 보여 주지 않았어요. 저는 차마 읽어보지 못했어요. 읽어 보려 했지만 아직은 두렵기도 하고요. 폰도 그날 이후 켜보지 않았어요. 아마 충전하셔야 켜질 거예요. 비밀번호는 제 전화번호 끝 네 자리일 거예요. 지금의 저보다는 목사님께 필요할 것 같네요. 잘 부탁드릴게요."

"감사합니다. 소중히 다루겠습니다. 잘 보고 돌려 드리겠습니다만 그래도 저보다는 먼저 보시는 게 도리가 아닐까요?"

"솔직히 겁이 나요. 혹시나 저에 대한 원망이 한 글자라도 적혀있다면…감당할 자신이 없어요. 그 사람들 말을 믿는 건 아니지만 그래도 그 사람들이 말한 것처럼 남편의 죽음이 저 때문이라면 저는 감당할 자신이 없어요."

그녀의 말을 듣는 순간 내 귀를 의심했다. 미망인에게 남편의 사망이 "너 때문이야!"라고 말한다는 것이 인간적 상식으로 가능한 일인가? 나는 놀란 눈으로 그녀를 바라보았다. 이런 비상식적이 말을 하는 인간들은 과연 누구일까?

"사모님 그 사람들이라면 누굴 말씀하시는 거죠?"

나는 격양된 어조로 그녀에게 물었다.

"남편 동역자들이…"

왜 슬픈 예감은 틀리는 적이 없는지. 그녀의 말이 채 끝나기 전에 온몸이 부르르 떨렸다.

'이런 개새끼들이!'

입 밖으로 욕설이 터져 나오려는 것을 막기 위해 어금니를 최대한 꽉 물었다. 어찌나 세게 물었는지 턱관절이 부들부들 떨려왔다.

'가족을 잃은 사람에게, 그것도 자기 동료의 가족에게 설사 그렇다 할지라도 할 말과 안 할 말이 있는 거야! 미친 새끼들.'

그들이 그런 말을 미망인에게 던졌다면 이유는 뻔한 것이다. 책임 소재에 있어서 발뺌하기 위해서이다. 유가족은 당연히 사건의 원인에 대해 질문하고 따진다.

당연히 사건의 1차 원인으로 지목받는 것은 사건이 일어난 그곳이 된다. 유가족은 그것에 대해 질문하고 항의할 권리가 있다. 그러나 그러한 항의에 대한 가장 강력한 대응법은 유가족에게 책임을 전가하는 것이다. 그러나 그것은 최소한 교회라면, 아니 인간으로서의 최소한의 양심이 있다면 해서는 안 될 짓거리다.

그들은 교회를 지킨다는 명분 아래에서 인간으로서 가져야 할 최소한의 책임감과 도리 그리고 양심까지 저버렸다. 교역자라는 것들의 입에서 그 따위의 말이 나오다니! 그들은 성도들의 모임인 교회를 시장 잡배들의 모임으로 전락시켰다.

담임 목사, 총무 목사 그리고 두 명의 교역자들의 얼굴이 스쳐 지나가며 나는 분노에 사로잡혔다. 하지만 엄습하는 분노에 몸이 떨려오는 나와는 대비되게 그녀는 차분하게 말을 이어갔다.

"저도 부교역자들의 생리를 잘 아는 사람이에요."

"5년 정도 김 전도사님과 사역을 같이 하셨다고 하셨죠?"

"네. 그이와 같은 교회에서 사역한 5년이 전부이긴 하지만요. 부교역자들…저도 어느 정도는 알죠. 그래서 그 사람들의 그런 말들을 원망하지 않아요."

"네."

부역자들의 생리. 그것은 슬픈 것이다. 헌신이란 이름의 착취에 익숙해져 자신들이 왜 사역을 하는지 누구를 위해 사역을 하는지도 모르는 교회의 슬픈 자화상. 하나님을 위한 사역이 아닌 교회라는 집단을 위한 사역이 될 경우 교역자들은 집단적 폭력의 선봉장이 되어 버린다.

우리는 이러한 현실이 왜 발생되는지 교회사를 통해 수없이 배웠다. 그러나 인간은 같은 실수를 반복하는 슬픈 존재이지 않은가? 중세의 만행들이나 지금의 만행이나 부교역자들이 저지르는 만행의 근원은 동일하다.

현장의 교역자들 중 목회자 같지 않은 목회자들에게 물어보면 누구나 자신은 하나님을 위해 일하고 있다고 대답한다. 그렇다면 그들에게 하나님은 누구일까? 그들에게 하나님이란 교회이며 더 명확하게는 교회의 지배자인 담인 목사이다. 결국 그들은 교회와 하나님을 동일시하는 오류를 범하고 있는 것이다.

교회를 하나님과 동일시하는 순간 교회의 담임 목사는 하나님의 대리자로 등극하게 된다. 담임 목사도 사실 교인 중 하나에 지나지 않는다. 그러나 목사가 하나님의 대리자가 되는 순간 그는 신적 존재가 된다. 뉴스를 전하는 아나운서는 그저 전달자이지 사건 그 자체일 수 없다.

목사도 그렇다. 목사는 복음을 전달하는 역할이 부여된 회중의 일원이며 일종의 메신저여야 한다. 아나운서를 사건 자체로 보는 것은 얼마나 비이성적인 발상인가? 마찬가지다. 목사를 하나님의 대리자로 여기는 것은 웃긴 일이다. 그러나 목사에 대한 과도한 설정 부여가 이 웃긴 일을 현실로 만들어 버린 한국의 많은 교회는 목사를 하나님과 개별자를 연결해 주는 유일한 톨게이트로 인식해 버렸다.

톨게이트를 지나기 위해선 통행료를 지불해야 한다. 하나님에게 복을 받기 위해선 목사라는 톨게이트를 통과하기 위한 통행료가 필요해진다. 결국 성도는 목사에게 통행료를 지급하고 목사는 '복'이라는 이름의 자본주의적 성공을 위한 존재, 금전적 성공을 기원하는 무당이 되어버린다.

인간으로서의 욕망을 그대로 소유한 하나님의 대리인! 그러한 목사는 사적 영역과 공적 영역이 모호해진다. 하나님의 대리인이 되었으니 그의 모든 영역은 하나님의 영역이 된다. 그가 사리사욕을 가져도 그것은 하나님의 뜻이 된다. 그가 불합리한 것을 명령해도 그것은 하나님의 뜻이 된다. 그렇게 부교역자들이 담임 목사의 부조리에 저항하는 것은 하나님의 뜻에 저항하는 것과 동일시된다.

이것뿐이겠는가? 부교역자들의 사례비와 담임 목사의 사례비는 엄청난 격차가 있다. 교회는 담임 목사를 제외한 부교역자들의 사례비를 지출이자 비용이라 생각한다. 살림이란 지출을 줄이는 것이 미덕이다. 그러니 하나님이 되어 버린 담임 목사의 사례비는 건들지 못하고 부교역자들의 사례비에서 지출을 줄여야 미덕은 완성된다.

내가 만났던 한 장로는 부교역자들의 사례비 인상을 막은 것이 큰 공을 세운 것 마냥 자랑질을 해댔다. 그에게 부교역자들은 목회자가 아니라 교회의 종업원에 지나지 않았다.

이러한 상황은 부교역자들의 직업 안정성을 엉망으로 만들었다. 한 목사는 "교회를 위해"라고 말하며 자신에 대해 흉을 봤다는 이유로 다음날 교역자 전원을 해고한 사실을 자랑스럽게 지껄였다. 그는 그것이 하나님의 교회를 위한 일이었다고 했다. 그에게는 하나님의 교회를 해하는 일과 자신을 흉본 것이 동일시된 셈이다. 그는 스스로 교회이자 하나님의 대리인이 되어있었던 것이다. 그러한 생각이 얼마나 부끄러운 일인지 인식조차 하지 못한 체.

이렇게 부교역자들의 목줄을 쥐고 있으니 부교역자들은 부조리하더라도 순종할 수밖에 없다. 그렇다고 부교역자들이 부조리에 침묵하거나 혹은 앞장서는 것을 인정해 줄 수도 없다. 그들이 그렇게 살아가는 것은 그들의 욕망이 하나님의 나라가 아닌 담임 목사에게 향하고 있기 때문이다. "나도 담임 목사처럼 되고 싶다."라는 욕망이 그들로 하여금 부정에 눈 감고 담임 목사의 종이 되게 만들어 버렸다. 욕망의 표상으로서의 담임 목사는 그들에게 비전이고 롤 모델이 된다.

그렇게 담임 목사는 부교역자들의 욕망의 표상이 된다. 부교역자들은 그가 명령한 것에 순종하면서 언젠가는 나도 그와 같은 지위와 금전적 보상을 받을 수 있을 것이라는 소망 아닌 욕망에, 순종 아닌 굴종의 인간이 된다. 아이러니하게도 그런 유의 인간들은 교회를 떠날 때 도리어 담임 목사를 욕하며 떠난다.

그들이 정말 담임 목사의 부조리를 비판하는 것일까? 그렇지 않다. 자신의 욕망이 파괴됨에서 오는 허탈감이 그들을 비판자로 만든다. 교회를 위하여, 하나님의 나라를 위하여, 올바름을 위하여 교회의 부정을 비판하고 바꿔보고자 싸우는 자들과 자기 욕망의 파괴에서 오는 좌절감을 해소하기 위해 비판하는 인간들을 분리하여 판단해야 한다. 그리고 이 판단의 근거는 이미 주님께서 알려주셨다. 그것은 삶의 열매이다. 목사의 몸종으로 살았는지 복음의 대사로 삶을 살았는지를 보면 그 판단은 쉽고 명확해진다.

부교역자들의 생리라는 사모님의 한 마디, 부조리의 부역자로 살아가는 부교역자들의 삶을 이해한다는 사모님의 한 마디에 나는 침묵의 답 외엔 도리가 없었다. 잠깐의 침묵이 흐른 후 나는 그녀가 내려놓은 노트를 주섬주섬 챙기며 말을 이어 갔다.

"노트들 잘 보겠습니다. 귀한 것인데 이렇게 저를 믿고 내어 주셔서 감사합니다."

"잘 부탁드립니다."

그녀의 부탁은 이 상황을 부탁하는 것인지 아니면 남편의 유품인 노트들과 휴대폰을 부탁하는지 것인지 알 수 없었다. 아니면 둘 다 이거나. 노트를 정리해 가방 위에 올려놓았다. 그렇게 대화는 종점을 향하고 있었다.

"실례인 줄 압니다만…한 가지 민감한 질문을 드려야 할 것 같습니다."

나의 감정을 따른다면 이 질문을 해선 안 되지만 사실 관계의 확인을 위해선 반드시 필요했다.

"현재 경제적인 상황은 어떻고 김 전도사님 생전에는 어떠했나요? 그리고…"

차마 입이 떨어지지 않았다. 마른침을 삼키며 애써 입을 열었다.

"혹시 우울증이라든가 정신질환 병력이 있었나요?" 나는 그녀의 눈을 피하며 질문했다.

"우울증이나 정신질환 병력은 전혀 없었어요. 그리고 경제적인 부분은…"

그녀는 탁자 위의 물을 한 모금 마신 후 다시 말을 이어갔다.

"형편이 좋다고는 할 수 없지만 그렇다고 파탄에 이른 지경은 아니에요. 시댁 쪽이 경제력이 있으세요. 그래서 어느 정도 도움을 주고 계세요.

경제적으로 암울한 상황이라면 남편이 학업을 지속할 수 없었겠죠. 남편은 학업을 이어가고 있었어요. 박사 학위 과정 중이었어요. 교회에서 전임 사역자로의 전환을 제시했지만 남편이 거절했어요. 남편은 교수 사역에 비전을 가지고 있었어요. 전임 사역을 하면 아무래도 공부할 시간이 줄어들 수밖에 없겠죠. 그런 점을 시댁 부모님께 말씀드리고 어느 정도 경제적 지원을 받았어요. 남편은 '이 나이에 부모님 도움받는 것도 참 못할 짓이지만 당장 몇 푼 더 벌자고 전임으로 전환하면 지금까지 쌓아온 시간이 의미가 없어져 버려.'라고 말했어요."

그녀의 진술은 놀라운 것이었다. 그녀의 말이 진실이라면 그곳에서 총회로 올린 보고서는 거짓말 그 자체가 된다.

"그렇다면 경제적 어려움도 없었고 또 전임 전도사로 전환하는 것도 원치 않았다는 건가요?"

나는 토끼 눈을 뜨고 한 번 더 확인하듯 물었다. 갑작스러운 나의 반응에 그녀는 놀란 눈치였다. 그도 그럴 것이 그녀는 그곳에서 총회로 올린 보고서의 내용에 대해서는 전혀 모를 것이기 때문이다. 그녀는 침착하게 진술을 이어갔다.

"전혀 없었다고는 할 수 없죠. 넉넉하진 않지만 그래도 생활하는데 크게 부족하지는 않았어요. 저희 부부가 그리 소비적이지 않았거든요. 큰돈은 아니지만 남편 사역비와 남편이 학교에서 하는 아르바이트가 있었어요. 학위 과정에 있으신 연세가 좀 있으신 분들에게 논문 작성이나 신학 스터디 과외와 같은 일로 벌어오는 돈도 어느 정도 있었어요.

남편 말로는 형편이 어려운 것을 아시는 분들이 친분만으로 후원해 주기 뭐하니깐 과외라는 형태로 도와주시는 것이라고 했어요. 사실 어떨 때 과외로 벌어오는 돈이 사례비보다 많았어요.

그리고 살다 보면 목돈이 들 때가 있잖아요. 그럴 땐 시댁에서 도와주셨고요. 넉넉하진 않지만 딱히 경제적으로 어렵지도 않았어요."

"김 전도사님은 전임 사역은 전혀 관심이 없으셨나요?"

"교회에서는 몇 번이나 전임을 권했던 것으로 알고 있어요. 하지만 남편은 그때마다 정중히 거절했다고 했어요."

"확실한 사실이죠?"

나의 되물음에 그녀는 이게 왜 중요하지?라는 의문이 들었는지 고개를 갸웃거리다 이내 고개를 끄덕였다. 하지만 나는 그녀를 빤히 쳐다보았다. 행동이 아닌 그녀의 입에서 나오는 진술이 중요했다. 나의 눈빛의 의미를 이해했는지 그녀는 자신의 입으로 확언했다.

"분명히 사실입니다. 조금의 거짓도 없습니다."

자신의 진술이 진실임을 그녀는 선언했다.

"알겠습니다."

한숨이 새어 나왔다. 그들이 사모님께 한 말들만 보아도 그 인간들이 어떤 인간들인지는 안 봐도 비디오였다. 그런 인간들이니 자기들 입맛에 맞는 거짓 보고서를 대충 작성해서 올리는 것에 대해 어떤 양심의 가책도 없었을 것이다. 그리고 그들은 그것도 교회를 위한 일이라고 스스로를 칭찬하고 있을지도 모를 일이었다.

사모님의 진술이 명확한 진실이라면 그들은 사역자도 아니며 부교역자도 아닌 그저 거짓말쟁이들이며 악한 일의 부역자일 뿐이다. 그리고 사모님의 진술은 구체적이며 정합적이었다. 그러나 그들의 보고서에는 어떤 정합성도 합당한 증거도 없었다. 그저 교역자들의 진술 몇 마디와 결론만 나와 있었다. 이런 거짓 보고서를 올리면서도 들키지 않을 것이라 생각했는지 아니면 자신들의 거짓에 반기를 들 수 있는 사람은 없다고 생각한 것인지 상식적으로 이해할 수 없었다.

사모님을 통해 드러나는 진실에서 총무 목사의 과한 신경질적 반응이 이해가 되기 시작했다. 처음에는 기찰 목사에 대한 단순한 저항감이라 생각했다. 그러나 그가 보인 신경질적 반응은 거짓으로 인해 구린내를 풍기는 인간의 자기방어 기제였다. 도둑이 제 발 저린다고 하지 않는가? 우 전도사의 입을 막고 모든 정보를 차단하려는 그의 행동은 도둑이 제 발 지린 꼴이었다.

사모님과의 대화를 마치며 자리에서 일어났다. 그녀에게 교회의 보고서를 보여주고 싶었지만 참았다. 지금의 삶의 무게도 무거운 사람에게 새로운 짐을 주기보단 이 어이없는 사태의 진실을 밝히고 모든 것이 정리된 후 알려주고 싶었다. 자리에서 일어나자 아이의 낙서로 장식된 냉장고가 눈에 들어왔다. 그 생동감 넘치는 예술 작품은 나로 하여금 원작자를 만나보고 싶게 했다.

"저…사모님 죄송한데 아이를 잠깐 볼 수 있을까요?"

나는 조심스럽게 그리고 느릿느릿 그녀에게 물었다.

"네?"

그녀는 나를 빤히 쳐다만 볼 뿐 아무런 대답도 하지 않았다. 아니 대답하지 않은 것이 그녀의 대답이라 생각되었다. 아무리 목사라도 처음 만난 사람에게 자고 있는 아이를 보여주는 것, 그것은 어머니의 방어기제를 작동하게 할 것이 뻔했다. 그녀의 짧은 침묵이 무겁게 다가왔다. 내 스스로의 기분에 취하여 선을 넘은 것이 아닌지 걱정이 들었다.

"죄송합니다. 무례했습니다."

그녀는 나의 사과에도 어떤 대답도 하지 않았다. 그러나 그녀의 침묵은 의미 없는 공허함이 아니었다. 그녀의 눈빛은 빛나고 있었다. 반짝이던 눈빛이 이내 확신의 눈빛으로 바뀌기까진 그리 많은 시간이 걸리지 않았다. 그녀는 자신이 해야 할 행동에 확신이 생긴 듯 나에게 싱긋 웃어 보였다.

그녀는 내가 처음 보았을 때의 그녀가 아니었다. 생기를 모두 빼앗기고 생계의 십자가를 짊어진 고뇌의 인간이 아니었다. 그녀의 싱그러운 미소에는 생동감과 생명력이 있었다.

"제가 저희 아이를 위해 일해 달라고 부탁드렸는데 당연히 보셔야죠. 그런데 목사님, 아이 재우고 방을 치우려 했는데 목사님이 오셨거든요. 어질러져 있다고 흉보진 마시고요."

그녀는 여전히 생기 있는 미소를 띠고 있었다. 남편을 회상하며 그녀는 남편이 남겨준 가치와 삶의 유산을 기억해낸 것이리라. 그리고 그 선물이 남편의 선택에 대한 무기력한 수용이 아니라 진실에 대해 직면할 용기를 주었을 것이리라. 그렇게 직면의 용기는 그녀에게 다시 생기를 찾아주었다.

그녀의 손끝을 통해 조용히 그리고 천천히 문이 열렸다. 심장이 급하게 뛰었다. 나는 떠나보낸 아들을 다시 만나는 것과 같은 묘한 기분에 사로잡혔다. 기대감과 두려움 그리고 불안감이 밀려왔다. 다시금 호흡이 가빠졌다. 그러나 한 발을 방안으로 밀어넣자 두려움은 사라졌다.

단 한 발짝! 과거의 상처가 주는 시련의 극복은 한 발짝의 용기에서 비롯되었다. 방안으로 들어서자 한 아이가 눈에 들어왔다. 세상모르게 대자로 누워 자고 있는 한 아이. 아이가 눈에 들어오자 마음 깊이 숨겨두었던 아련함과 내 삶에서 상실되었던 익숙했던 풍경이 밀려 들어왔다. 너무나 그리웠던 그 풍경! 다시는 보지 못할 그 풍경이 나를 격동했고 동시의 나를 용감하게 만들었다. 나는 성큼성큼 아이에게 다가갔다. 방 안에 퍼져있는 희미한 곰팡이 냄새, 아이가 어질러 놓은 장난감들, 널브러져 있는 아이의 동화책들. 너무나 그립고 익숙했던 풍경들이 평온히 자기의 꿈나라를 여행 중인 아이의 모습과 함께 가슴 깊이 밀려 들어왔다.

작은 매트 위에 세상에서 가장 아름답고 평온한 미소로 잠들어 있는 아이. 나는 매트 옆에 앉아 아이를 바라보았다. 아이가 누워 있는 매트는 마치 모세가 야훼를 만난 그 신성한 산과 같이 나에게 다가왔다. 세상의 더러운 때를 잔뜩 묻힌 어른의 더러운 발바닥으로 그곳의 작은 부분이라도 접촉해선 안 될 것 같았다.

더 이상 나에게 허락되지 않을 이 고귀한 풍경은 그곳에서 피어오르는 가난과 혼잡함 따윈 아무런 문제가 되지 않았다. 나의 모든 것을 바쳐 다시 나에게 눈앞의 풍경이 일상이 되게 해준다면 나는 기꺼이 그러하리라. 아이 옆에서 나는 눈시울이 붉어졌다. 그리고 아이의 모습 하나하나를 눈에 담으려 했다. 나에게 주어진 이 귀중한 시간을 조금이라도 더 기억하고 싶었다. 그렇게 아이가 나의 마음에 각인되고 다시 각인된 후 조심스럽게 아이의 이마에 손을 대고 기도했다.

'주님! 고맙습니다. 감사합니다. 이 풍경을 다시 볼 수 있게 해주심에 감사드립니다. 주님 이 아이를 지켜주세요. 어떤 편견의 화살도 이 아이에게 상처 줄 수 없도록 지켜주세요. 당신이 이 아이를 나에게 보여주심에는 당신의 뜻이 있으리라 생각합니다. 아비가 자기 아이를 위해 삶을 던지듯 지금 나에게 주어진 이번 기찰에 나를 던지겠습니다. 그러니 이 아이를 위해 모든 진실을 허락하시고 진실이 승리하게 이끌어 주시옵소서.

나의 주인이시여 나의 구원자시여 내가 여기 있습니다. 내가 여기서 당신께 서원합니다. 나의 모든 것을 던져 싸우겠습니다. 어느 누구의 눈치도 보지 않고 나의 안위를 돌보지 않고 당신이 주신 저의 양심을 걸고 싸우겠습니다. 부디 이 아이를 지켜주시옵소서.'

짧은 기도였다. 그러나 흐르는 눈물만큼은 깊었고 뜨거웠다.

짧은 기도였다. 그러나 나의 고백과 서원만큼은 진솔했다.

기도를 마친 나의 눈은 젖어있었지만 불타오르고 있었다. 내가 해야 할 일들이 선명하게 펼쳐졌다. 자리에서 일어나 다시 아이를 내려다보았다.

'여다야도 살아 있었으면 이 친구처럼 이렇게 천진난만한 모습으로 자고 있었겠지. 아저씨가 널 위해 열심히 뛰어 볼게. 약

속하마. 다음에는 깨어 있는 모습도 보여주렴. 꼭 다시 만나자. 잘 자렴.'

짧은 작별 인사를 마치고 방에서 나왔다. 그리고 아무런 말 없이 사모님께 눈인사를 하고 집을 나섰다. 사모님 역시 가볍게 목례만 할 뿐 아무 말이 없었다. 그러나 서로가 서로를 바라보는 눈빛은 처음의 그것과는 달랐다. 그녀는 나에게 '남'이 아니었고 나는 그녀의 '남'이 아니었다. 그녀와 나는 공동체가 되었다. 우린 팀이 된 것이다. 그녀는 아무 말도 하지 않았지만 그녀의 눈은 나를 믿고 있었다. 나는 그 믿음에 보답해야 했다. 그렇게 팀원을 남겨 두고 빌라를 나왔다.

조용히 대문은 닫혔지만 쉽사리 발걸음이 떨어지지 않았다. 빌라 복도는 늪처럼 나의 걸음을 붙잡고 놓아 주지 않았다. 가족을 잃은 자들의 삶, 정돈될 수 없는 삶에서 가족을 지켜야만 하는 사람의 삶의 무게를 아는 나로서는 그들을 남겨두고 떠나가기가 마냥 무거웠다.

삶의 혹독함 속에 놓인 자들에게 자신들의 책임을 전가하고자 하는 이들의 얼굴이 스쳐 지나갔다. 교회를 지킨다는 명분으로 타인을 파괴하는 인간들의 얼굴, 그 역겨운 것들. 그리스도는 그렇게 하시지 않으셨다.

예수 그리스도께서는 타인을 위해 자신을 던졌다. 교회는 그러한 그리스도의 삶과 가치를 믿고 따르는 자들의 공동체이다. 그렇기에 교회는 타자를 위해 존재해야 한다. 그러나 그곳은 타자를 위해서가 아닌 집단을 유지하기 위해 존재하고 있다. 짧은 한숨과 함께 분노가 치밀었다. 하지만 그 분노는 나에게 힘을 주지 못했다. 오히려 절망감으로 나를 사로잡았다. 나는 불빛 없는 복도에 홀로 서서 분노와 좌절감에 잠식되고 있었다.

그 순간 김 전도사님 아이가 천진난만하게 잠들어 있던 모습이 떠올랐다. 그 모습 그 생명의 역동성이 나의 눈시울을 자극했다. 놀랍게도 다시금 발걸음에 힘이 들어갔다. 가장 연약한 존재가 주는 강력한 힘! 약함의 강함을 믿는 일! 불가능의 가능성을 현실화하는 힘! 한 아이가 던져주는 사명감이 나를 좌절의 늪에서 빠져나오게 했다.

'다시 이곳을 방문할 땐 질문을 들고 오는 것이 아니라 진실을 들고 올 것이다.'

그렇게 다짐하며 발길을 옮겼다. 아이가 선물해 준 사명감은 흥분된 좌절감이 아닌 침착하고 명료한 열정을 선물해 주었다.

'어떻게 미망인에게 가정불화 때문에 자살한 것이라고 말을 할 수가 있지? 아니 왜 그렇게까지 해야 했을까? 이렇게까지 타인의 마음에 상처를 주면서까지 그들이 거짓말을 해야 했던 이유는 무엇일까?

아니 상처를 주고 말고를 떠나서 보고서를 거짓으로 보내는 건 조금만 조사하면 다 밝혀질 것을 왜 이런 무리를 했을까? 분명 내부적인 어떤 요인이 있어. 그렇지 않고는 이딴 말도 안 되는 짓거리를 할 수가 없어. 분명 무리수를 두어야 할 만한 이유가 내부적으로 있어.'

나쁜 놈들로 치부해 버리고 감정이 앞서 놓쳤던 것들이 사고의 틀 안으로 들어왔다. 모든 일에는 원인이 있다. 그들이 한 말도 안 되는 짓거리에도 분명한 이유가 있을 것이다. 그리고 그 이유를 밝히기 위해서는 원점인 바로 그곳에서 시작해야 했다. 그렇게 차에 올라 다시 그곳으로 향했다.

✝

그곳에 도착했을 땐 이미 교역자들은 퇴근한 후였다. 아무도 없는 교역자 사무실로 들어갔다. 아무도 없는 불 꺼진 그곳은 음산했다. 하지만 형광등의 스위치를 찾진 않았다. 내가 다시 방문했다는 것을 알리고 싶지 않아서일까? 스파이 영화의 한 장면처럼 휴대폰의 손전등을 켜 책상 위를 살폈다. 책상 위에는 제법 두툼한 봉투와 얇은 봉투들이 가지런히 놓여 있었다. 봉투들을 집어 가방에 넣곤 각 교역자들의 책상을 살폈다. 책상 위에 놓여 있는 것들 그것들의 배치만 보아도 그 사람의 성격을 짐작할 수 있는 많은 정보가 주어진다.

우 전도사의 책상은 놀랍게도 어지럽혀져 있었다. 책상 위에는 온갖 서류들이 어지럽게 펼쳐져 있었다. 책상 주위로도 여러 개의 상자들이 놓여 있었다. 마치 자신의 영지에 성벽을 쌓아 올린 영주처럼 상자들은 영역의 경계선을 만들고 있었다. 그는 그곳을 자신만의 왕국이라 생각하는 지도 모를 노릇이었다. 이런 경우 대개는 활동적인 사람일 확률이 높다. 활동적인 것이 뭐가 문제일까만 문제는 일을 벌여 놓고 제대로 수습을 하지 못하는 경우가 많다는 것이다. 그리고 이런 종류의 인간들은 자신의 영역이 침범되는 것을 극도로 경계하는 경우가 많다.

교회나 사회에서나 이런 경향이 나타나는 사람은 아무것도 안하는 사람보다 더 위험요소가 될 수 있다. 자기 영역에 예민한 활동가들은 초기에 과도한 열정으로 사역에 임하지만 언제나 그렇듯 과도한 열정은 기존 질서의 반대에 직면하게 된다. 그런 사건 속에서 중요한 것은 조율이다. 그러나 자기 영역에 대한 집착이 강한 사람은 반대 의견과 조율하지 않는다.

그들은 조율을 패배로 이해하고 반대 의견을 의견이 아닌 도전으로 인식해 버리는 경향이 있다. 이럴 경우 대개는 자기를 지적하는 대상에 대한 적대감을 드러낸다. 만약 우 전도사가 이런 경향이 있다면 그가 이곳에 대한 부정적 감정을 가졌을 확률이 높다. 그와 대화하는 것은 중요한 정보를 획득할 수 있는 확률을 높일 수 있을 것이다.

우 전도사에 대한 또 다른 해석도 가능했다. 그는 근무 시간 전에 외근을 나간 후 바로 퇴근을 했거나 아니면 조기 퇴근을 했을 수 있다. 사실 외근보다는 무단이탈을 했을 가능성이 더 높다. 교역자들이 다 그런 것은 아니지만 일부 교역자들 중에는 근무 시간에 대한 이해가 희박한 경우가 많다.

근무지 이탈이 잦은 교역자들의 책상은 언제나 어지럽다. 자신의 부재를 표시하지 않기 위한 나름의 생존 장치인 셈이다. 그러나 이런 문제는 교역자 개인의 문제로 이해되어선 안 된다. 교회의 교역자들이 처해 있는 사역 환경과 밀접하게 관련된다. 일반적으로 교회는 교역자들에게 정해진 사역 시간 외의 추가적 헌신을 요구하는 것에 어떤 문제의식도 가지지 않는다. 헌신이란 이름의 착취는 교역자들에게 언제나 강요된다.

최근 종교인 과세에 대한 법률 제정이 진행됨에 따라 교회들은 교역자들과 근로 계약서를 작성하기 시작했다. 이 근로 계약서에 대해 총회 차원에서 내부적인 감찰을 진행했었다. 결과는 참담했다. 극소수의 교회를 제외하면 교회가 제시한 근로 계약서들은 근로 계약서가 아닌 노예 계약서였다.

"교회가 요청할 시 교역자는 언제든 사역에 참여해야 한다."라든가, "계약된 근로 시간 외의 시간은 자율적 재능기부로 이해된다."라는 식의 문구는 대다수의 사역자 근로 계약서에 명기되어 있었다.

이런 착취의 구조를 교회는 헌신이라 지껄이고 있다. 헌신이란 자발적 행위여야 한다. 먹고살기 위해 울며 겨자 먹기 식으로 이루어져선 안 된다. 그것은 헌신이 아니다. 그것은 폭압이고 착취이다. 그러나 교회의 이런 시대착오적 발상은 부교역자에게 그리고 그 폭압의 피해자인 부교역자가 평신도들에게 대물림된다. SNS에 심심치 않게 올라오는 교회를 떠난 사람들의 대다수의 사연은 교리적인 문제나 신학적인 문제와는 전혀 관계없는, 교회가 가지는 이 착취 구조에 대한 염증에 대한 것들이다.

평신도 사역자들은 지나친 헌신의 강요를 자신의 담당 교역자의 문제로 이해한다. 또한 교역자로서 이런 문제에 직면하는 사람은 담임 목사가 문제라 이해한다. 허나 실상은 담임 목사도 교역자의 문제도 아닌 교회가 가지는 착취의 구조와 신학적 문제에서 야기된 것이다. 담당 교역자를 바꾸든 다른 교회로 사역지를 이동하든 같은 문제가 발생될 확률은 아주 높다.

먼저 교역자에 대한 이해의 변화가 중요하다. 교역자는 신의 대리자가 아니라 교회 공동체의 일원이며 그저 목양이라는 역할을 담당할 뿐이다. 그러나 교역자 스스로뿐만 아니라 성도들 역시 교역자를 신성한 존재로 이해하는 경향이 있다.

신성한 존재, 즉 인간이 아닌 신적인 존재이기에 그들에게 비인간적 헌신의 강요라는 역기능이 발생된다. 즉, 자신들이 할 수 없는 것들을 자기 자식에게는 시키지 않을 짓거리들을 교역자들은 당연히 해야 하는 것이라 생각해 버린다.

이런 취급을 받는 교역자는 자신이 당하고 있는 "헌신"을 평신도 사역자들에게도 똑같이 강요하게 된다. 이 "착취의 대물림 현상"은 결국 교회를 병들게 만들어 버리고 교회에서 안식을 얻는 것이 아니라 교회를 보면 한숨이 나오고 피로감이 밀려드는 슬픈 상황으로 귀결된다.

그러나 인식의 변화는 쉽게 일어나는 것이 아니다. 특히 개개인의 인식의 변화는 더욱 쉽지 않다. 한 인간의 인식의 변화는 그 사람에게는 천지개벽과도 같다. 자신의 내적 세계의 체계를 뒤바꾸는 것은 아픔과 파괴 그리고 재구축의 수고를 동반한다. 그렇기에 변혁과 개혁은 개인의 인식 변화에 의존하는 것이 아니라 총체적인 구조적 개혁이 기반 되어야 한다.

종교인 과세로 인해 발생된 교역자들의 근로 계약서 작성은 이 구조 개혁의 단초가 될 수 있었다. 그러나 변혁은 쉽사리 주어지지 않는다. 현실의 인간들은 악랄하고 간교하다. 인간은 자신의 손에 쥔 권리와 돈을 쉽사리 놓지 않는다. 결국 이 이벤트는 개혁의 단초는커녕 오히려 착취 구조의 고착화와 착취의 정당성이 부여되는 사건이 되어버렸다.

우경치 전도사 옆자리는 박관조 목사의 자리였다. 그의 자리는 특색이 없었다. 깔끔하지도 않지만 지저분하지도 않았다. 책상 주변의 짐들은 많지도 않지만 없지도 않았다. 그의 책상에서 발견될 수 있는 정보는 박관조 목사는 도드라지는 성격은 아니라는 것 정도였다.

마지막으로 총무 목사의 책상으로 발걸음을 옮겼다. 총무 목사의 책상을 바라보며 한동안 멍해졌다. 그의 책상에는 컴퓨터와 모니터 그리고 키보드와 마우스 그 외엔 아무것도 없었다.

총무 목사의 책상은 나의 책상을 보는 것 같았다. 내가 책상을 늘 깨끗이 정리하는 이유는 언제든지 떠날 준비를 하기 위해서이다. 총무 목사도 같은 생각일까? 아니면 기찰 행위가 시작되자 단서가 될 만한 모든 것을 치운 것일까? 그런데 그는 총무 목사이고 정황으로 판단할 때, 그는 과잉 충성을 하고 있다. 그렇다면 기찰을 대비한 것일까?

만약 기찰에 대한 대비라면, 그는 극단적으로 이기적일 확률이 높았다. 다른 교역자들의 책상은 일상의 것이었다. 일반적으로 기찰에 대응하기 위한 정리 행위라면 자기 책상만을 치우는 것이 아니라 다른 교역자들의 책상도 정리하라고 지시했을 것이다. 그러나 자기만을 생각하는 인간들은 자기에 불리한 것들만을 정리하면 된다는 극단적으로 이기적인 생각을 한다.

'나만 아니면 된다.'라는 이기적인 생각은 종합적인 행동 지시를 하지 못하게 만드는 독약이다. 집단에서 나만 아니면 되는 것은 없다. 어떤 방식으로든 상호 간 연속성이 있기 마련이다.

수첩에 간략하게 각 교역자들의 책상 환경에 대해 적은 후 김 전도사님의 자리에 잠시 앉았다. 그가 살았던 곳. 그가 죽음을 선택하기 직전까지 사용했을 책상과 의자. 그의 것이 아니지만, 그의 삶의 시간이 묻어 있는 그 자리에서 잠시 눈을 감았다. 불 꺼진, 아무도 없는 그곳의 적막함을 느끼며 속삭이듯 입을 달싹였다.

"하나님, 이곳에서 한 사람이 숨 쉬었습니다. 그리고 떠났습니다. 그에게는 어린 아들이 있더군요. 주님! 남겨진 아이에게는 그것이 너무나 아픈 진실이라도 진실을 알 권리가 있지 않습니까? 이곳에서 일어난 일입니다. 이 자리에서 숨 쉬었던 인간에 대한 것입니다. 나에게 지혜와 통찰을 주시고 진실의 문을 열고 들어갈 용기로 기찰할 수 있게 도와주소서."

그렇게 기도를 마치고 자리에서 일어났다.

†

그곳에서 예약해 준 비즈니스호텔은 제법 그럴싸했다. 체크인을 한 후 안내를 받으며 방으로 올라갔다. 호텔 방 안으로 들어서자 피로감이 몰려왔다. 긴장됐던 하루의 무게감은 침대에 걸쳐 앉자 졸음이 되어 밀려왔다. 그대로 침대에 몸을 누이고 잠을 청하고 싶었다. 하지만 그럴 수 없었다. 나는 약속을 지켜야 했다. 나에게 주어진 시간은 그리 많지 않을 것이다. 검찰이나 경찰 수사도 그렇겠지만 위에서 종료 명령이 떨어지면 멈춰 서야 했다.

'기찰 끝나면 늘어지게 자자.'

그렇게 자신을 독려하며 다시 침대에서 일어났다. 호텔방 구석에 마련되어 있는 탁자 위로 그곳에서 받아온 서류들을 올려놓았다. 그리고 룸서비스로 제공되는 커피 한 잔을 내려 들고 의

자에 앉았다.

봉투를 열어보기 전에 지금까지 얻은 정보들을 정리해야 했다. 정보가 정리되지 않은 상태에서 또 다른 정보가 축적되면 혼선이 발생한다. 나의 경우 선입견은 정보와 감정을 구분하지 않을 때 발생했다. 어떤 사건이든 감찰관의 선입견이 전혀 없을 순 없다. 그러나 정보를 정리한 후 명료하게 만들고 도식화할 때, 감정에 치우치지 않고 선입견을 최소화시킬 수 있다. 그렇지 않고 무턱대고 추가적인 정보를 주입시키면 정보는 감정과 뒤섞여 감정에 의해 해석된 흥분감만 남게 된다. 나름 기찰 사역을 통해 얻은 교훈이자 노하우였다.

빈 종이에 지금까지 얻은 정보를 크게 세 부분으로 나눠 도식화했다. 이 분류의 기준은 역할에 따른 것이었다. 먼저는 담임 목사, 두 번째는 교역자들, 마지막으로는 김요한 전도사님의 사모님으로 나눴다.

담임 목사인 마충만을 통해 수집된 정보에는 사건 당사자인 김요한에 대한 정보는 없었다. 그를 통해 얻은 정보는 담임 목사의 성품에 관한 것과 김요한 전도사 사건에 대한 그의 인식이었다. 그는 이 사건을 '뻔한 이야기'로 이해하고 있었다. 담임 목사의 발언이 거짓인지 아니면 정말 뻔한 사건, 즉 그들이 총회에 올린 보고서 내용인 생계 비관으로 이해하고 있는지는 알 수 없었다. 다만, 확인할 수 있었던 것은 자신과 함께 동역한 부교역자의 자살 사건을 그리 중요하게 여기지 않는 것이다.

두 번째 정보는 부교역자들의 행동에서 나타나는 정보들이다.

총무 목사라 밝힌 마여호수아에게서도 김 전도사님에 대한 직접적 정보는 얻을 수 없었다. 다만, 그는 담임 목사와는 달리 이 사건에 지나치게 신경질적이고 예민하게 반응하고 있었다. 책상을 깨끗이 비우고 있는 점이나 사건에 대해 예민하게 반응하고 다른 교역자들의 언행을 가로막은 것 등을 미루어 한 가지 사실을 유추할 수 있었다.

총무 목사가 지속적으로 정보를 통제하려는 행동을 볼 때 총회로 올라온 거짓 보고서 작성에 깊이 관여했을 가능이 높았다.

박관조 목사는 기찰에 대해 그다지 반응이 없는 것으로 보아선 이 사건과는 크게 연결 고리가 없을 가능성이 높았다.

우경치 전도사에게서도 역시 김 전도사님에 대한 어떤 정보도 얻을 수 없었다. 다만, 나와 마여호수아의 대화를 엿듣고 있던 점, 사건에 있어서 어떤 발언을 하려 한다는 점 그리고 그의 사무 환경 등을 고려할 때, 차후 김 전도사님에 대한 많은 정보가 우경치의 입을 통해서 발설될 확률이 높을 것으로 예상할 순 있었다.

마지막으로 김요한 전도사님의 사모님에게서 얻은 정보들이다. 사모님을 통해 얻은 정보로 인해 보고서의 내용이 거짓일 확률이 상당히 높다는 것을 확인했다. 또한 김요한 전도사님의 성품에 대한 직접적인 정보를 전달받았다. 특히 남편으로서 김요한이 아닌 교역자로서 김요한의 모습에 대한 정보를 함께 사역한 경험을 통해 전달받을 수 있었다.

정보를 통제하려는 총무 목사와 달리 사모님의 행동은 정보를 과감히 공개했다. 일기를 전달한다는 것은 단순히 물건을 건네주는 것이 아니다. 자기 진술에 거짓이 없기에 가능한 행동이다. 다만, 사모님의 발언에서 걸리는 것은 그녀가 준 정보에 의하면 김요한 전도사는 자살을 할 어떤 요인도 없을 뿐 아니라 너무나 이상적인 목회자의 모습이라는 점이다. 그가 목회자 답지 않은 하나의 사건이 있다면 그의 죽음뿐이었다.

이런 가능성을 종합해 볼 때, 김요한 전도사 자살 사건을 은폐하고 싶거나 조작하는 쪽은 교역자들, 그중에서 마여호수아와 우경치일 확률이 높았다. 굳이 둘을 분리하자면, 마여호수아가 지시하고 우경치가 실행했을 가능성은 높아 보였다. 다만, 이것도 하나의 가설이었다.

마지막으로 서류들을 확인하기 전 해야 할 가장 중요한 작업은 나의 감정 정리였다. 일련의 정보를 통해 내가 가지게 된 감정들을 분석 후 객관적 분석을 방해하는 감정을 배제해야 했다.

사람들은 자신의 감정을 정확히 알고 편견 없이 이성적으로 판단한다고 착각하곤 한다. 그러나 그것은 오만이다. 나 역시 마찬가지다. 감정에 의한 오판을 막을 완벽한 방법은 없다. 그런 것은 인간이 할 수 있는 영역이 아니다. 그러나 감정의 흐름을 명확히 알 때, 자신이 오판하고 있다는 사실을 자각할 수는 있다. 이런 이유에서 나 자신의 감정에 솔직히 다가서야 했다.

이 사건을 대하는 나의 감정은 분노 감정을 중심으로 형성되어 있었다. 1차적으로 자살 사건을 기찰하는 것 자체가 나에게 분노의 감정과 시니컬한 관점을 형성하게 했다.

2차적으론 그곳의 공간성이 주는 감정들과 마충만 목사를 비롯한 교역자들이 사건을 대하는 태도에서 거부감을 느꼈다.

그리고 사모님의 진술과 보고서가 거짓일 가능성의 발견을 통해 분노의 감정으로 확장되고 고착되었다.

지금까지의 감정이 올바른 것인지 아닌지는 중요하지 않다. 중요한 것은 이 감정으로 인해 오판할 가능성이 있다는 것이다. 나는 최대한 그들을 긍정적으로 그리고 이해하는 방향으로 보아야겠다고 다짐하며 봉투들에 시선을 돌렸다.

먼저 서류 봉투 중 가장 두툼한 봉투를 열어보았다. 김 전도사님이 사역하면서 제출한 사역 보고서들이 빼곡히 들어있었다. 그 분량이 나를 당황스럽게 만들었다.

처음에는 사역 보고서뿐만 아니라 설교문이라도 들어 있는 것이 아닌지 확인해보았다. 그러나 봉투에 들어있는 것은 오로지 사역 보고서뿐이었다.

김 전도사님의 사역 기간은 1년 6개월이다. 일 년을 대략 50주라고 하고 주당 2회에서 3회 출근한다면 150에서 220여 장이면 충분할 것이다. 그러나 내 앞에 놓여 있는 사역 보고서는 어림잡아도 400장은 넘어 보였다.

'김 전도사님이 보고서에 첨부 서류를 많이 넣었나?'라고 생각하며 서류를 들고 침대로 향했다. 이 많은 서류를 한눈에 확인하기 위해서는 펼쳐볼 필요가 있었다. 다행히도 그곳에서 전달해 준 사역 보고서는 날짜순으로 정리되어 있었다.

김 전도사님의 첫 사역 보고서의 날짜는 2017년 11월 3일 금요일이었다. 11월은 교회에서 가장 바쁜 기간이다. 11월에 사역을 시작하는 것은 이점과 단점을 동시에 가진다. 가장 바쁜 시기이니 교역자들 간의 충돌이 잦다. 반면 이 시기를 넘기면 고난의 행군을 함께 넘긴 동지애가 생긴다. 그러나 자칫 이 시기에 생긴 감정의 골이 깊으면 관계성이 틀어져 버리기도 한다. 김 전도사님의 경우는 어떠했을지 궁금증을 가지며 그의 사역 보고서들을 살폈다.

먼저 김 전도사님의 사역 보고서는 양적인 부분에 의문이 들었다. 사역 보고서의 분량은 교육 전도사의 것이라 생각할 수 없을 정도의 것이었다. 그렇다면 이 의문부터 해결해야 했다. 침대 위에서 앉은 나는 먼저 월별로 보고서를 분류했다. 김 전도사님이 처음 부임한 달의 보고서의 양과 사건 직후의 보고서 양은 상당한 차이를 보였다. 첫 달부터 사건 직전까지 보고서의 양은 육안으로 확인 가능한 수준으로 늘어나 있었다.

사역 보고서는 출근한 날수와 연결된다. 즉, 김 전도사님의 주간 출근 횟수가 지속적으로 늘어났음을 보고서의 양을 통해 확인할 수 있었다. '사례비도 같이 늘어났을까?' 출근 일수가 늘어나는 것, 그 자체를 문제로 생각할 이유는 없다. 늘어나는 출근 횟수만큼의 노동의 정당한 대가가 주어진다면 오히려 좋은 일이다. 문제는 대다수의 교회에서 노동량의 증가와 사례비의 증가가 함께 이루어지지 않는다는 점이다. 그러나 이 문제는 차후에 확인해 보기로 했다. 지금은 보고서 자체에 집중하는 것이 먼저 해야 할 일이었다.

각 월별로 정리한 보고서를 파고들기 시작했다. 첫 달의 보고서들은 토요일, 주일 그리고 월요일에 제출한 것들이었다. 즉, 김 전도사님이 그곳과 계약한 사역일은 토요일 주일 월요일이라는 것을 파악할 수 있었다. 사역 두 달째 보고서 역시 동일했다. 두 달째 보고서들을 요일별로 정리하다 이상한 점이 눈에 들어왔다. 그것은 첫 달에 없던 한 줄, "새벽 예배 인도와 설교"였다. 교육 전도사가 새벽 설교한다는 것, 그것도 부임 두 달부터 한다는 것은 그리 흔한 일은 아니다. 새벽 예배 설교를 한다는 것 자체가 문제가 될 것은 없다. 문제는 이유였다. 어떤 의도가 감춰져있는지를 알아야 했다.

김 전도사님은 대체로 토요일과 월요일에 새벽 예배 인도와 설교를 맡았다. 목회 경험이 조금이라도 있는 사람이라면 이것이 의미하는 것을 분명히 알고 있을 것이다. 토요일과 월요일의 새벽 설교는 목회자들이 가장 기피하는 요일의 설교이다.

금요일 저녁 예배 이후 이어지는 토요일 새벽 예배 인도는 극도의 피로감을 준다. 월요일 새벽 설교 역시 마찬가지이다. 주일 사역을 마치면 목회자들은 대체로 녹초가 된다. 그러나 다음날 새벽 설교가 있다면, 휴식은 불가능하다. 이런 사정에서 금요일 사역이 없는 파트-타임 전도사가 토요일 새벽 설교를 하는 것은 그리 나쁜 일은 아니다. 부서 교역자의 입장에서도 부서 설교에 머물지 않고 일반 설교를 할 기회가 생긴다는 점에서-그들의 의도를 떠나-부정적으로만 볼 수는 없었다.

다만 문제는 월요일이다. 월요일은 보통 목회자들이 쉬는 날이다. 주 중의 쌓인 피로가 월요일에 몰려온다. 그런데 이런 월요일 새벽 설교를 전임도 아닌 파트-타임 전도사에게 전담시켰다는 것은 그곳이 어떤 곳인지 보여주는 중요한 단서가 될 수 있었다.

사실 이런 경우는 그리 흔한 경우는 아니다. 요즘 교회들이 아무리 문제가 많더라도 설교에 대한 무게감과 중요성에 대한 인식은 여전히 강하고 견고하게 뿌리내리고 있다. 그러나 그곳의 예배와 설교에 대해 인식은 '업무' 그 이상도 그 이하도 아닌 것으로 이해되고 있을 확률이 높았다. 그리고 이 보고서가 12월 보고서라는 것에 주목할 필요가 있었다. 12월은 교회에서 가장 바쁜 시기이다. 가장 바쁜 시기에 가장 기피하는 사역 업무를 일한 지 두 달이 채 되지도 않은 파트-타임 전도사에게 일임한다는 것은 상식을 벗어나는 짓거리이다.

'이야 이러면 이 양반들 진짜 양아친데.'

보고서를 분석하며 발견된 첫 번째 특이사항이 이런 짓거리라는 것에 화가 났다. 그러나 이런 짓거리에 부교역자는 어떤 저항도 할 수 없는 것이 우리의 아픈 현실이고 일상이다. 그리고 이 아프고 슬픈 일상은 나에게 그곳에 대한 실망감과 동시에 목사이자 선배로서 현실을 바꾸지 못한 그리고 침묵한 죄에 대한 죄책감을 주었다. 아무리 부당하다 하더라도 파트-타임 전도사가 거절할 수도, 저항할 수도 없는 것이 현재 교회의 현실이라는 것에 착잡한 감정이 들었다.

지치고 상처받은 이들에게 복음은 힘이 되고 위로가 되어야 한다. 그리고 그렇게 살겠다는 다짐으로 살아가는 자들이 목회자들이다. 그러나 목회자들이 함께 동역하는 동료에게는 어떻게 행동하는지를 김 전도사님의 보고서는 정확하게 보여주고 있었다. 내 이웃은 멀리서 찾는 것이 아니다. 지금 나와 함께 일하는 바로 그들이 나의 이웃이라는 사실을 망각한 채 교회는 외부에서 이웃을 찾는다. 그렇게 확장성에 매몰되어 내부의 이웃을 상실하고 살아가는 교회의 현실과 그 현실 속에서도 살아가야 하는 파트-타임 교역자들의 좌절과 아픔이 나의 삶에 대한 반성으로 다가왔다.

'나는 과연 후임 교역자들에게 이웃으로 살고 있을까?'

잠시 보고서를 내려놓고 창문 밖을 바라았다. 선팅 된 창문에는 나의 슬픈 얼굴과 그 너머 보이는 도시의 화려한 불빛들이 대조를 이루고 있었다. 나 역시 사역이 바쁘다는 핑계로 내 이웃을 돌아보지 않았다. 오늘 아침만 하더라도 아무 잘못도 없는 이 전도사님에게 윽박지르지 않았던가?

'돌아가면 이 전도사님께 꼭 사과해야겠다. 나도 이들과 다를 바가 없었네.'

나의 반성에도 창문에 비친 나는 여전히 무겁고 슬픈 표정으로 나를 응시하고 있었다.

부임 삼 개월째 보고서는 이전 달의 그것에 비해 조금 더 늘어나 있었다. 그러나 이전 달에 비해 급격히 늘어난 것은 아니었기에 대수롭지 않게 생각하며 부임 삼 개월째 보고서를 요일별로 정리했다. 그런데 이전 달들의 보고서와는 달리 토요일과 주일 그리고 월요일이 아닌 다른 요일에 보고서들이 나타났다.

토요일과 월요일을 제외한 평일 새벽 예배 인도뿐만 아니라 차량 운행과 장례 예배 참석이 평일에 이루어졌다. 다행히 김 전도사님은 보고서를 꼼꼼히 기록하는 타입이었다.

김 전도사님의 평일 새벽 설교는 우경치 전도사의 중·고등부 수련회 참석과 박관조 목사의 겨울 성경학교 참석으로 인한 것이었다. 김 전도사님의 사역 보고서엔 평일 사역의 사유가 꼼꼼히 기술되어 있었다. 그러나 전임 사역자의 부재로 인해 발생하는 공백은 담임 목사나 총무 목사가 진행해야지 이걸 왜 파트-타임 전도사에게 시킬까? 왜 이딴 어처구니없는 일이 발생해야 했을까?

슬프게도 이것이 지금 한국 교회의 현실이자 일상이다. 그러나 다들 이 짓거리를 한다고 해서 이해하고 넘어가선 안 된다. 나는 기찰 목사다. 관행이란 이름의 악행을 묵과해선 안 된다. 하나하나 짚고 넘어가야 했다. 추가 근무에 대한 금전적 보상이 없었다면 이것은 명백한 노동 착취다. '2018년 1월 사역비 지급 확인 필요'를 메모한 후 다시 보고서에 집중했다.

어떤 일이 한 사람을 극단적 선택으로 밀어 넣었는지 지금으로서는 알 수가 없다. 사모님의 진술에 의하면 사역비 문제로 세상을 떠날 사람은 아니다. 그러나 그것 또한 사모님의 눈으로 본 김 전도사님의 모습이다.

나는 의식적으로 사모님의 진술을 참고사항 정도로 인식해야 했다. 타인을 완전히 이해하고 있는 인간은 존재하지 않는다. 때론 자신도 자신의 내면을 모른다. 인간이란 그런 존재이다. 그만큼 복잡하다. 부인이라 해서 남편을 온전히 알고 있다고 할 수 없다. 그렇기에 어떤 가능성도 배제될 수 없었다.

일명 '짬' 시키는 짓거리는 2월 사역 보고서에 더욱 적나라하게 기록되어 있었다. 2월은 설 연휴가 있는 달이다. 문제는 이 연휴 기간인 목요일부터 월요일까지 김 전도사님께선 모두 출근을 했다는 사실이다.

연휴 기간인 목, 금, 토, 월요일 새벽 설교는 물론이고 설 연휴 기간 동안 필요한 "가정예배 인도 지침서 기획 및 제작"뿐만 아니라 명절맞이 전화 심방까지 김 전도사님의 몫이었다. 명절을 가족과 보내기는커녕, 자신이 할 필요도 없는 업무까지 도맡아하고 있었다.

'왜 이렇게까지 하셨을까?'

의문이 들지 않을 수 없었다. 왜 그는 이렇게까지 착취되어야 했을까? 그리고 그들은 왜 이렇게까지 한 사람을 못 살게 한 것일까? 전자의 질문은 답을 찾기가 어려웠다. 그러나 후자의 답은 그리 어렵지 않게 유추할 수 있었다. 그들은 이것을 착취라 인식조차하지 못했을 것이다.

일반적으로 파트-타임 전도사가 부당한 업무 지시에 복종하는 것은 전임 사역 전환을 꿈꾸기 때문이다. 그리고 착취자들은 그들의 욕망을 잘 알고 있다. 인간이란 그런 존재다. 욕망이 있기에 복종하다. 그리고 착취자들은 그 욕망을 이용한다.

그렇게 단물 다 빨리면 내쳐질 줄도 모르고 헌신이란 이름의 착취와 굴종에서 빠져나오지 못한다. 그러한 인간의 악랄함은 교회에 깊이 뿌리내리고 있다. 사랑을 말하며 자신들의 편의를 위해 타인의 노동력을 착취하면서 그것을 헌신이라 명명하고 하늘의 상급 운운하는 그들의 짓거리는 한 편의 블랙 코미디를 보는 것 같다.

이렇게 착취가 헌신으로 둔갑하는 순간, 착취자들의 양심은 작동을 멈춰버린다. 양심의 작동이 멈춘 사역자들과 교회를 향해 세상은 먹사라 비아냥거리고 개독교라 욕하고 있다. 그러나 이 헌신이란 착취는 너무 뿌리 깊어 잘못이란 생각조차 못 하고 있는 것이 지금의 이야기이자 우리의 현실이다.

어쩌면 교회의 자정력은 이미 상실되었거나 자정 종말점에 이른 듯하다.

그 곳의 사역자들의 양심이 이미 정지된 상태라는 건, 김 전도사님의 연휴 기간 새벽 설교와 출근으로 충분히 확인되었다. 하지만 더욱 경악스러운 것은 연휴가 끝난 월요일 새벽 설교도 김 전도사님에게 맡겼다는 점이다.

규모에 비해 사역자 숫자가 상당히 적은 편인 교회의 내부 특성상 어쩔 수 없었다고 억지스러운 두둔을 해보려 해도 연휴 후 그들이 한 짓거리는 그들의 양심이 마비되었음을 더욱 적나라하게 보여주었다.

한 인간을 착취하고 폭압하는 것이 무엇인지 어떤 것인지도 모를 지경으로 마비되어 버린 양심이기에 그들은 죄책감 하나 없이 이따위 짓거리를 하고 있는 것이리라.

김 전도사님의 업무는 2월을 기점으로 급작스럽게 증가했다. 토요일, 주일의 사역 보고서들까지 업무량 급증이 발견되었다.

부임 첫 달인 11월의 토요일 보고서에는 주일 사역 관련 부서 업무들만이 보고서에 기록되어 있었다. 주일에는 설교와 부서 사역이 기록되어 있으며, 월요일에는 새벽 예배 인도 및 설교라고 기록되어 있었다. 그러나 2월 중순인 설 연휴를 기점으로 주말 사역의 업무에 부서 담당 교육 전도사의 업무와 관계없는 업무들이 기록되어 있었다.

그들의 착취가 본격화된 것이다. 그러나 내가 우선적으로 집중해야 하는 것은 그곳이 십자가 뒤에 숨기고 있는 추악함이 아닌, 왜 김 전도사님이 극단적인 선택을 했는가의 답이었다. 이 추악함이 김 전도사님의 자살에 직접적 요인이었는지는 차후에 고민해야 한다. 성급히 결론을 내려선 안 된다. 그럼에도 그들의 추악함에 분노가 치미는 것은 어쩔 수 없는 노릇이었다.

자칫하면 그곳의 잘못된 행위들 그 자체에 집중하는 실수를 범할 수 있었다. 그리고 그곳의 잘못된 행위에 집중하다 보면 편견이 발생될 우려가 있다. 그곳의 적폐 행위가 김 전도사님의 죽음과 직접적인 관련이 있을 수도 있다. 그러나 전혀 무관할 수도 있다. 나는 김 전도사님의 자살사건 담당 기찰관이지 그곳의 범법 행위를 밝히는 기찰관이 아니었다. 그들의 짓거리가 김 전도사님을 극단의 상황으로 몰고 갔는가라는 질문에 답은 차후의 것이 되어야 했다.

부정행위와 자살사건이 직접적으로 연관되지 않는다면 부정

행위에 대해 기찰관으로서 파고들 권한이 없었다. 그럼에도 불구하고 그들의 짓거리에 분노가 치미는 것을 참기가 어려웠다. 그러나 참아야 했다. 선임 기찰 목사님의 꽁무니를 쫄쫄 따라다니며 기찰 사역을 처음 배우던 시절에 선임 목사님께서 해주신 한 마디가 있다.

"기찰을 하다 보면 이런저런 사연들을 다 만나게 되실 겁니다. 분노가 치미는 사건들, 마음 아픈 사연들, 억울한 일들도 참 많아요. 그런데 말이죠. 기찰 목사는 한쪽 눈으로만 울어야 합니다. 한쪽 눈은 뜨겁게 눈물을 흘리고 다른 한쪽 눈은 냉정하게 사태를 보아야 해요. 꼭 기억하세요. 최 목사님.

냉정하게 본인의 권한 안에서 행동하세요. 그것을 넘어서는 순간 그것은 기찰이 아닌 월권이 됩니다."

선배 목사님의 조언을 되뇌며 분노의 감정을 삭이려 애썼다.

"냉정해져야 한다."

혼잣말과 함께 김 전도사님의 사역 보고서들을 다시 분석해나갔다.

김 전도사님의 업무는 2월 중순 이후로 약 세배 가량 증가되어 있었다. 먼저 부임 후 3개월 시점의 토요일 사역 보고서에 따른다면 김 전도사님의 구체적 업무는 부서 사역에 집중되어 있었다.

유년부 주보 작성, 유년부 관련 업무만이 기록되어 있었다. 그러나 부임 3개월 후의 토요일 사역 보고서에서는 유년부의 업무 외에도 1·3부 예배 큐시트 작성, 헌화 목록 작성, 담임 목사님 설교 요약과 칼럼 작성, 현수막 설치, 본당 의자 줄 맞추기, 주일 설교 본문 말씀 카드 작성, 목장 예배 소식지 작성, 토요일 교사 기도회 인도 등 유년부 교육 전도사의 업무가 아닌 일들이 배정되어 있었다. 여기에 새벽 설교까지! 이렇게 많은 일을 토요일 하루 동안 처리해야 했다면, 업무 스트레스가 엄청났을 것이다.

교육 전도사들이 토요일에 출근을 해야 하는 이유는 평일에 사역 준비를 할 수 없기 때문이다. 파트-타임 사역자들의 사례비는 생활비를 충당할 수 있는 수준이 아니다. 즉, 그들은 평일에는 생계를 위해 다른 일을 찾아서 해야 한다. 당연히 평일에는 주일 사역의 준비를 할 수가 없다. 그렇기에 교육 전도사들의 토요일 출근은 온전히 부서 사역 준비에 사용되어야 한다. 그러나 그곳에서는 전임 목회자들이 해야 할 일의 대부분을 교육 전도사에게 위임시켰다. 이런 식으로 업무 분담이 이루어진다면 전임 사역자와 파트-타임 사역자의 급여를 왜 달리하는지 이해할 수 없다. 그러나 교회는 그렇게 하고 있다. 전임과 파트-타임이 일종의 계급으로 인식되어 버리는 어처구니없는 현실이 교회에서는 당연하게 이루어지고 있다. "동일 노동, 동일 임금"이라는 세속의 가치는 교회라는 사회에서는 어림도 없는 소리이다.

김요한 전도사님의 주일 업무량은 토요일 업무량과 동일하게 점차 증가되고 있었다. 2월 설 연휴 이전의 보고서에는 토요일 보고서와 같이 부서 예배 인도만 작성되어 있었다. 그러나 그 이후의 보고서에서는 새벽 예배 엔지니어링 및 예배 보조, 1부 예배 준비 및 헌금 위원, 2부 예배 준비, 부서 예배 그리고 새 가족

환영식, 예수 영접 모임, 알파코스 교육, 저녁 성경공부 인도 및 삶 나눔 진행까지.

이 정도의 업무량으로 볼 때, 김 전도사님의 퇴근 시간은 상당히 늦은 시간이었을 것이다. 최소 22시 이후에나 퇴근이 가능할 것으로 예상되었다. 그리고 이런 살인적인 주일 일정을 소화한 후, 월요일 새벽예배 인도 및 설교까지 감당하고 있었다. 그렇다면 김 전도사님은 금요일 저녁부터 월요일까지는 거의 수면을 취하기 어려웠을 것이다.

특히 놀라운 부분은 예배 큐시트 작성과 본당 의자 줄 맞추기였다. 그곳의 규모를 생각한다면, 예배 큐시트는 예배국에서 작성되어야 한다. 즉, 예배국 담당 사역자의 일이다. 또한 의자 줄 맞추기와 같은 업무는 예배 준비 팀이 하면 되는 일이다. 만약 이런 일들을 전임 사역자들과 함께 진행했다면, 그 또한 이해될 수 있는 부분이다. 개별 교회는 각 교회마다의 사정이 있다.

또한 교회마다 일시적으로 예배국이나 예배 준비 팀이 자기 기능을 다하지 못할 경우도 간혹 있다. 이럴 경우 교역자들은 구멍이 생기는 업무를 맡아야 한다. 그러나 그렇지 않고 김 전도사님 혼자 한 일이라면, 이것은 일종의 직장 내 따돌림일 확률이 높았다.

그뿐만이 아니다. 헌화 목록 작성, 담임 목사 설교 요약과 칼럼 작성, 현수막 설치, 주일 설교 본문 말씀 카드 작성, 구역 예배 소식지 작성과 같은 일은 전임 사역자들이 감당해야 하는 일들이다.

'참 나! 칼럼 정도는 직접 쓰시지. 별걸 다 시키네.'

그곳은 겉멋만 잔뜩 들어 남들이 하는 것은 다 하고 싶었을 것이다. 그렇다면 담임 목사가 스스로 하면 된다. 그러나 그들은 자신의 일을 교역자 중에서 가장 낮은 자리에 있는 파트-타임 전도사에게 위임시켜 버렸다.

하루 이틀도 아니고 일 년 반을 이런 부당한 상황에 노출되었다면, 과연 김 전도사님의 죽음과 무관할 수 있을지 반문해 보았다. 그러나 이러한 의문은 그리 오래가지 못했다.

냉정하게 말한다면 이건 죽을 일이 아니라 그만두면 끝나는 문제이기 때문이다.

극단적인 선택에는 극단적인 상황이 있기 마련이다. 그러나 김요한 전도사님은 사역을 그만두지 못할 만큼의 경제적 어려움도 없었다. 분명 이러한 부당한 짓거리는 사건의 발생에 대한 간접적 영향은 줄 수 있다. 그러나 직접적 요인이 되기는 어려울 것이라 판단되었다. 그렇다고 해서 그냥 넘어갈 수도 없었다. 간접적 요인이라 할지라도 요인은 요인이기 때문이다.

김 전도사님이 사역을 시작한 지 5개월이 지날 무렵부터 평일 출근이 점점 늘어나기 시작했다. 수요일 저녁 예배 준비가 일상 업무가 되어 있었다. 또한 격주로 금요일 저녁 기도회의 찬양 인도와 찬양 인도 후 유아 돌봄이 일상 업무로 자리 잡기 시작했다. 그럼에도 토요일 새벽 설교는 여전히 김 전도사님의 몫이었다. 업무가 늘어나는 것 자체가 문제가 아니라 업무의 급증에 비례한 급여 상승이 확인해야 할 중요한 지점이었다. 결국 사례비에 대한 정보를 확인해야 했다.

'여기 있군.'

사역비 지급 내역서는 역시나 기대를 저버리지 않았다. 김 전도사님의 사역비는 한 달에 70만 원이었으며 단 한차례도 인상된 적이 없었다.

'하…도둑놈들. 사람을 개처럼 부려먹으면서 70만 원이라니! 최저임금도 안 주면서 뭔 이웃 사랑을 입에 담는지…'

대부분의 교회들이 교육 전도사들의 월급으로 제시하는 금액은 적게는 60만 원에서 많게는 100만 원 선이다. 김 전도사님 급여는 70만 원에 십일조 10만 원 내외를 제외하면 실제 금액은 약 60만 원 내외일 것이다.

공평과 정의의 하나님. 이웃 사랑을 선포하는 교회에서 최저임금도 안 되는 금액으로 타인의 노동력을 헌신이란 이름으로 착취하는 것은 하루 이틀의 문제는 아니다. 그러나 오래된 관행이라고 치부되어선 안 된다. 사역자의 저임금은 많은 전도사님들이 생활고에 허덕이며 전임 사역자가 되기 위해 어떤 불합리한 명령도 따르게 되는 올무가 되어 버리기 때문이다.

사람을 사람으로 대하지 않고 돈으로 조종하고 부리는 행위가 슬프게도 교회에는 만연하다. 이러니 젊은 사역자들 안에서 열정 페이에 빗대어 신앙 페이, 상급 페이라는 말이 나도는 것 아닌가?

김 전도사님의 사례비 내역서를 확인 후 답답한 마음에 서류를 내려놓고 창밖을 내다보았다. 창문엔 나의 얼굴이 비치고 있었다. 하지만 미묘하게도 창문에 비친 나의 얼굴이 나의 그것과 는 조금 달라 보였다.

나는 눈을 찡그리며 유심히 창문에 비친 나를 바라보았다. 창문 너머로 보이던 환한 도시의 불빛이 점점 사라져갔다. 이상하고 신비로운 경험이었다. 그렇게 극장의 암막과 같이 변해가던 창문엔 점점 내가 아닌, 그러나 내가 잘 알고 사랑하는 그분의 얼굴이 천천히 나타났다. 놀랍고 당황스러웠지만 두렵지는 않았다. 그분은 나에게 현현하며 당혹함과 포근함을 동시에 선물해 주셨다. 그분의 모습이 완전히 나타나자 그분은 나를 보며 말씀하셨다.

"성아, 네가 이제 와서 화내는 이유가 무엇이냐? 한숨을 쉬는 이유가 무엇이냐? 너의 동역자들이, 너의 이웃이 받는 처우들을 정말 너는 몰랐느냐?"

그의 목소리는 선명했고 위엄이 있었지만 동시에 따뜻했다. 나는 감히 그에게 대답하지 못했다. 그분께선 질문을 이어 가셨다.

"네가 입버릇처럼 말하는 그 양심! 네가 그들을 외면할 땐 어떤 울림도 주지 않았느냐? 너 역시 그들을 외면한 것이 아니냐? 아들아 양심은 그리 위대한 것이 아니란다. 이제는 남의 일이니 네가 입버릇처럼 말하는 너의 양심도 멈춰 선 것이 아니냐? 내가 가르쳐주지 않았느냐? 곤경에 처한 어린아이 한 사람을 외면한 것은 나를 외면한 것이라고!"

나는 아무런 대답도 할 수 없었다. 그저 눈물만 흘리며 그분을 바라볼 뿐이었다. 창문에 비친 그분의 눈에서도 비가 내리고 있었다.

"네가 아내를 통해 아픔을 겪지 않았다면, 나의 사랑하는 요한이의 가정에 지금처럼 공감했을 것 같으냐?"

그분의 한 말씀, 한 말씀이 너무나 아팠다. 그분께서 던지시는 질문들 하나하나가 나의 심장을 찔렀다. 심장은 터질 것 같았고 두 눈은 눈물을 하염없이 쏟아냈다. 어떠한 대답도 변명도 그분 앞에서는 의미가 없었다.

'내가 기찰을 할 자격이 있을까?'

머릿속이 복잡해졌다. 나의 주인이 질문을 하셨고 난 종으로서 대답해야 했다. 그러나 답을 알 수가 없었다. 나는 그저 내면의 진실을 정직하게 진술하는 것 외엔 아무것도 할 수 없었다.

"주님 나는 죄인입니다. 주님 맞습니다. 나는 그들을 외면했습니다. 그런 내가 목사랍시고, 기찰한답시고 이러고 있습니다.

주님 나는 이제 어떻게 해야 합니까? 주님! 주님! 나는 어떻게 해야 합니까?"

나는 끝내 답을 할 수 없었다. 아니, 나에겐 답이 없었다. 답은 나의 몫이 아니었다. 그것은 언제나 그분의 것이었다.

"넌 너의 양심으로 내가 맡긴 사역을 감당하려 했느냐? 그러지 말거라.

나의 사랑하는 아들아. 나의 어여쁜 자여

그건 너에게 너무 가혹한 일이며 네가 감당할 수 있는 일이 아니란다. 네가 앞으로 감당해야 할 나의 일들은 너의 양심과 윤리

로는 감당할 수 없단다.

아들아 나의 멍에는 가볍단다. 나는 너를 자유하게 하는 너의 하나님이다. 너의 양심과 올바름을 나에게 다오. 너의 멍에를 나에게 다오. 내가 너의 멍에를 나의 것으로 돌려주겠다."

그분의 말씀이 순간 이해되지 않았다.

'양심을 주님께 드린다? 무슨 의미지?'

그러나 주님은 마음을 감찰하시는 분이며 심령을 꿰뚫어 보시는 분이셨다.

"두렵니? 많은 사람들이 여기서 멈췄단다. 나에게 자신의 양심과 이성까지 받치면 자신은 바보가 되는 줄 알지. 그들은 입으로는 나를 믿는다 하지만 끝에선 나를 믿지 못했단다. 나의 선함을 말이다. 하지만 내가 아브라함을 통해 이미 알려 주었지 않았느냐? 아브라함이 이삭을 받칠 때, 그는 믿음으로 돌려받을 것을 기대했단다. 그는 끝까지 나를 믿었지. 믿음이란 그런 것이란다. 자신의 모든 것을 십자가에 못 박고, 동시에 모든 것을 나의 보혈의 능력을 통해 정화하고 회복되어 온전한 것으로 돌려받는 것, 그것이 믿음이란다.

넌 나를 어디까지 믿느냐? 나의 사랑하는 아들 재성아 너의 양심을 나에게 다오. 그리고 믿음으로 돌려받거라. 너의 연약한 양심을 온전한 믿음의 양심으로! 세상이 감당치 못하는 양심으로 돌려주마! 나의 사랑하는 아들아! 나의 손을 잡거라! 나의 어여쁜 자여! 나와 함께 가자!"

"주님, 나의 연약한 양심을 당신께 드립니다. 그리고 당신이 온전케 하심으로 돌려주실 것을 믿습니다. 오! 주여. 나의 주여!
날 새롭게 하소서!"

나의 고백이 떨어지기 무섭게 화사한 봄날의 바람과 같은 따
스한 바람이 나를 감싸 안았다. 평온했다. 마음이 따뜻해졌다.
나의 흐르던 눈물도 이내 멈추었다. 그리고 내가 눈을 떴을 때,
놀랍게도 난 여전히 나였다. 어떤 존재적 변화도 없었다. 그러나
내 안에는 알 수 없는 기쁨과 자신감이 벅차오르고 있었다.

벅차오르는 감정은 한동안 멈추지 않았다. 탁자 위에 놓인 물
한 잔을 마시자, 머릿속이 맑아졌다. 아무 일도 없었다는 듯 차
분해지며, 한 가지 생각이 스쳐 지나갔다.

그동안 나의 양심과 격양된 감정들 때문에 놓치고 있었던 가
장 먼저 해야 했던 일, 기본적으로 확인해야 했던 일이 떠올랐
다.

'이력서!'

이력서와 자기소개서를 봉투에서 꺼내들어 읽어 내려갔다. 이
력서는 나를 당혹스럽게 만들었다.

'우리 교단 사람이 아니잖아!'

김요한 전도사님은 우리 교단과는 전혀 색깔이 다른 교단의
신학을 공부한 사람이었다. 거기다가 박사학위 과정에 있는 엘
리트. 나는 왜 당연히 우리 교단 사람이라고 단정했는지 스스로
에게 물으며, 나의 멍청함을 질책했다.

'타교단 전도사라…'

사람이 죽었다. 교단을 따질 일이 아니다. 그러나 총회에서 이

사실을 알면 어떤 태도로 나올지 답은 뻔했다. 제 식구 챙기기는 비단 관피아들의 이야기만이 아니다. 어쩌면 그곳에서 그따위 거짓 보고서를 올리는 배짱을 부린 것도 김요한 전도사님의 교단 배경이 작용했을 것이라 생각되었다.

'그래. 이럴 땐 정공법이야! 정공법으로 가자. 보고하고 설득해야지 뭐.' 그리곤 김철민의 얼굴이 떠올랐다.

김철민 목사에게 전화를 걸었다. 그는 수신음이 두 번을 넘어가기 전에 전화를 받았다. 김철민 목사에게 김요한 전도사의 출신 신학교와 소속 교단을 포함한 프로필 전반을 읽어주자 그는 버럭 화를 냈다.

"야 최 목, 정신 안 차려? 일을 이따위로 할래?"

"아 미안합니다. 이력서를 늦게 확인했습니다. 제 불찰입니다. 이제 어떻게 할까요? 그쪽 교단에 연락할까요?"

"야!"

김철민 목사의 날카로운 고함 소리가 나의 귓전을 때렸다.

"내가 이래서 목사들을 안 믿어. 최 목사님 똑똑히 들으세요. 교단이고 나발이고, 사람이 죽었어요. 그것도 4월 19일에, 다른 곳도 아니고 교회 주차장에서요. 느낌이 빡 안 와요?"

그는 빈정거림이 거북했지만 나는 급하게 메모지에 사망일 확인이라 적으며 묵묵히 그의 말에 귀 기울였다.

"이거 우발적인 사건 아니라니깐. 이거 큰 사건이야! 그리고 사람이 죽었는데 교단이 왜 중요해? 지금 그쪽 교단과 우리 교단이 어떤 관계인지 몰라? 위에서 자기 보내라고 했을 때 내가 많이 망설였거든. 그런데 자기 말고는 이 사건을 맡을 만한 사람이 없더라고. 그나마 믿을 맨은 당신 밖에 없는데! 자기가 이러면 어떻게 해?

우리가 안 나서잖아? 이거 그냥 묻혀. 하루 이틀이야? 교단 차원에서는 이게 참 골치 아픈 사건이거든. 그리고 드러내고 싶지 않은 사건이잖아. 타교단에서 사역했으니 그냥 무시해 버리겠지. 그것도 아니면 교단 간의 정치 이슈로 이용하고 끝날걸?

외압들 신경 쓰지 말고 파봐. 교단 이딴 소리 하지 말고, 진짜 제대로 파요. 이 사건 분명히 뒤에 뭔가가 더 있어. 최 목사님 아시겠죠?"

나는 김철민 목사님의 이야기를 듣고 소름이 돋았다.

'여기도 속사포 래퍼 하나 있었네. 그건 그렇고 이 인간이 원래 이런 인간이었어?'

어쩌면 나는 그동안 김철민 목사를 오해한 것이 아닐까? 나는 휴대폰을 뒤집어 수신자의 번호를 다시 확인했다. 김철민이 분명했다. 소속 교단 따윈 신경 쓰지 말고, 오로지 김 전도사를 위해 기찰하라는 김철민 목사의 말은 나에게 충격으로 다가왔다. 문제는 김철민 목사가 책임질 수 있는 범위가 아니라는 것이다. 그가 나의 상관이긴 해도, 타 교단과 얽힌 사건을 교통정리할 만큼의 지위와 권한을 가지고 있진 않았다. 그의 명령은 일종의 만용이다. 그도 내가 한 실수처럼 이 사건을 감정으로 접근하고 있었다.

"알겠습니다. 그런데 실컷 파고들다가 컷 들어오면 막을 구실이 있어야 될 것 아닙니까? 자존심 건드리려는 것 아닙니다. 오해하지 마시고 들어보세요.

일일보고서 올라가면 위에서 분명 철수 명령 내려올 겁니다. 오늘 총회장님께 전화도 왔어요. 이 사건을 주목하고 있다고요. 총회장님은 지위계통 무시하고 보고서도 자기한테 다이렉트로 올리래요! 총회장님이 주목하고 있다는 것의 의미를 잘 아시잖아요?"

"하아…이 영감탱이가 진짜! 뭐 뻔하지. 돈 빨아먹을 구멍 찾고 있겠지. 그런데 그게 뭐? 그래서 파투 내자고?"

"감정적으로 대응하지 마시고 지금 상황을 보세요. 상황을! 파긴 팔 겁니다. 그런데 팔 때 파더라도 대응책은 간구해야죠. 총회장님이 직접 전화하셨다니깐요!"

"진짜 복잡하네. 일단 공식 보고서는 올리지 마. 일체의 보고는 공식 메일 쓰지 말고 개인 카톡으로 보내. 그리고…"

김철민은 무언가 말을 이어가려다 머뭇거렸다. 그의 혀 차는 소리가 수화기를 통해 들렸다. 그는 망설임을 멈추고 말을 이어갔다.

"최 목 이건 순전히 내 생각인데 신변 비관 자살 아니야."

김 목사는 목소리를 가다듬고는 차분하지만 단호하게 확신에 차 말을 이어갔다.

"이 사건 분명 의도성이 있어. 나는 충동적 사건 아니라 생각해. 4월 19일이잖아. 김 전도사가 분명히 의도를 가지고 있었어. 김 전도사의 의도를 파악하면, 뭔가 그림이 보일 것 같아. 그리고 견제구 들어오면 어떻게든 커트해볼게. 아버지 팔아서라도 시간 벌어볼게. 그러니깐 최 목은 최 목 일에 집중해."

그의 인간성을 신뢰하지는 않지만, 그의 정치력은 신뢰했다. 그는 탁월한 사내 정치가였다. 그는 뛰어난 정치적 수완을 가지고 있었다. 그는 법의 테두리를 벗어나지 않는 선에서 편법을 사용하는 것에도 능했다. 그가 방해하겠다고 마음을 먹었다면 이 기찰은 끝까지 갈 수 없었을 것이다. 그러나 그가 나와 한배를 타겠다면 천군만마를 얻은 셈이 된다. 총회장님도 김 목사를 마음대로 핸들링 하지 못했다. 김 목사가 윗선과 조율을 잘하는 것도 있지만, 그의 배경도 한몫했다. 교단 내에서도 손에 꼽히는 대형 교회 담임 목사의 아들이란 지위는 언제 어디서나 막강한 힘을 발휘하곤 했다.

"네. 알겠습니다. 김 목사님."

"집중합시다. 집중. 그리고 필요한 것 있으면 바로 연락해. 그럼 끊습니다."

통화가 끊어진 후 김 목사의 말을 곱씹었다. 그는 왜 이 사건에 열의를 보일까? 또한 그는 왜 이 자살을 우발적 자살 사건이 아니라 의도성을 가진 사건으로 인식한 것일까? 일반적으로 자살은 우발성의 사건으로 접근한다. 그런데 어떻게 아무런 조사 없이 이런 통찰이 가능했던 것일까? 그때 김 목사가 강조한 4월 19일, 메모에 적혀 있는 사망일 확인이 눈에 들어왔다.

'4월 19일이 무슨 날이기에 그 날짜 하나로 우발성을 배제한 거지?'

나는 침대 옆 탁자에 놓여 있는 탁상용 달력을 유심히 보았다. 달력에는 아무런 정보도 기록되어 있지 않았다. 내가 알고 있는 4월 19일은 4.19 학생 혁명뿐이었다. 4.19와 김 전도사님은 아무리 생각해도 연관성이 없었다.

'뭘까? 무슨 날이지? 김 목한테 물어보기는 또 쪽팔리고. 그 녀석이 부연 설명을 안 한걸 봐선 분명 내가 그 의미를 안다고 생각한 건데. 어렵게 생각하지 말자. 김 목사 수준에서 생각해 보자. 아주 단순하게 생각해 보자. 단순하게! 더 단순하게…'

의식의 흐름을 속에 한 가지 생각이 스쳐 지나갔다.

'아!'

4월 19일이 금요일이라는 것이 눈에 들어왔다. 금요일…4월 셋째 주 금요일…

'잠깐만! 고난주간의 금요일?! 뭐야 이건?! 진짜 이 날에 의도하고 자살을 시도했다고? 이런 미친! 왜 이 생각을 못 했지?'

2019년 4월 19일은 고난주간이 있는 금요일. 바로 **그리스도의 수난일!** 그리스도께서 십자가 도상에서 죽으신 날이었다. 하필 그날에 김 전도사님은 스스로 자신의 목숨을 던졌다. 순간 온몸에 소름이 돋았다.

'뭐야, 이거?! 오컬트? 광신? 그게 아니면…'

여러 가지 생각들이 머릿속을 지나갔다. 왜 김철민 목사가 이날에 의미를 부여했는지 납득이 되면서도 의문이 들었다. 기독교인에게 가장 성스럽고 고통스러우며 찬미되는 바로 그날! 김요한 전도사님은 그리스도께서 십자가에서 희생하신 그날을 자신의 디데이로 삼았다. 김철민은 이 사건의 시간성에 과도하게 의미를 부여하여 오류를 범하고 있는 것일 수도 있었다. 어쩌다 보니 우연히 절기의 의미성이 중첩된 사건일 수도 있었다. 그러나 김철민의 추리를 무시할 수는 없었다. 우리는 기독교인이며, 목회자이다. 그것은 김요한 전도사님도 동일하다. 아니, 목회 현장에 있었기에 더욱 선명히 알고 있을 것이다. 그날의 의미와 상징성을 누구보다 잘 이해하고 있을 것이다. 순간 머릿속으로 한 가지 생각이 칼날이 되어 찔러 들어왔다. 하지만 난 고개를 저으며 애써 부정하려 했다.

'아닐 거야. 절대 아닐 거야. 설마 자신의 생을 희생해서 뭔가를 알리려 했다? 아니면 정말 누군가를 구원하고자 했단 건가? 그런 사람이 요즘 어디에 있어? 자기가 그리스도도 아니고.'

사모님의 진술에 신빙성이 더 높다고 판단한다면, 김 전도사님이 자살을 할 어떤 이유도 없었다. 원인이 될 수 있는 가능성들을 하나하나 검증해 보면 김 전도사님이 죽은 이유를 찾는 것이 쉽지는 않았다.

김철민 목사의 추리와 같이 우발적이거나 감정적 자살이 아닌 지극히 이성적 자살, 계획된 사건이라면 전혀 다른 방향으로 사건의 본질을 찾아야 했다. 즉, 자신이 겪은 일을 이기지 못하고 심적으로 붕괴된 사건이 아닌, 자신이 겪은 일에 대한 하나의 저항으로 이해되어야 한다. 그러나 그는 자살을 강력하게 금기시하는 기독교의 신자이자 목회자이며 동시에 지식인이다.

그런 그가 금기를 위반하면서까지 사건을 기획했다는 것, 자신의 구원과 직결되는 금기를 위배했다면 이것은 단순한 문제가 아닐 것이다.

어떤 행위에 대해 분석할 때, 내 나름의 방법이 있다. 왜 그러한 일이 발생했을까?라는 의문으로 접근해야 하는 분석 가능한 사건이 있다면, 반면에 그 사건을 통해 기대하는 결괏값이 무엇인가?라는 의문으로 접근해야 분석 가능한 사건도 있다.

전자의 경우는 그 행위가 발생하기까지의 과정에 집중해야 한다. 즉, 외부적 요인을 통해 어떤 사건이 일어났다면, 그 사건을 불러온 외부 요인을 조사함으로 "왜"의 의문을 해결하면 사건은 종결된다.

반면, 후자의 경우는 전자의 과정 분석, 조사행위와 더불어 이 사건을 발생시킨 주체의 의도가 중요하다. 즉, 왜 일어났는가가 아니라 어떤 의도와 어떤 결괏값을 기대하고 행위를 했는가를 풀어야 한다.

김 전도사님 사건은 후자의 경우일 확률이 높아졌다. 외부적 상황으로 인해 자살을 한 것이 아니라 외부적 상황을 분석한 후 어떤 의도성을 가지고 자살했을 가능성이 높았다. 그리고 그 의도성은 김철민 목사의 판단과 같이 그가 사건을 일으킨 날짜와 무관하지 않을 것이다.

김요한 전도사님이 사건을 일으킨 날의 신학적 의미와 사건의 의도성이 연결된다는 가설은 김철민의 반응을 통해 입증된 셈이다. 김철민은 기찰 과정에서 수집된 어떤 정보도 없었다. 그럼에도 불구하고 총회로 올라온 보고서가 거짓일 가능성을 단 번에

인지했다.

앞선 기찰 과정에서 수집된 진술이나 정보를 제외하더라도 4월 19일이라는 사건의 시간성, 다시 말해 그리스도의 수난일의 의미 해석만으로도 이 사건의 성격과 기찰 방향성에 변경은 불가피했다. 즉, 치밀성이 내포되어 있는 사건이란 것이다.

사건의 요소 하나에 의미를 부여한 이 사건은 철저히 준비된 사건이 분명했다. 우발적 사건이 아니란 확신이 들었다. 시간성에 의미를 부여했다면 분명 공간성에도 김 전도사님은 의미를 부여했을 것이다. 만약 지금 내가 판단하는 것이 참이라면, 김요한 전도사님이 왜 그곳의 주차장에서 사건을 결행했는지 그 의미가 흐릿하게나마 이해되었다.

순간 니체가 떠올랐다. 신이 없는 신의 빈 무덤을 교회라 비아냥거렸던 니체! 그리고 그곳의 주차장은 반지하로 무덤과 같은 이미지를 주기에 충분했다. 만약 김 전도사님의 자살 사건이 의도성을 가졌다면, 이것은 교회에 대한 어떤 메시지를 던지기 위해서라 판단되었다.

문제는 설사 그렇다고 하더라도 김 전도사님이 자신의 사건에 함축한 은유들은 지나치게 현학적이고 난해했다. 왜 굳이 이렇게 난해한 은유를 사용했을까? 나는 머리를 절레절레 흔들었다.

나는 언제나 자살이라는 사건을 우발적 사건 즉 실수라고 단정했다. 그래야만 했다. 그렇게 판단하지 않았다면 나의 삶에서 발생된 사건들을 견딜 수 없었을 것이다. 나의 삶의 상처들은 자살 사건의 유가족에게 공감을 할 수 있는 능력이 되어줬다.

동시에 사건 자체를 해석함에 있어서 확증편향하게 만드는 함정이 되었다. 의도성과 계획성이 존재하는 자살 사건을 인정하는 것 자체가 나에겐 아픔으로 다가왔다. 그러나 그것이 사실이라면 확증편향의 함정에서 벗어나 의도성과 계획성을 밝혀야만 이번 기찰은 마무리될 수 있을 것이다.

한동안 머릿속이 멍했다. 눈을 감았다. 감지 않을 수 없었다. 그때 두 아이의 얼굴이 떠올랐다. 두 아이는 서로 다른 기대감으로 나를 바라보고 있었다.

"아빠! 아빠가 세상에서 제일 멋있어요! 아빠라면 이런 것 다 해결하실 수 있죠?"

"목사님! 우리 아빠 좋은 사람이죠? 우리 아빠 좋은 사람 맞죠? 목사님이 밝혀 주실 수 있죠?"

아내의 사건을 일반화시켜 모든 자살 사건에 면죄부를 주려 했던 나의 판단과 그것으로 인한 오류. 그것이 오류라는 것을 알면서도 애써 외면케 했던 나의 인지력은 두 아이의 순수한 사랑 앞에 다시 깨어났다.

나는 눈을 떠 먼 곳을 바라보았다. 사건의 종착지가 보다 멀어졌다. 종착지가 확장되었지만 그렇다고 멈출 순 없었다. 보다 면밀하고 세심해져야 했고 사건의 은유를 읽어 내야만 했다. 그리고 다시 김 전도사님의 사역 보고서를 읽기 시작했다.

김 전도사님의 사역 보고서는 시간이 지남에 따라 그 분량이 점점 증가했다. 사건 직전 주의 사역 보고서는 주 7일 근무였다. 그는 전임 사역자나 다름이 없었다. 그러나 그의 사례비는 동일했다.

그는 착취당하고 또 착취당했다. 이런 경우가 비단 김 전도사님만의 문제는 아니었다. 한국교회에선 흔하고 흔한 이야기이다. 일상을 넘어선 일상적 부조리는 이제 문제로 인식조차 되지 않았다. 오히려 자기 근무일에만 출근하는 교역자를 열정 없고 영혼을 사랑하지 않는 교역자로 여기는 것이 현실이 되었다.

"다 겪는 일이다." "때가 되면 하나님이 다 축복하신다." "목회자는 하나님이 채우신다. 사람 의지하지 마라." "나 땐 말이지." "순종이 제사보다 낫다." 등의 말로 자신은 순종해서 지금의 자리에 왔다며, 자신의 비겁함을 감추며 타인의 고통을 외면하는 짓거리는 사역자들의 입버릇이자 일상이 되었다.

나 역시 이러한 비판에서 자유롭지 못했다. 일상이 되어 버린 폭력, 이것보다 무서운 것이 있을까? 피 흘리는 누군가에게 그것은 하나님의 뜻이라고 말하는 저주 받을 짓거리들. 그러나 지금의 교회는 타자에 대한 착취가 일상이 되어 버렸다.

헌신이란 이름의 착취, 이 짓거리의 피해자는 비단 교역자들에 한정되는 것이 아니었다. 교회의 일꾼들은 청년들이 다수다.

청춘들의 삶의 문제에 대한 이해와 공감을 교회에선 찾아보기 힘들다. 교회는 그들이 얼마나 아파하고 있는지, 그들의 삶의 문제와 고통은 무엇인지 그리고 청춘들이 처한 현실의 혹독함에는 무관심하면서 단지 교회에 대한 헌신만을 강조하며 동시에 그 헌신으로만 청춘들의 신앙을 평가한다.

희망 없는 자들에게 희망을 주는 것이 아니라 희망을 미끼로 착취의 그물을 던져 그들을 교회라는 울타리에 가둬 사육하고 있다.

교회는 반드시 청춘들의 헌신에 고마움을 가져야만 한다. 그러나 교회는 청춘의 헌신을 당연시한다.

오히려 지나친 헌신으로 인해 발생되는 고갈과 갈증 그리고 자신의 삶을 돌볼 여력마저 쏟아부은 청춘이 쓰러질 때, 그들을 안아주는 교회는 없었다.

오히려 "요즘 애들은 왜 이렇게 나약한지"라는 말 같지도 않은 소리로 그들을 정죄했고, 맡은 사역을 하나라도 내려놓겠다면 무슨 큰 범죄라도 저지른 것처럼 호들갑을 떨며 정죄의 말과 유사 저주의 말들을 쏟아냈다. 그래놓고선 교회의 자랑은 헌신하는 청춘들이 아닌, 사회적으로나 경제적으로 성취를 이룬 자들의 몫이었다. 이런 젠장!

청소년도 마찬가지였다. 매주 예배의 자리를 지키는 학생들이 아니라 명문대에 합격한 아이가 교회의 자랑이었다. 장로 손자는 어떤 헌신의 자리에도 앉지 않지만, 그들이 명문대에 가면 교회는 현수막을 걸어주었다.

착취당하는 인간에게 존경심을 표하는 착취자는 없다. 그러나 착취당하는 인간이 있어야 이익은 발생한다. 그렇기에 착취당하는 인간들에게 헌신자라는 명찰을 달아주고 그들을 희생양으로 만들어 버린 현실은 교회가 더 이상 교회가 아니라는 것을 반증하는 사례가 된다.

"최 교수, 나는 요즘 교회를 보면서 두려움을 느껴요. 종교학적 관점에서 요즘 교회에서 일어나는 일들은 기독교의 사상적 근간인 유일신교의 원형을 잃은 것 같아요."

잠시 강의를 나갔던 모교의 종교철학 교수님의 이 한마디를 그 당시엔 선명하게 이해하지 못했다. 그러나 그의 이 우려와 걱정을 지금은 온전히 깨닫게 되었다.

그 종교철학 교수님의 이론에 따르면, 원형 종교는 두 가지 형태로 축약된다. 하나는 다신론적 종교이며 다른 하나는 유일신적 종교이다. 다신교와 유일신교의 충돌의 대표적인 예시를 출애굽 사건으로 이해하셨던 그 교수님의 논문을 읽은 적이 있었다.

그분의 이론에 따른다면 다신교의 특징은 사회적 문제가 발생할 때 그 집단에서 가장 약한 존재를 희생자로 만들어 파멸시킴으로 사회의 문제와 갈등을 제거한다는 것이었다.

유대인들이 당시의 이집트에서 그 희생양이 되었으며 그들은 멸절의 위기에 처했다는 것이 그분의 분석이었다. 그리고 이 다신론교의 희생자 시스템에 대항한 종교 시스템을 유일신교, 즉 야훼 종교로 이해하고 있었다.

그렇기에 야훼 종교는 인간에 대한 희생자 시스템을 철저히 거부하고, 제사의 형식으로 구성원이 아닌 가축을 통한 희생양 시스템을 가동했다는 것이 연구의 주요한 내용이었다. 그의 연구에서 놀라웠던 지점은 다신교 사상이 인간들이 가지는 일반적인 유형이며 유일신교라는 종교성 자체가 특이한 것이란 주장이었다. 태어나면서부터 유일신교인 기독교에 익숙한 나로선 그의 주장이 놀라웠다. 그러나 니체도 같은 말을 하지 않았던가!

그 교수님께서는 자신의 이론을 근거로 '요즘 교회'는 다신교적 희생자 시스템을 가동하고 있는 것으로 이해하신 듯했다. 즉, 유일신교를 가장한 다신교적 방식으로 운영되는 모순적 집단이 교회라는 것이다. 이 다신교적 희생자 시스템과 지금 교회가 저지르는 헌신이란 이름의 착취의 행태는 그 방식이 절묘하게 유사하다.

"초신자들 불붙었을 때 일 시켜야 해. 그때는 뭐든 다 하거든."

이딴 이야기는 교회를 다녀 본 사람이라면 익숙한 이야기일 것이다. "첫사랑의 믿음"이라는 멋진 명찰을 붙여 주고 이루어지는 헌신이란 이름의 착취 구조는 교회에 이미 익숙한 것이 되었다.

헌신이란 어려운 일이다. 어려운 일을 성공적으로 행할 때, 인간은 보상을 바란다. 그리고 그 보상이 강화되어 권력이 된다. 이 권력은 계층과 계급을 발생시킨다. 이러한 현상을 극복하기 위한 방법은 단 한 가지뿐이다. 그것은 헌신의 주체를 인간이 아니라 하나님으로 만들면 된다. 즉, 헌신은 그리스도의 사랑을 통해서만 이루어져야 한다.

신적인 힘을 빌려 자신이 추구하는 무엇을 얻기 위해서 혹은 자본주의적 복을 받기 위해 그 신적 힘의 통로처럼 보이는 교회라는 집단에, 더 구체적으로는 목사에게 인정받기 위해서 행해져선 안 된다.

기독교의 헌신은 얻기 위해서가 행해지는 것이 아니다. 헌신이란 자신의 것을 타인을 위해 사용하는 것이다. 그러기에 헌신은 약자들을 이용하고 희생함으로 발생되어서는 안 된다. 그러나 교회는 아니 우리는 희생과 헌신을 약자들에게 강요한다.

약자들은 희생의 대상이 아니라 보호의 대상이어야 한다. 고아와 과부를 섬기며 나그네에게 쉴 자리를 내어주는 것이 기독교의 정신이다. 그들에게 희생을 강요하는 것은 다신교의 정신이다.

같은 맥락에서 파트-타임 전도사는 희생과 헌신을 통해 자신을 증명해야 할 존재가 아니라 보호되고 양육되어야 할 존재로 인식되어야만 한다. 그것도 타교단에서 온 파트-타임 전도사라면 더욱 보호되고 배려되어야만 했다. 그러나 이 당위 명제가 그곳에서는 의미 없는 당위였다. 슬프게도 교회의 현실은 약자에게 헌신을 강요하며 다 그렇게 해왔다며 기독교의 전통이 아닌 다신교의 관습을 따르고 있었다.

이런 상황을 극복하지 못한다면, 교회는 자가당착에 빠진 자기모순으로 인해 스스로 붕괴될 것이 분명하다. 그리고 이러한 붕괴의 조짐은 이제 공공연한 비밀이 되었다. 그러나 교회는 개혁과 회개를 말하면서 무엇을 개혁하고 회개해야 하는지 인지조차 하지 못하고 있다. 교회의 개혁은 작은 것에서 시작되어야 한다. 바로 약자에 대한 보호와 그들을 위한 스스로의 헌신, 즉 예수 그리스의 삶의 실천이다. 그러나 보고서 속의 그곳은 착취와 착취의 연속극에 지나지 않아 보였다.

보고서들을 정리하다 불현듯 김 전도사님이 스스로 자기희생의 의미로 죽음을 택했다면 그럴 이유와 배경지식이 있어야 한다는 생각이 스쳐 지나갔다. 김 전도사님의 선택이 우발적인 것이 아니라면 분명 거기에는 어떤 작동 기제가 있어야 한다. 그것이 설명되지 않는다면, 그가 그리스도의 수난일에 목숨을 던졌다고 해도 그것은 그저 우연의 일치에 지나지 않을 것이다.

김요한 전도사님은 박사학위를 진행 중이었다. 학위 과정생은 자신이 연구하는 연구 주제와 자기 신념이나 행동 양식 등과 연결되는 경우가 많다. 일부는 지도 교수의 요구에 의해 주제를 잡기도 한다. 그러나 지도 교수 역시 학생이 연구하는 분야에서 구체성을 잡지 못할 때, 충분한 소통을 통해 주제를 제시하는 것이지 순전히 자기 마음대로 결정하지는 않는다. 그렇기에 박사학위 논문의 주제는 학위 과정생의 자기 신념과 대개는 연결된다.

신념이란 삶을 살아가는 방식의 근거를 제공한다. 그러하기에 김요한 전도사님의 신념을 파악해야 했다. 그리고 그의 신념을 읽어내기 위해선 반드시 그의 논문과 연구 주제를 파악해야 했다.

나는 수첩에 '석사 학위 논문 주제 및 박사과정 연구 주제 확인 필요. 성화 대학교에 연락 후 지도 교수와 미팅 일정 잡기'라 적었다. 그러나 김 전도사님의 모교인 성화 대학교에서 협조할 것이란 확신이 없었다.

성화 대학은 교계에서도 보수적 신학교로 정평이 나있는 대학이다. 그런 대학에서 학생의 자살 사건에 대한 타교단의 기찰 활동에 대해 협조할 것인지는 부정적으로 판단되었다. 공식적으로 접근하는 것은 오히려 독이 될 것 같았다. 이럴 땐 기습작전이 효과적이다. 공식적인 협조전 따위의 절차는 생략하고 무작정 찾아가는 편이 나을 것 같았다.

머릿속으로 작전을 구상하며 국회 도서관 사이트를 열었다. 국회 도서관 사이트에서 두 가지 키워드로 검색해 들어갔다. '성화 대학교', '김요한' 이 두 키워드에 검색되는 석사 학위 논문이 몇 권이 나왔다. 그중 김 전도사님 학위 취득 연도와 맞는 논문은 한 권이었다.

「디트리히 본회퍼(Dietrich Bonhoeffer)의 타자 개념에 대한 연구」

본회퍼란 이름이 망막을 때렸다. '하필 본회퍼냐!' 그의 논문 제목만으로 등골이 서늘해졌다. 가설이 점점 사실로 다가오고 있었다. 서글픈 예상을 뒤로하고 지도 교수의 이름을 찾았다. '지도교수: 배호영' 수첩에 '배호영'을 적었다. 그리고 내일 그가 연구실에 있기를 기도했다.

내일의 기찰 일정을 구상했다. 이번 기찰은 언제 끝날지 모르는 시한부 기찰이다. 그렇기에 최대한 시간을 응축해서 사용해야 했다. 기존 기찰과는 달리 형식보단 실리가 중요했다. 그러나 조금이라도 긁어 부스럼을 만들어선 안 될 상황이기도 했다.

'이번 기찰에서 가장 피해야 할 일이 뭘까?'

한동안 기찰에 방해가 될 요소들을 떠올려 보았다. 그리고 답은 간단했다. 그것은 그곳의 교역자들이었다. 일반적인 기찰 과정에선 교역자들과 인터뷰는 당연 최우선적으로 이루어져야 할 일이었다. 그러나 그들과의 대화가 도리어 기찰의 방해 요소가 될 위험이 컸다. 일단 교역자들과의 인터뷰는 최대한 뒤로 미루는 것이 옳다고 판단됐다.

그들이 방해 공작을 펼치거나 총회에 건의해 기찰을 보류 시키거나 기찰관 변경을 요청할 가능성도 고려되어야 할 부분이지만, 또 다른 측면에서 교역자들을 인터뷰해봤자 이미 그들끼리 말을 맞춘 진술들만 나올 것이 뻔했다. 그들의 진술은 자신들이 올린 보고서에서 벗어나지 않을 것이다. 그러니 굳이 그들과 인터뷰를 하면서 에너지와 시간을 소진할 이유가 없었다. 또한 이번 기찰은 이 사건이 타살이냐 자살이냐 따위의 형사물의 것이 아니었다. 경찰 수사도 이미 종결된 사건이며 자살이 분명한 사건이다.

이번 기찰의 코어는 자살의 의도성이었다. 그것을 밝히는 것이 내가 유가족과 한 약속이다. 그리고 그것을 파악하기 위해서는 김요한이라는 사람 그 자체를 알아야 한다. 김요한을 아는 것이 이 사건의 본질에 도달할 1차 조건이라 확신했다. 사건의 핵심은 김요한을 둘러싼 상황과 김요한이란 인간의 본질이 어떻게 화학적 융합을 일으켰는지를 파악해야 하는 것이다.

노트에 적어 놓은 조사할 내용들을 다시 훑어본 후 침대에 몸을 눕혔다. 매트리스는 제법 푹신하니 아늑하게 몸을 감싸주었다. 그러나 방은 조금 더웠다. 그렇다고 불편을 느낄 정도는 아니었다. 그러나 쉽게 잠들지 못했다. '왜 하필 그리스도의 수난일에 자살한 것일까?'라는 의문과 오싹한 기분 때문에 뒤척이다 다시 일어났다. 멍하니 방안을 응시하다 발밑에 놓여 있는 김요한 전도사님의 일기 뭉치들이 눈에 들어왔다. 그리고 다시 일어나 펼쳐 읽었다. 그렇게 밤은 깊어갔다.

†

2018년 11월 17일

이번 겨울 비전캠프 일정과 프로그램이 정해졌다. 총무 목사의 일방적인 주장은 일방적으로 통과됐다.

이런 교회의 결정에 수치심이 든다.

비전캠프는 미국으로 결정되었다. 이런 젠장 미국이라니! 교회에서 아이들에게 비용을 대주는 것도 아니다. 개인 부담이다. 몇 백이 드는 비전캠프…

돈이 없으면 비전을 가지지 말라고 가르쳐야 되는 것인가? 담임 목사님과 총무 목사는 적극적으로 홍보하고 많은 아이들이 갈 수 있도록 독려하라고 한다.

이런 개자식들! 자기들은 인솔이란 명목으로 돈 한 푼 안 내면서 몇 백씩 하는 미국 비전 캠프를 적극 홍보하라고?

공동체성을 가르쳐야 할 교회가 다음 세대에게 분열과 차별을 조장하고 있다.

여기가 교회인가? 사업첸가?

나는 이익 집단의 직원인가?

목회자인가?

나 자신이 부끄럽다. 그래도 최소한 싸우기라도 했다.

꼭 미국을 가야만 한다면, 미국에 가지 못하는 아이들을 위해서 국내 캠프도 진행해야 한다고 강력하게 주장했다.

다행히 이 건은 받아들여졌다. 다행이다. 정말 다행이다.

이 아이들을, 주님이 나에게 맡기신 귀한 아이들을 지키기 위해서라도 버티자.

알람 소리에 눈을 떴다. 밤새 뒤척인 탓인지, 온몸이 욱신거렸다. 방이 건조했는지 목구멍이 딱 달라붙어 있었다. 마름 침을 삼키며 천천히 몸을 일으켜 출근 준비를 했다. 물 한잔 마실 여유조차 없었다. 머릿속엔 온통 성화 대학교만 떠올랐다. 그렇게 곧장 성화 대학교로 향했다.

성화 대학교는 나름 역사가 있는 종합대학이다. 신학교에서 출발한 대학교들이 종합 대학으로 그 규모를 확장하고 변모하면 일반적으로 신학부의 축소와 세속화 과정이 발생된다. 그러나 성화 대학교는 자신들의 전통과 신학을 잘 보존하고 있는 학교였다.

신학관은 학교의 가장 깊숙한 곳에 자리 잡고 있었다. 신학관의 입구에서 건물 안내도를 확인했다. 신학관의 2층에 교수실들이 모여 있었다. 한 대학의 교수님을 만나기 위해서는 그분들의 연구 시간이나 강의 시간 등을 고려해야 한다. 그리고 미리 연락하고 만나는 것이 정상적이고 또한 예의에 맞다. 더 나아가 교단 차원의 공적인 활동의 경우에는 공식적인 절차를 밟는 것이 일반적인 일이었다. 그러나 공식적인 절차는 말 그대로 절차 때문에 어느 정도의 시간이 소요되고 또한 만남 자체가 무산되는 경우가 종종 일어난다. 그런 위험 부담을 피하기 위해 어쩔 수 없이 무례를 범할 수밖에 없었다.

'배호영 교수가 자기 제자에게 애정을 가졌어야 일이 쉽게 풀릴 건데…'

아무리 무례한 일이라도 그가 제자를 사랑했다면 일은 쉽게 풀릴 것이었다. 그렇게 되길 바라며 2층으로 발걸음을 옮겼다. 216호가 배호영 교수의 연구실이었다. 2층 복도의 끝자락에 그의 연구실이 있었다. 연구실은 불이 켜져 있었고, 연구실 문에 붙어 있는 그의 일정표에는 그가 지금 연구실에 있다고 알려 주었다.

'똑똑'

"네 들어오세요."

카랑 카랑한 목소리가 들려왔다.

배 교수의 허락이 떨어지자, 문을 열고 그의 연구실로 들어갔다.

여섯 평 남짓한 연구실. 사방이 책으로 가득 차 있는 학술적 공간이 주는 묘한 평온함이 연구실에 감돌았다. 카랑 카랑한 목소리와는 사뭇 대조되는 온화한 인상을 가진 그는 날카로운 학자의 모습보다는 덕망이 있는 스승의 모습이었다. 그는 자신의 책상에서 일어나 연구실 가운데에 마련되어 있는 작은 탁자로 나를 안내했다. 나는 배호영 교수에게 명함을 드리고 찾아온 자초지종을 설명하며 무례함에 대해 사과와 양해를 구했다.

"그러니깐 최 목사님께서는 김요한 전도사님 석사 논문이랑 박사 연구 주제를 알고 싶으신 거죠?"

"네. 학위 과정의 사람들을 알아보기 위해선 그 사람의 연구 주제들이나 논문을 보면 대략적으로나마 그 사람의 신념이나 삶의 방향성이 보이더라고요."

내 말이 끝나기가 무섭게 배호영 교수는 자리에서 일어났다. 그는 군더더기 없이 시원시원한 사람이었다. 그는 자신의 책상으로 가 서랍에서 무언가를 꺼내 나에게 건네주었다. 김요한 전도사의 석사학위 논문과 박사과정 연구 주제가 적혀있는 문서 한 장이었다.

"신학 교수가 이런 말 하는 것도 웃기지만 사람이 영적인 존재이긴 한가 봅니다. 방금 김요한 전도사 논문과 연구계획서를 꺼내 읽고 있었어요. 아끼는 제자고 똑똑한 사람이었습니다. 참 아까운 사람이에요. 참 밝고 명랑한 친구였는데…"

"김 전도사님의 교우 관계나 지도 교수님과의 관계는 어떠했나요?"

"나쁘지 않았어요. 조직 신학과 내에서도 선배들에게 귀여움
도 받고, 나름 감투도 쓰고, 원우회에서 부회장직도 하고 있었고
요. 기본적으로 사람이 붙임성이 좋고, 적극적인 학생이었습니
다. 저는 솔직히 신변 비관 자살이라는 것이…믿기지 않네요."

배호영 교수는 자신이 내뱉은 말들에 스스로 놀라는 눈치였
다. 자살이라는 것을 믿을 수 없다는 말은 타살을 의심한다는 의
미가 되기 때문이다.

"타살이 아닐까 의심한다는 의미신가요?"

그는 몸을 움찔하며 조금 내려온 안경을 바로잡아 올렸다.

"그렇다기보다는 그저 내가 알고 경험한 김 전도사는 자살을
선택할 사람은 아니라는 거죠"

"그렇군요. 학업 능력은 어땠나요?"

대학원을 다니는 학생들, 특히 박사 학위까지 하는 학생들은
기본적으로 교편을 잡길 원한다. 그러나 박사 학위자라도 교수
가 되는 경우는 그리 흔치않다. 앞선 정보들에 의하면 그럴 가능
성이 거의 없지만, 만에 하나 김 전도사님이 정말 생계 비관으로
자살이라는 선택을 했다면, 그는 교수가 될 가능성도 없거나 학
교 내에서의 입지도 좁아야 한다. 반대로 학교 내에서도 인정받
는 유능한 학생이라면 생계 문제로 자살을 선택했다는 그곳의
주장이 거짓이라는 것은 보다 분명해진다.

"학업은 너무나 훌륭했죠. 내가 이 녀석을…죄송합니다. 제가
김요한 전도사를 알고 지낸 세월이 15년입니다. 15년! 김요한

전도사는 아주 우수한 학생이었어요. 영특하고, 사고력도 뛰어나고, 사고 속도도 빠르고 무엇보다 박사 과정에 있는 학생들이 김 전도사에게 자기 논문을 보여주며 조언을 구할 정도로 주변 학우들에게도 인정을 받는 뛰어난 학생이었어요. 그리고…"

배 교수는 하던 말을 멈추고 나를 잠시 바라보았다.

"흠…조심스러운 이야기입니다만, 제가 이제 정년이 3년 남았습니다. 제가 학교를 떠나기 전에 이 자리를 물려줄 후계자로 김 전도사를 생각하고 있었어요. 그리고 본인도 그것을 알고 있었죠. 제가 있는 3년 동안 강의 하나씩 주면서 키우려 했습니다. 이 녀석은 학위만 받으면 이제 평탄할 길이 열리는데, 왜 이런 선택을 했는지 저로서는 이해가 안 됩니다. 코스웍까지 다 마쳤고 학위 논문도 마무리 단계에 있었습니다. 그런데 왜…"

배 교수는 작심한 듯 자신의 말을 쏟아냈다. 그는 감정이 격양됐는지 목소리가 점점 커졌다.

"네…한 가지만 더 물어보겠습니다. 김 전도사님 전공이 조직 신학이죠?"

"그렇습니다. 조직 신학 분야 중에서도 주로 철학적 신학에 관심이 많은 학생이었습니다."

"그럼 생전에 주로 관심이 많았던 연구 주제나 문제의식은 뭐죠?"

"제가 드린 석사 논문과 연구 계획서에 잘 나와 있겠지만…그 녀석은 존재자와 공동체 개념에 대해 많이 고민하고 연구했었습니다. 조직 신학적으로 표현하자면 인간론과 교회론이죠. 자세한 것은 논문과 연구 계획서를 보시면 아실 겁니다."

배 교수는 대답 후 한동안 천장을 올려다보고 있었다. 그렇게 한동안 침묵이 흘렀다. 그가 고개를 들어 올린 것은 감출 수 없는 눈물을 감추기 위함인 듯했다.

"목사님, 제가 도와드릴 수 있는 부분은 무엇이든 도와드리겠습니다. 여기 제 명함입니다. 제가 필요하시면 바로 연락 주십시오. 인사치레로 하는 말이 아닙니다. 무슨 일이든 제 도움이 필요하시면 주저 마시고 연락 주십시오."

나는 가볍게 목례를 하고 교수실을 빠져나와 차로 향했다. 차에 앉아 김요한 전도사님의 석사 논문을 물끄러미 바라보았다. 검푸른 양장 표지에 금색으로 박혀 있는 「**디트리히 본회퍼(Dietrich Bonhoeffer)의 타자 개념에 대한 연구**」라는 논문 제목이 눈에 들어왔다. 어젯밤 떠올랐던 생각이 다시 맴돌았다.

'본회퍼라…하필 본회퍼를…'

나 역시 김 전도사님과 마찬가지로 학위과정을 수행했었다. 나의 박사 학위 연구 주제는 레비나스와 본회퍼였다. 본회퍼에 대한 일반적인 지식은 나치를 반대했고, 히틀러 암살에 가담했다가 4월에 처형을 당했다는 정도일 것이다. 그러나 많은 사람들이 왜 본회퍼가 목사임에도 암살이라는 일에 스스로 가담했는지 그 이유를 모른다.

본회퍼의 행동엔 분명한 신학적 근거들이 있었다. 본회퍼가 히틀러 암살 작전에 스스로 가담할 수 있었던 것은 '그리스도의 대속'과 '제자도'라는 그의 신학적 사상이 그의 삶에서 작동했기 때문이다. 그는 철저히 그리스도의 대속 사건과 제자도라는 주제 의식 속에서 자신의 인생을 전개했다.

그리스도가 타인을 위해 자신을 버리신 것처럼, 디트리히 본회퍼 자신 역시 목사라는 성직으로서는 해선 안 될 암살 작전에 그리스도를 본받아 뛰어들 수 있었다. 모두에게 손가락질을 받는다 할지라도, 그것이 자신의 구원을 파괴한다 할지라도 타인을 위해 자신의 몸을 던지는 것! 그것이 본회퍼에게는 제자의 길이었다. 어쩌면 이러한 부분이 김요한 전도사님의 사건에 영향을 끼쳤을 가능성을 배제할 수 없다.

수많은 연구 주제와 신학자들 중에서 하필 본회퍼라니! 본회퍼가 나와 김 전도사를 이어주는 묘한 연결이 되어주었다. 그러나 놀라긴 일렀다. 김 전도사님의 박사과정 연구 주제가 적혀 있는 연구 계획서를 보자 겨드랑이에서 차가운 땀 한 방울이 흘러내렸다.

「디트리히 본회퍼(Dietrich Bonhoeffer)의 타자 개념과 에마뉘엘 레비나스(Emmanuel Levinas)의 타자 개념에 대한 비교 연구」 라는 연구 주제가 눈에 들어왔다. 무엇에 홀린 듯한 기분마저 들었다.

한국 신학계에서 본회퍼와 레비나스 모두 주류 신학의 연구 주제가 아니다. 더욱이 타자 개념 연구라면, 인간론에 속하기 때문에 신학계에서 중심적으로 연구되는 주제 또한 아니다. 이런 한국 신학의 풍토를 아는 나로서는 경악하지 않을 수 없었다. 시간과 교단을 뛰어넘어 같은 고민을 가진 사람의 죽음을 따라가는 일이 정말 우연으로 일어난 것일까? 정말 이런 일이 일어날 확률이 몇 프로나 될까? 어쩌면 나 외엔 김 전도사님의 행동을 분명하게 이해할 수 없지 않을까?라는 의문과 책임감마저 들었다. 정말 이 모든 것이 우연일까?

유물론자들에겐 우연의 사건일 것이고, 신이나 영혼의 존재를 믿는 자들에겐 운명이라 명명될 것이다. 그러나 신앙을 가진 이들에게 이런 우연성의 중첩됨은 하나님의 섭리이다. 그리고 그 섭리의 준엄함이 나에게 무섭게 다가오고 있었다. 우연으로 치부하기엔 너무나 선명한 연결선! 내가 사건을 맡은 것이 아니라 이 사건이 그리고 모든 사건의 주인이신 하나님께서 나를 선택하고 맡기신 것 같았다. 그렇게 준엄한 섭리가 이 사건을 주목하고 있었다.

✝

　대학교를 빠져나온 후 다시 호텔로 향했다. 보통은 교역자들을 먼저 인터뷰하는 것이 순서이지만, 이 사건은 다르게 접근되어야 했다. 김 전도사님을 먼저 파악하는 것, 그것이 먼저다. 그들의 입에서 나올 김 전도사님에 대한 진술은 이미 신빙성을 잃었다. 김 전도사님을 파악하는 최선의 방법은 그의 논문과 일기장을 읽어 보는 것이라 판단되었다.

　숙소에 들어와 에스프레소 머신에서 커피 한 잔을 내렸다. 향긋한 커피 향이 방안에 온통 퍼졌다. 그리곤 오늘 받아온 논문과 연구 계획서들 그리고 김 전도사님의 일기들과 이력서를 원탁 책상에 올려놓았다.

　석사학위 논문 표지에 2015년도라는 선명한 표기가 눈에 들어왔다. 학위 논문을 하루 이틀 만에 쓸리는 만무하다. 학위 논문이란 보통 자신에게 주어진 가장 큰 신학적 문제의식을 내포한다. 논문뿐만 아니라 논문을 쓸 당시인 2015년도 일기장을 교차 비교하면 김 전도사님의 신학과 사상을 빠르게 파악할 수 있으리라.

먼저 2015년 6월의 기록들부터 찾아 읽었다. 김 전도사님의 이력서에 따르면 2015년 6월에 다니던 회사를 퇴사했다고 되어있었다. 즉, 2015년 6월에 퇴사 후 본격적으로 논문을 작성했다고 유추할 수 있다. 예상대로 2015년 6월부터 김 전도사님은 본격적으로 논문 작성에 몰두했다. 2015년 6월의 일기장의 기록들은 수필적인 일기라기보단 메모에 가까웠다. 김 전도사님의 일기장은 그의 성격이 잘 드러냈다. 논문에 들어갈 각 장마다의 키워드들, 주요 참고 문헌들과 각 장의 서론, 본론, 결론의 플롯을 구성하여 기록해 놓았다.

보통의 학생들은 논문의 목차를 작성한 후 목차에 맞는 내용들을 채워 넣는다. 각 장의 플롯을 짜는 학생은 그다지 보지 못했다. 그러나 김 전도사님의 일기장은 논문 전체의 플롯은 물론이고, 각 장의 플롯, 키워드, 중심 논지 등을 꼼꼼히 보관하고 있었다.

일기장을 조사할수록 김 전도사님의 꼼꼼한 성격이 선명히 나타났다. 그러다 일기장 구석에 휘갈겨 놓은 문장들이 눈에 들어왔다. 이윽고 나의 눈은 뜨거워졌다.

그리스도의 죽음은 자기 선택인가?

외부에 의한 수동적 처형인가?

행위는 드러나는 현상으로 규정되어야 하는 것인가?

그 목적성을 바탕으로 규정되어야 하는 것인가?

행위 가치의 판단 척도는 행위 자체인가? 의도인가?

행위라면 본회퍼는 실패했고 또한 틀렸다.

그러나 의도성이 가치 판단의 척도라면 그는 옳고 위대하다.

마치 그리스도처럼!

그리스도는 위대하다!

그리스도가 승리자이기에 위대한 것이 아닌

그가 타자를 위해 자신을 버렸기에 그는 하나님이시다.

그렇기에 나에게 본회퍼는 위대하다.

  김 전도사님의 신학적 사유는 그리스도의 대속을 통해 기독교 윤리학의 오랜 논의에 도달해 있었다. 그러나 그가 윤리학적 논의를 하든 말든 그런 것은 나에게 그리 중요하지 않았다. 그가 얼마만큼의 학문적 성과를 내었는지도 중요하지 않았다. 나에게는 그가 자살이라는 극단적 선택에 이르게 되는 과정을 보여주는 실마리를 찾는 것만이 중요한 과업이 되어야 했다. 이런 관점에서 나는 그의 메모를 통해 그가 자살을 어떻게 정의하는가의 흐릿한 실마리를 발견할 수 있었다.

  그가 가지는 자살에 대한 관점은 기독교인이 가지는 일반적인 관점과는 사뭇 다를 수 있다고 판단되었다. 일반적으로 기독교인들은 결과를 중요하게 생각한다. 그것이 죄를 단죄하는 가장 손쉬운 방법이기 때문이다. 그러나 그의 메모에 따르면 그는 행위가 아닌 의도를 행위 가치의 판단 척도로 삼으려 하고 있었다.

일기장의 메모들을 따라가는 동시에 그의 석사 학위 논문의 목차들을 확인해 나갔다. 그리고 논문 목차에서 **"행위에 대한 윤리적 규정"**이라는 서술을 발견했다. 나는 서둘러 그 내용을 찾아 확인했다. 목차에서 페이지를 확인한 후 페이지를 넘기는 그 순간의 짧은 몇 초가 그리 길 수 없었다. 손바닥은 다한증 환자같이 흠뻑 적어들었다. 난 나의 가설이 철저히 틀리기를 바랐다.

'아닐 거야. 아니어야만 해. 이건 한 사람이 짊어지기엔 너무 가혹한 십자가야.'

목차가 안내해 준 숫자가 나타났다. 한 글자 한 글자 신중히 읽어 내려갔다. 손이 떨려왔다.

디트리히 본회퍼는 자신의 행위가 기존의 윤리관에 의하면 올바르지 않은 행위임을 인지하고 있었다. 그가 목사로서 해서는 안 될 행위를 하고 있음을 스스로 인지한 것은 본 연구를 통해 분명해 보인다. 그러나 본회퍼는 자기 존재를 목사라는 직책에 머물러 있게 하지 않았다.

그는 목사로서의 행위가 아닌 그리스도의 제자로서의 행위로 살인 공모라는 행위를 규정하고자 했다.

행위와 제자도는 본회퍼에게 있어서 중요한 개념이자 관점이다. 그의 신학을 따른다면 어떠한 행위든 그 표상의 결과를 떠나 그 행위의 의도성이 행위 가치의 판단 기준이 되어야 한다. 그리고 그 의도성은 타자를 위한 행위일 때에만 올바름을 획득할 수 있다. 본회퍼는 이것을 그리스도의 행위에서 발견했다.

본회퍼에게 그리스도의 대속 사건은 타자를 위한 자기희생이었다. 본회퍼에게 제자도란 그리스도의 행위를 본받는 것, 즉 타자를 위한 행위이며 그것이 윤리의 일반 기준을 위반한다 하여도 그는 그렇게 해야 한다고 자신의 삶을 통해 우리에게 전달하고 있다.

본회퍼는 자기 행위의 기준을 그리스도의 대속 개념과 제자도로 삼았다. 타자의 고통을 외면하는 것은 그에게 죄악이었으며 그것은 제자의 길이 될 수 없다.

그의 연구 결과의 학술적 가치는 나에게 그리 중요하지 않았다. 다만, 이 구절을 통해 그가 일반적으로 생각하는 행위에 대한 판단 기준과는 사뭇 다른 기준을 가졌을 가능성은 선명해 보였다. 만약 김 전도사님에게 자살이라는 사건이 **"타자를 위한 행위"**라는 동기를 가졌다면, 그의 가치 체계 안에서 자살은 죄로 성립되지 않으며, 오히려 그것이 타자를 위한 유일한 길이라면 행해야만 했다. 본회퍼에게 죄의 개념은 직접적 범죄 행위는 물론이고 방관도 포함되기 때문이다.

여기까지 생각이 미치자 길고 연약한 한숨이 떨리는 입술 사이로 새어 나왔다. 그리곤 멍한 얼굴로 창밖을 바라보았다. 이미 어두워진 밤의 창의 나의 얼굴이 비쳤다. 창에 비친 나는 나에게 질문해 왔다.

"너라면, 네가 김요한 전도사님이라면 타자를 위한 자살을 할 수 있겠냐?"

나는 나를 노려보며 대답했다.

"김 전도사님이 그런 의도로 자살을 선택했다고 해도 그것은 자살이야. 그리스도는 죽음의 길로 스스로 가셨지만, 스스로 자신의 옆구리에 창을 찔러 넣은 건 아니잖아!"

나도 모르게 역정을 내며 소리를 질렀다. 그러나 나는 알고 있었다. 나의 역정은 그저 자기 핑계에 지나지 않는다는 것을. 안타까움과 부끄러움이 몰려왔다. 가지 말아야 할 사람이 갔다. 김요한 전도사님이 정말 자살이라는 선택을 한 것이 타인을 위한 것이라면, 그렇다면 그가 타자를 위해 선택한 극단적인 사건의 구체적 목적이 무엇인지를 밝혀내야 했다.

사건의 복잡성이 머릿속을 뒤집어 놓고 있었다. 그리스도는 인간을 위해 죽으셨다. 본회퍼는 이웃을 위해 도덕을 넘어섰다. 그렇다면 김요한 전도사님은 무엇을 위해 극단의 선택에 이르렀을까? 그것이 밝혀지지 않는다면 이 모든 가설은 가설일 뿐이라고 스스로를 설득하려는 듯 되뇌고 되뇌었다.

"아니, 너도 알고 있었어. 김 전도사님이 정말 타인을 위해 자기 죽음을 선택했다는 것을 넌 이미 확신하고 있잖아."

내가 다시 나에게 말을 걸어왔다.

"그렇다고 해도, 이건 설명이…아무런 단서를 남기지 않았잖아. 그 흔한 유서 한 장도 발견되지 않았다고!"

"유서가 아닌 다른 방식으로 남겼다면? 누군가가 밝혀주길 바랐다면? 자신의 죽음으로 인해 무언가가 세상에 전달되길 바랐다면?"

나는 집요하게 나에게 질문해 왔다. 그 질문들을 행여나 놓칠까 조바심을 내며 급하게 메모장에 적었다.

'그래. 만약 이 죽음이 어떤 메시지를 던질 목적으로 행해진 극단의 선택이라면…그렇다면 자신이 죽지 않고선, 절대 드러날 수 없거나 말해질 수도 없는 무언가를 담고 있고 그것이 타인을 위한 희생 행위라면…'

머릿속이 복잡해진 나에게 나는 대답을 강요하듯 노려보고 있었다. 나는 잠시 천장을 바라보며, 창가에 비친 나의 눈을 외면했다.

'잠깐만, 자신이 죽지 않고선 절대 이슈가 될 수 없다는 건 교회 안에선 이미 일상이 되어 버려 죄악인지 인식조차 되지 않는 교회의 죄악을 알리기 위함이 아닐까? 만약 그렇다면 자칫 폭로 전으로 갈 수도 있어. 그리고 내가 독박을 쓸 수도 있겠군.'

생각이 여기까지 미치자 도리어 마음이 평안해졌다. 평안함! 그것은 바로 나의 결단이 섰음을 의미하는 것이었다. 그리고 나는 나를 주시하며 작은 목소리로, 그러나 단호한 목소리로 아무도 듣지 않는 그러나 그분께선 들으실 선언을 이어갔다.

"독박이고 나발이고 그래도 밝혀야지! 왜 그가 그런 선택을 했는지. 그것이 내가 할 수 있는 타자를 위한 행위이자, 제자도 일 테니!

루터가 말했던 것처럼. 내가 지금 나에게 강요하는 것처럼. 나의 양심이 아닌 십자가에 못 받고 다시 돌려받은 양심! 그 양심을 거스르면 안 돼!

주님 내가 이제 거룩한 양심으로 주님 앞에 기도합니다. 올바른 길로 인도하시고, 양심에 화인 맞은 자처럼 행동하지 않도록 돌봐 주소서. 어떤 외압에도 흔들리지 않게 당신의 심장에 뿌리 내리게 하소서. 주님 내가 지금 여기 있사오니 나를 사용하여 주시옵소서."

나의 기도의 끝에 비로소 나의 양심이 웃어주었다. 결심이 서자 마음이 급해졌다. 나는 김 전도사님 생의 마지막 기록을 급하게 찾았다. 그 기록이 남겨 있는 노트는 2019라 찍혀 있는 노란색 일기장이었다. 그리고 일기장의 마지막 장을 찾아 읽었다.

요한복음 12장 24절
내가 진실로 진실로 너희에게 이르노니
한 알의 밀이 땅에 떨어져 죽지 아니하면 한 알 그대로 있고
죽으면 많은 열매를 맺느니라.

내 이웃의 착취를, 비명을, 고통을 외면할 수가 없습니다.
아무리 외쳐도 누구도 듣지 않는 내 존재의 한계가
주님 앞에 미안하고 거룩한 교회 앞에 송구할 뿐입니다.
어찌해야 합니까? 어찌해야 합니까?
오 나의 주님! 나는 어찌해야 합니까?
정녕 이 방법 외엔 나에게 어떤 선택권도 없단 말입니까?

악을 물리치기 위해 악을 선택하는 것 외엔 어떤 방법도

나에겐 주어져 있지 않다는 것입니까?

정녕 그렇다면

나는 당신의 백성을 위해 악의 길을 선택하겠습니다.

이 모든 악행이 만 천하에 드러나

다시는 이런 일이 반복되지 않을 수만 있다면,

그들마저 회개하고 돌이킬 수만 있다면

나는 나를 던지겠나이다.

주님. 주님. 주님. 나의 주인이신 다윗의 자손 예수여!

우리를 포기하지 말아주소서.

우리를 포기하지 말아주소서.

나 비록 주님 앞에 큰 죄를 범하지만,

나의 파멸이 모두를 살릴 수만 있다면,

그래서 이 광신의 죄악,

맘몬의 유혹에 굴복한 우상 숭배의 죄악을 멈출 수만 있다면,

전 기꺼이 한 알의 밀알이 되…

차마 끝까지 읽을 수 없었다.

그의 양심은 그를 죽음으로 몰고 갔다.

그렇다.

복음은 위험하며 또한 위대하다.

복음은 세상이 감당치 못하는 존재로 인간을 격상시켜 버린다.

복음에 사로잡힌 자들은 세상의 기준으로 살지 않는다.

세상을 넘어선 고결함으로 그들은 타인을 위해 살아간다.

그렇기에 복음은 위험하고 위대하다.

그의 일기를 붙잡은 두 손의 떨림을 멈출 수가 없었다. 나는 아들의 사진첩을 붙들고 울고 또 울었던 수많은 밤들처럼 그의 일기를 품에 안고 울고 또 울었다.

†

"악착같이 살아남아야지! 어떻게든 살아서 하나님의 나라를 위해 싸웠어야지! 이렇게 가버리면 남겨진 사람들은 어떻게 하란 말이야!

당신의 좌절! 당신의 고뇌! 당신의 절망! 그래. 알겠어! 알겠다고. 그러니 살아남아야지. 왜! 왜! 왜! 도대체 왜! 정말 그 방법밖엔 없었어?

남겨진 사람들은 어떻게 하란 말이야! 난 절대 인정할 수 없어! 당신의 선택을 인정할 수 없어! 자살이라니! 자살이라니…

이 사람아! 왜 하필 이 방법이야! 정말 이 방법 외엔 어떤 길도 찾지 못했던 거야? 이게 무슨 고결한 희생이야?

구원이니 뭐니 하는 문제는 나의 것이 아니니 난 아무 말도 어떤 대답도 어떤 평가도 하지 않겠어. 그건 하나님의 것이니 말이야. 당신의 선택이 고귀하든 뭐든 난 당신의 선택을 인정할 수 없어! 그렇게 가버리면 남겨진 사람들이 얼마나 고통스러운 인생을 살아야 하는지 자네는 모를 거야.

김요한. 김요한. 김요한. 이 친구야! 당신의 남겨진 아이에게 나는 무어라 설명해야 하냔 말이야! 이 야속한 사람아!

정말 이 방법밖에 없었다면, 그런 것이라면…미안해…미안하고 또 미안하네. 자네가 그런 선택을 해야만 했던 교회의 현실을 바꾸지 못해서 미안해…"

나의 독백은 악에 받쳐 흐느끼는 울음소리와 함께 절규가 되어갔다. 그것은 김요한에 대한 절규인지 아니면 나 자신에 대한 절규인지 알 수 없었다. 그렇게 한참을 흐느꼈다.

"미안합니다. 정말 미안합니다. 정말 미안합니다. 당신 같은 사람이, 하나님의 나라를 사모하고 사랑하는 사람이, 당신같이 뜨거운 사람은 살아갈 수 없는 교회를 만드는 그 짓거리에 침묵한 나의 죄. 미안합니다. 내가 너무 미안합니다.

너무나 미안하지만 그렇지만 당신의 선택을 인정할 순 없습니다. 그래서 또 미안합니다. 그러나 김요한 전도사님, 나는 당신을 위해서가 아니라 당신이 남겨둔 하나님의 백성들을 위해 당신이 남겨둔 마지막 일들을 완수하겠습니다.

정말…정말…미안합니다."

그렇게 나는 떠나간 사람을 생각하며 울었고 남겨진 자들을 생각하며 다짐했다.

✝

2019년 1월 5일

아이들 얼굴 볼 낯이 없다. 아무리 내가 꼴 보기 싫어도 어떻게 아이들에게 피해를 줄 수 있지? 도저히 저 인간들의 머릿속이 이해가 안 된다. 애초부터 이해가 안 되는 인간들이었지만 이건 해도 해도 너무 한다. 국내 겨울 비전 캠프 회비로 8만 원을 거두란다. 그런데 초등부는 본교에서 6만 원을 지원해 주고, 유년부는 안 해준단다. 이런 개 같은 경우가 어디에 있을까? 아이들에게 내가 뭐라고 말을 해야 할까?

"초등부는 담임 목사님 아들이 겸직하고 있어서 혜택을 받아요. 저는 무료로 해야 한다고 주장했다가 찍히고 또 타교단 전도사라서 못

해준대요. 나중에 초등부 가서 혜택받으세요. 미안해요." 이렇게 말하라는 건가? 미친. 공격을 하더라도 나한테 하라고!

어떻게 아이들에게 차별을 줄 수 있단 말인가? 그리고 최소한 아이들 겨울 성경학교는 무료로 해서 누구든지 참여할 수 있게 해야 하는 것 아니냐? 이 미친 인간들아!

본회퍼는 공동체를 의미 공동체와 이익 공동체로 나눴다. 그리고 교회는 의미 공동체로서 함께 있음 그 자체가 목적이라고 했다. 본회퍼가 한국의 교회를 봤다면, 분명 크게 좌절했을 것이다. 지금의 나처럼.

화가 난다. 너무 화가 나고 부끄러워 아이들을 볼 낯짝이 없다. 주님, 정말 어찌하면 좋습니까? 정말 어떻게 해야 한단 말입니까? 언제까지입니까? 언제까지 참고 계실 겁니까?

어두컴컴한 새벽 침대에서 일어났다. 마치 군 복무 시절 큰 훈련을 나가기 전, 전투복을 단정하게 입고 탄띠를 매며 스스로 전투의지를 다지던 그때처럼 넥타이를 단단히 조여 매고 허리띠의 버클을 가운데 정렬을 한 후, 머리를 단정하게 빗었다. 거울에 비친 나의 얼굴에는 전투에 나서는 군인의 다짐과 같은 결의가 묻어있었다. 동시에 이렇게 싸워야만 하는 나 자신과 그곳 성도들에 대한 연민의 감정이 머릿속에 맴돌았다. '한 인간이 목숨을 던지면서까지 말하려 한 불의는 무엇일까?' 눈빛은 단호하며 이글거렸지만, 입가에는 슬픔이 묻어 있었다. '그들도 불의를 위해 사역을 시작한 것이 아닐 텐데' 그러나 이 모든 것을 알리기 위해 누군가는 해야만 하는 일이라면, 최소한 누군가가 자신의 목숨을 버리면서, 자신의 천국행을 포기하면서까지 내어던진 일이라면 또 다른 누군가는 그 의지를 이어받아 이 모든 일을 마무리해야만 한다. 그리고 그 마무리는 나에게 주어졌다.

"군사로 다니는 자는 자기 생활에 얽매이는 자가 하나도 없나니! 주님 당신이 나에게 주신 이 사명을 온전히 감당하고, 나의 생활의 자리에 얽매이지 않고 올바름으로 행하게 도와주소서. 성령님 하나님 저와 함께하여 주시고 제 양심을 지켜 주시옵소서! 나의 주군 되시는 예수 그리스도의 이름으로 기도합니다. 아멘."

나는 우선 그곳으로 향했다. 아직 새벽 예배를 시작하기 50분 전이라 교역자 사무실의 불은 꺼져 있었다. 나는 사무실에 들어가 불을 켜지 않은 채 조용히 김 전도사님의 자리에 앉았다. 그리고 천천히 눈을 감았다. 눈을 감자 감각은 더욱 날카로워졌다. 사무실 특유의 차가운 기운과 냄새는 날카로워진 감각을 더욱 파고들었다. 육체의 감각은 불쾌감이 되어 감정을 자극했다. 그러나 일어날 수 없었다.

김 전도사님은 이 자리에서 수많은 부조리를 보았고 수없이 고민을 했을 것이다. 자신의 선택을 지금 내가 앉아 있는 이 자리에서 마지막 순간까지 고심했을 것이며 그리고 결단했을 것이다. 자신의 처자식이 받아야 할 수모도 알았을 것이다. 사람들이 자신의 선택을 손가락질할 것도 알았을 것이다. 그럼에도 그는 그렇게 했다. 처음 이 자리를 봤을 땐 안타까운 감정 그 이상도 그 이하도 없었다. 그러나 김 전도사님의 싸움은 이제 나의 것이 되었다.

그는 타자를 위해 죽었다. 타자를 위해 자신을 던질 수 있는 인간에 대한 경탄, 내가 앉아 있는 의자, 내 앞의 책상 그리고 김 전도사님의 손이 닿았을 모든 것이 무거운 경외심으로 다가왔다. 이 감정은 본회퍼의 『성도의 교제』를 처음 완독한 후 받았던 그것이었다. 그렇게 사무실은 나에게 양화진이 되어갔다.

나는 허리를 쭉 펴 의자에 기대앉았다. 의자 안에 내 몸을 완전히 감추듯 그렇게 김요한 전도사님을 지탱해 주던 의자는 나를 깊이 안아 주었다. 의자의 팔걸이에 힘을 빼고 팔을 의탁하며, 손가락으로는 팔걸이 끝을 톡톡 쳤다. 어쩌면 이 공간에서 유일하게 김 전도사님에게 안식을 주었을 이 충성스러운 의자는 자신의 전 주인에게 그러했듯 나에게도 평안한 안식을 선물해 주었다.

경외감과 안락감, 두 감정은 어쩌면 함께일 때 완성되는 것이 아닐까? 안락함이란 경외감이 주는 그 무거움을 존중하고 받아들인 자에게 선사되는 하나의 선물이 아닐까? 어쩌면 이곳은 한 명의 순교자가 집무했던 위대한 공간이 아닐까? 낯선 사무실, 어쩌면 침입자와 같은 나는 이 공간에서 안락함을 누리기보단 낯선 경계심에 사로잡혀야 마땅했을 것이다. 그러나 이 평온함은 김 전도사님에 대한 나의 감정과 인식이 그저 삶을 포기한 한 사람이 아닌 순교자로 전환되었기에 누려지는 선물인 듯했다.

학부시절 한 겨울에 홀로 외국인 거주 지역에 노방전도를 나간 적이 있었다.

나는 외국인들이 모여 있는 광장에서 그들에 대한 막연한 두려움에 사로잡혀 입 한 번 떼지 못했다. 두려움에 사로잡혀 가던 그 순간에 드린 짧고 정직한 나의 "주님 나에게 용기를 주시지 않으시면 당장 이 자리를 떠나겠습니다." 고백에 주님은 응답해 주셨다.

나의 고백이 떨어지는 그 순간 따스한 봄바람이 나의 몸을 마치 어미 닭이 그 날개를 병아리들을 품듯 감싸 안았다. 그리고 "이제 할 수 있겠지? 내가 너와 함께 한단다."라고 주님께서 이야기하시는 듯했다.

그 평온함과 따스했던 한 겨울의 봄바람이 순교자의 집무실에서 느껴졌다. 그러나 나의 평온은 오래가지 못했다.

"삑! 경비가 해제되었습니다."

"어이구, 최 목사님께서 와계셨네요."

담임 목사가 문을 열고 들어왔다. 담임 목사는 개인 목양실을 사용하고 있어서 이 시간에 이곳에 들어올 것이라고는 생각조차 못 했던 터라 나는 적지 않게 당황스러웠다.

"새벽 예배를 드리러 왔습니다만, 어디에서 새벽 예배를 하는지를 몰라서 사무실에 잠시 앉아 있었습니다. 일찍 나오셨네요?"

"일찍이라뇨. 예배 20분 전인걸요. 요즘 사람들은 새벽 예배가 뭐 그렇게 힘든지 최 목사님처럼 이렇게 일찍 나오시면 참 좋을 텐데. 아무리 일찍 나오라고 해도 도통 말을 들어 먹질 않아요. 지각하기도 일쑤니 참."

담임 목사는 그렇게 말하면서 사무실에 불을 켰다. 그리곤 다시 한번 가볍게 목례를 하고는 나가버렸다. 나는 그대로 자리에 앉아 다시금 김 전도사님이 사용했던 물건들을 바라보았다. 5분 정도 지났을까 총무 목사가 들어왔다. 총무 목사는 내가 앉아 있는 것을 보고 적지 않게 놀란 눈치였다. 총무 목사는 목례를 한 후 자신의 자리에 앉았다.

"새벽 예배에 유년부 부장님은 자주 나오시나요?"

나의 질문에 총무 목사는 흠칫 놀라며 나를 쳐다보았다.

"만나보시려고요?"

"만나봐야죠. 너무 신경 쓰지 마세요. 형식적인 자립니다. 저도 기찰한 티는 내야 하잖아요. 퍼포먼스라고 생각하세요. 담임 목사님과 잘 이야기됐으니 기찰 결과에 대해 너무 걱정하지 마시고요. 뭐 그런 것 있잖아요. 결과가 정해져 있는 뻔한 이야기 같은 것."

나는 짐짓 그의 경계를 누그러뜨리기 위한 연극을 했다. 뱀을 잡기 위해 뱀이 될 필요는 없다. 그러나 뱀보다 노련해야 하며, 지혜로워야 한다. 그를 자극해서 굳이 방해꾼으로 만들 이유는 없었다. 최대한 그를 방심시켜야 했다.

기찰이 시작되면 교회들은 사건 관련자들과 미리 말을 맞춰 놓기 일쑤였다. 교회는 언제나 열려 있다고 말하지만 실상은 상당히 폐쇄적인 곳이다. 교회는 대개 내부의 일이 밖으로 나가는 것을 원치 않았다. 특히 이런 불행한 일과 관련될 때는 더욱 강하게 경계심 드러내는 경우가 많다. 그래서 기습적으로 관련자들과 인터뷰를 진행하는 것이 사건의 진상을 파악하는 위해선 훨씬 효과적이었다.

"아니 그래도 새벽부터…좋은 일도 아니고, 부장 장로님도 이번 일로 충격을 많이 받으셨거든요."

"그렇겠죠. 충격이 상당하시겠네요. 그런데 유년부 부장님이 장로님이셨군요. 아무튼 목사님 뜻은 잘 알겠습니다. 보자…여기 있네요. 주신 자료에 유년부 교사회 연락처가 있더라고요. 저도 참 난감한데 이게 안 할 수는 없어요.

목사님께서 불편해하시는 마음과 걱정하시는 부분은 잘 알겠습니다만 이해 부탁드립니다. 기찰에도 나름 절차와 기준이 있거든요. 그래도 우리 총무 목사님 권위가 있는데 제가 직접 연락하는 것보다는 총무 목사님이 연락을 드리는 것이 좋지 않을까요?"

그렇게 말하면 총무 목사가 직접 연락하겠다고 할 줄 알았다. 그런데 총무 목사는 아무런 대꾸도 하지 않았다. 총무 목사는 기찰 때문이 아니라 부장 장로님과 통화하는 것 자체가 불편한 듯했다. 나는 확인하듯 다시 한번 총무 목사에게

"제가 전화드려도 될까요?"

라 최대한 정중히 그리고 상냥하게 되물었다.

그는 나를 바라보며 대답 없이 고개만 끄덕였다. 그가 유년부

부장 장로와 트러블이 있는 것이 분명해 보였다. 모든 것을 자기 통제 안에 두려던 자가 할 행동이 아니었다.

나는 유년부 교사 편람에서 부장 허승억의 번호를 찾아 전화를 걸었다. 전화는 두 번이 채 울리기 전에 연결되었다.

"네 여보세요?"

허승억 장로의 목소리는 새벽인데도 전혀 잠김이 없는 부드러운 목소리로 대답했다. 나는 허승억 장로에게 김 전도사님 관련 일로 기찰 나온 목사이며 오늘 새벽 예배에 나오신다면 인터뷰를 하고 싶다는 내용을 전달했다. 허승억 장로는 흔쾌히 승낙했다.

"그럼, 예배 끝나고 어디서 만나시는 게 편하시겠어요? 제가 교회 구조를 잘 몰라서요."

"VIP 룸에서 만나는 것도 좋지만 교회 입구에서 좌회전해서 내려가면 나오는 사거리에 커피숍이 하나 있습니다. 거기가 24시간 운영을 합니다. 괜찮으시면 거기서 만나는 건 어떠신가요?"

교회에서 이야기를 나누는 것이 아무래도 허승억 장로는 영 불편한 모양이었다. 그도 그럴 것이 공간이 주는 힘이라는 것이 있다. 그 공간이 불편해할 이야기는 당연히 그 공간에서 나누는 것은 피해야 한다. 나는 허승억 장로의 제안이 도리어 감사했다. 그리고 그의 제안은 김 전도사님에 대한 솔직한 이야기를 나에게 털어놓을 것이란 기대감을 주었다. 우리는 그렇게 예배를 마친 후 카페에서 만나기로 약속을 잡았다.

새벽 예배는 본당 아래층의 작은 예배당에서 진행되고 있었다. 그리고 새벽 예배를 드리는 예배당 바로 옆이 VIP 룸이었다. 왜 허승억 장로가 교회가 아닌 외부에서 만나기를 원했는지를 짐작할 수 있었다.

교회는 말이 빨리 돌고, 그 속도만큼 소문을 과장시키는 집단이다. 교회만큼 소문이 과장되거나 빠르게 퍼지는 집단도 드물다. 그런 만큼 조금이라도 안 좋은 소문이 만들어질 수 있는 만남이나 행동은 조심해야 하는 곳이 교회이기도 하다.

특히 이 교회의 장로 직분을 하는 사람이라면, 이 교회의 상황과 실태를 누구보다 잘 알고 있을 것이다. 그런 그가 외부에서 대화하기를 원한다면 그렇게 하는 것이 최선이다.

예배가 마무리되고 통성기도가 시작될 때, 자리에서 일어났다. 그리고 예배당을 빠져나오려다 잠시 기도하는 사람들을 둘러보았다. 캄캄한 예배당에는 십자가만이 빛나고 있었다.

어둠 속에서 저마다 무엇인가를 위해 기도하는 사람들. 세상에서 가장 아름다운 모습은 하나님 앞에 엎드린 모습이라 배워왔지만, 내 눈에 비친 그들은 번데기들이 자신의 허물을 벗으려 꿈틀거리는 모습처럼 보였다. 일어나 손을 들고 기도하는 몇몇은 자신은 성충이 되었다고 자랑하는 모습으로 보였다.

'저 사람들은 무슨 기도를 하고 있을까? 자신들의 공동체에서 사람이 죽어나갔는데, 왜 죽었는지는 궁금해할까? 그리고 다시는 그런 일이 일어나지 않게 해달라는 기도와 남겨진 유가족을 위한 기도는 했을까?'

주님은 우리에게 기도하는 방법을 알려주셨다. "너희는 먼저 그의 나라와 그의 의를 구하라 그리하면 이 모든 것을 너희에게 더하시리라"라는 주님의 가르침의 의미에 대해 우린 얼마나 고민하고 이해하고 있을까?

그의 나라란 하나님의 나라이다. 그러나 많은 이들이 나라라는 단어를 자신이 속한 국가로 오해하는 경향이 있다. 청와대 앞에서 그리고 광화문에서 소리치던 한 유명 목사는 먼저 그의 나라를 국가 혹은 정부와 동일시하고 있었다. 참으로 한심한 해석이 아닐 수 없다.

그의 나라는 '그의' 즉 하나님의 나라이다. 하나님의 나라는 공평과 정의의 나라이며 하나님의 임재가 영원한 나라이다. 그리고 그의 의란 하나님을 사랑하고 네 이웃을 네 몸과 같이 사랑하는 것이며, 고아와 과부를 섬기며 나그네에게 쉴 자리를 내어 주는 것이다. 소외되고 억압받는 자들에게 자유를 주는 것이 하나님의 의다. 그렇게 하나님의 의와 나라가 완성될 때 우리가 하나님께 드리는 모든 기도는 완성된다.

그러나 한국 교회는 공평과 정의가 아닌 내가 복받고, 내 가족이 건강하고, 내 자식이 부자 되길 소망한다. 수능 기간에 미어터지는 기도회는 수능이 끝나면 거짓말처럼 빠졌다가 합격 발표일에 맞춰 다시 북적인다. 그들은 왜 기도를 하는 것일까? 그들은 무엇을 위해 그리고 도대체 누구에게 기도를 드리는 것일까? 복음의 진정성이란 성공을 위한 주술이 아닌 내 이웃을 위해 살게 해달라는 기도를 통해 증명되는 것이 아닐까?

어둠 속에서 머리를 숙이고 있는 사람들, 하나님께 기도하는 그들의 진정성에 의문이 생겼지만, 이내 떨쳐버렸다. 사람이란 대체로 그렇다. 내 손가락 끝이 살짝 까진 것이 다른 이의 암 선고보다 더 아프고 중요한 일인 것이 인간이니깐. 그러니 그들을 나무랄 수도 없다. 나 역시 그런 인간이니. 그러나 우리는 복음을 잊지 말아야 한다. 또한 잊지 말아야 할 것은 주님은 반드시 다시 오시며, 또한 그분 앞에 서는 날에 우리의 죄악은 드러나지 않을 것이 없다는 사실이다.

열심히 기도하는 군중들의 가장 선두에서 한 노인이 일어서서 기도하는 모습이 눈에 들어왔다. 마치 약수터에서 앞뒤로 손바닥 치기를 하듯 기도하는 그는 담임 목사였다. 그는 지금 무엇을 기도하고 있을까?라는 의문을 그곳에 남겨두고 그곳을 빠져나왔다.

내가 카페에 도착해서 자리를 잡자 상당한 미남의 중년이 들어왔다. 나는 그를 응시했다. 그도 나의 시선을 느꼈는지 내 쪽으로 걸어왔다. 장로라고 불리기엔 너무나 젊은 얼굴이었다. 흔히 생각하는 장로님의 이미지보다는 세련되고 잘나가는 사업가가 연상되었다. 새벽이라 편하게 입고 나오실 수도 있지만, 핏하게 차려입은 정장이나 젊은 친구들이 매는 좁다란 넥타이를 맨 모습이 감각적인 모습이었다. 그는 내 쪽으로 걸어와 말을 건넸다.

"기찰 목사님 맞으신가요?"

"네. 처음 뵙겠습니다. 최재성 목사라고 합니다. 허승억 장로님 맞으시죠?"

"네. 일단 앉으시죠. 음료는 무엇으로 드시겠어요?"

그는 내가 음료를 대접하겠다는 것을 극구 사양했다. 그리곤 아메리카노 두 잔을 내어 왔다. 이른 시간 추운 몸을 녹이기엔 이보다 좋은 것이 있을까? 향기로운 커피 향이 긴장감을 풀어주었다.

"이렇게 인터뷰에 응해 주셔서 감사합니다."

"별말씀을요. 응당해야 할 일인 걸요."

이 꽃중년은 목소리마저 멋스러웠다. 세련미를 마음껏 뽐내면서도 이처럼 부드러운 분위기를 연출할 수 있다는 것에 도리어 경계심이 들 지경이었다.

"혹시 몇 시까지 시간을 내실 수 있으신가요?"

일반적인 대화가 아닌 정보를 캐내야 하는 인터뷰는 시간 관리가 중요하다. 나는 허승억 장로가 얼마만큼의 시간을 내실 수 있는지를 알아야 했다. 이야기라는 것이 요점만 딱딱 나오는 경우는 드물다. 어지럽게 나열되는 이야기들 속에서 필요한 정보를 잡아야 한다. 상대가 마음을 풀고 스스로 술술 이야기하길 기다리다 보면 아무 소득 없이 대화가 끝나 버리기도 했다. 인터뷰를 성공적으로 마무리하기 위해선 시간 관리는 필수였다.

"제가 작은 사업체를 운영하고 있습니다. 오늘은 아침 회의도 없습니다. 늦어져도 됩니다. 목사님께서 필요하신 이야기를 충분히 들으셨다고 생각되실 때까지 대화를 나눠도 상관없습니다."

허승억 장로는 대화에 상당히 적극적이었다. 그가 자기 부서 교역자의 비극에 대한 책임감으로 임하는지 아니면 김 전도사님에 대한 연민인지 그것도 아니라면 사건에 대한 울분인지 그때까지는 알 수 없었다. 다만, 허승억 장로의 적극적인 태도에 고마운 감정이 든 것은 사실이었다.

나는 "젊어 보이신다."라든가 "패션 센스가 남다르시다."와 같은 몇 마디의 덕담을 나눈 후 서서히 대화를 이어갔다. 녹취의 동의를 얻은 후 대화는 본격적으로 이루어졌다. 그는 군더더기가 없는 사람이었다.

"불편하실 수 있는 질문들도 제가 할 수 있습니다. 조금 불편하시더라도 너그러이 양해 부탁드립니다."

그는 가볍게 고개를 끄덕이며 수락했다.

"그러면 몇 가지만 여쭤보겠습니다. 우선 김요한 전도사님과 장로님의 관계는 어떠셨나요? 개인적인 친분과 업무적 관계까지 전반적으로 이야기해 주실 수 있으신가요?"

"그럼요. 김 전도사님과 관계라…좋았죠. 아주 좋았습니다. 제가 이 교회에 30년 넘게 있었어요. 목사님 앞이라 조심스럽네요. 30년의 시간 동안 정말 이런저런 목회자들 많이 만났습니다. 그리고 김 전도사님 오시기 전 부서 상황을 조금 이야기 드리겠습니다. 저희 유년부는 상당히 힘든 상황이었습니다. 부서 담당 목회자분들이 삼, 사 개월에 한 번씩 바뀌었습니다. 그런 상황이 세 번 정도 반복되었죠. 일 년 안에 3명의 목회자가 유년부에 오셨다가 그만두고를 반복한 셈이죠. 그 스트레스가 심했어요. 목회자에게 정을 붙이거나 신뢰를 주기 어려운 상황이었습니다. 저뿐만 아니라 부서 전체가 그런 분위기였어요. 그런 분위기 안에서 김요한 전도사님이 오셨습니다."

그는 김 전도사님을 만났을 그때를 회상하는지 잠시 생각에 잠겼다 다시 말을 이어갔다.

　"참 신기한 분이셨어요. 짧은 시간에 아이들은 물론이고 교사들에게도 사랑과 신뢰를 받으셨어요. 저 역시 제가 만난 목회자들 중에서 가장 빨리 친해졌고, 가장 많은 대화를 나눴던 분이세요. 저희 집에도 몇 번이나 놀러 오셨었죠."

　순간 그의 눈시울이 붉어졌다. 내가 김요한 전도사님과 관련되어 만나본 사람들 중에 눈물을 보인 사람은 사모님 외에 허승억 장로가 유일했다.

　"참 좋은 사람이었습니다. 사람만 좋은 게 아니라 정말 좋은 목회자였어요. 전도사님이시지만 저희들끼리는 목사 부럽지 않은 전도사라며 뒤에서는 농담으로 목사 진이라고 부르기도 했었죠. 김 전도사님은 이전의 사역자들과는 스타일이 많이 달랐습니다. 유년부 부장만 15년 정도 했습니다. 그러면서 이런저런 분들 많이 만났지만 이 분같이 설교하고, 이 분처럼 아이들 눈높이에서 생각하려는 사람은 못 봤습니다. 그리고 교사들을 대하시는 태도가 다른 분들과 너무나 달랐습니다. 그런 부분들 때문에 김 전도사님과 다른 목회자분들이 충돌하는 경우도 종종 있었어요."

　"구체적으로 어떤 사건들이 있었나요?"

　"많죠. 먼저 총무 목사님이 초등부 담당을 하고 계십니다."

　순간 나의 눈에는 작은 칼날이 움직였다.

　"총무 목사님께서 교육부서를 담당하신다고요?"

"네. 마여호수아 목사님이 초등부도 담당하고 계세요. 초등부에서는 아이들에게 선물을 주거나 상을 줄 때, 원칙을 중요하게 생각합니다. 그런데 김 전도사님은 전혀 달랐어요. 능력으로 아이들을 대하지 말고, 존재자로 대해야 한다고 늘 교사회의 때 말씀하셨거든요."

"존재자요?"

"네. 김 전도사님이 아이들에게는 아니지만 교사회의 때나 사적으로 대화할 때도 조금 어려운 말을 잘 쓰세요. 저희는 1년 넘게 듣다 보니 익숙해졌죠. 그렇다고 잘난 척하거나 유식한 척하려 일부러 그런 말을 사용하시는 분은 또 아니십니다. 진짜 겸손하셨거든요. 김 전도사님이 박사학위를 하고 계셨던 분이시라 그런지 뭐랄까요? 아카데미 하다고 해야 하나요? 어려운 단어를 일상 대화에 잘 쓰셨어요."

허승억 장로의 진술에서도 김 전도사님이 상당히 학문에 열중하고 있었다는 것을 추측할 수 있었다. 현학적 의도가 아닌 일상에 학술어들이 녹아 있다는 것은 그의 삶이 얼마나 이론과 붙어 있는지를 반증하는 것이다.

"아 그렇군요. 그런데 겸손하셨다고 하셨는데, 그 부분이랑 아까 말씀하셨던 선임 교역자들과의 마찰에 대해 이어서 이야기를 부탁드려도 될까요? 제 선입견일 수 있는데 겸손하신 분들은 대게 선임들과 충돌하는 경우가 많지 않거든요."

"네. 김요한 전도사님께서는 교사회의 때 이런 말씀을 자주 하셨습니다.

'유년부는 교역자가 중심이 아닙니다. 유년부의 아이들은 우리 교회 공동체의 아이들입니다. 교역자는 언제 떠날지 알 수 없습니다. 오늘이라도 나가라면 나가야 되는 것이 교역자입니다. 그러니 교역자가 유년부의 중심이 되어서는 안 됩니다. 교역자 중심이 되어 버리면 중심을 잡을 수가 없습니다.

유년부는 우리 부장 장로님과 교사 분들이 중심을 잡고 우리 아이들을 돌보아야 해야 합니다. 저는 그저 일꾼에 지나지 않습니다. 그러니 제 설교가 이상하거나, 제가 하는 커리큘럼에 문제가 있다고 생각이 드시면 언제든지 이의를 제기하셔야 합니다. 그게 여러분이 하셔야 할 중요한 사명입니다. 균형과 견제를 부탁드립니다. 여러분의 아이들을 저에게서부터 지켜주세요.'

뭐 이런 말씀을 한 번도 아니고 자주 하셨어요. 저는 이렇게 말하는 교역자 본 적이 없었습니다. 늘 교역자의 영적 권위와 리더십에 순종하라고 했지, 자기에게 반기를 들어야 된다고 말하는 사람은 처음 봤습니다. 그리고 저희는 유년부 교사를 하려면 반드시 2부 예배에 참석을 해야 합니다. 그것이 교회 방침입니다. 2부 예배와 유년부 예배 사이에 40분 정도의 시간이 있습니다. 이 시간에 김요한 전도사님은 당일 설교할 내용을 교사들에게 브리핑을 다 해주셨습니다. 그리고 혹시 의문이 드는 점이 있으면 물어봐달라고 늘 말씀하셨습니다. 놀랍지 않으세요?"

허승억 장로의 말은 실로 충격적이었다. 나 역시 한 명의 교역자로서 김 전도사님과 같은 행동을 한 적이 한 번도 없었다. 아니 그럴 생각조차 못 해봤다. 교인들 앞에서는 겸손한 척하려

'저는 리더가 아닙니다. 섬기는 사람입니다.'라 말은 하지만, 실상은 리더로 대우해 주길 바랐다. 군말 없이 나를 따라와 주길 원했다. 그렇기에 행동으로 나타나는 섬기는 모습은 없었다. 그러나 김 전도사님은 철저히 낮아진 모습으로 부서를 섬기셨다. 목회자들이 다른 것은 다 양보해도 절대로 굽히지 않는 것이 설교다. 그러나 김 전도사님은 이 설교의 부분에서도 철저히 낮아진 모습으로 교사들과 아이들을 섬기셨다.

"개인적인 궁금증입니다만, 김 전도사님이 왜 설교를 미리 브리핑해 주는지에 대해 이야기를 하신 적이 있나요?"

"네. 그럼요. 김 전도사님은 항상 이유를 설명해 주셨습니다. 사실 저희들도 이런 목회자를 만난 적이 없으니, 저도 장로지만 이런 사역자를 본적도 없고 들은 적도 없거든요. 그런 저희들의 반응을 잘 아시니깐 그 이유들을 설명해 주었죠. 설교를 미리 브리핑해 주시는 이유는 어떤 교회 공동체든 그 공동체만의 색깔이 있다고 했습니다. 아이들은 그 공동체의 영적 환경에서 자라야 하기 때문에 그 공동체가 추구하는 방향성과 전혀 다른 방향의 설교는 설교자의 독단이라고 하셨습니다.

사실 김 전도사님의 설교가 때로는 2부 담임 목사님 설교와 같은 본문인데 정 반대의 내용으로 설교를 할 때도 있었습니다. 특히 이런 설교가 있을 때는 설교문을 두 가지를 준비해 오셔서 저희들에게 두 가지 모두 브리핑해 주었어요. 그리고 저희들에게 선택하라고 하셨습니다.

아 참, 김요한 전도사님이 담임 목사님 설교를 토요일에 미리 받아 정리해서 칼럼으로 만드는 일을 하신 걸로 압니다. 담임 목사님의 설교 내용을 누구보다 잘 아시는 분이니 자신의 설교와 충돌하는 본문 해석에 조심스러워하셨습니다. 그건 그렇고 우리가 성경의 이야기들에 대해 잘못 알고 있거나 잘못 해석하고 있는 부분도 상당히 많이 있더라고요. 그럴 땐 참고하신 책들까지 다 들고 오셔서 설명을 해주셨어요. 어떤 교역자가 자기 설교에 대해 이렇게 교사들에게 미리 동의 구하고 이해를 시키고 대화를 합니까? 이런 교역자가⋯왜⋯"

허승억 장로는 갑자기 감정이 복받쳤는지 말을 이어가지 못했다. 그리곤 감정이 가라앉기를 기다리듯 탁자 앞에 놓인 커피를 슬픈 눈으로 바라보았다. 하얗게 새어 나오던 커피의 따스함은 어느새 주변 공기 속으로 녹아져있었다. 나는 그의 감정이 정리되길 조용히 기다렸다.

"하아, 제가 어디까지 말씀드렸죠?"

"설교를 미리 동의 구하고 하는 목회자가 어디 있냐고까지 말씀해 주셨습니다. 괜찮으시면 다음으로 선임 교역자들과 마찰을 빚은 부분들에 대해 듣고 싶네요."

"실은 그 부분은 조금 조심스럽긴 합니다. 괜한 오해가 생기지 않을까 하고⋯"

"가려서 듣겠습니다."

나의 대답에 허승억 장로는 고개를 끄덕였다.

"사실 여러 가지 많은 부분에서 충돌이 있었던 것 같습니다만, 제가 정확하게 아는 것만 말씀드리는 것이 맞겠죠?"

나는 가볍게 고개를 끄덕이며 동의했다.

"먼저 김 전도사님은 유년부에서 아이들이 자유롭게 있어야 한다고 생각하셨습니다. 그래서 때로는 아이들이 예배 시간에 어른들의 눈으로 볼 때 해서는 안 되는 일을 하더라도 한 번 정도 주의만 주고 그래도 안 들으면 터치하지 말라고 하셨습니다."

"해서는 안 될 일이요?"

"네. 예배 시간이나 설교 시간에 강대상에 올라간다거나 누워서 고집을 피운다거나 소리를 지르거나 하는 일들이죠."

"아이고. 그런 걸 전혀 제재하시지 않으셨어요?"

"네. 못하게 하셨습니다. 전도사님 말씀으로는 초등부 아이들이 난장을 피우면 유년부보다는 보다 강하게 제재를 해야겠지만 유년부 아이들은 통제를 하거나 혼을 내면 아이들이 하나님에 대해서도 무서운 하나님이라는 인상이 심어지거나 교회는 혼나는 곳으로 인식되기 때문에 한 번의 예배 때문에 한 영혼을 잃을 수 있다고 늘 강조하셨습니다.

한 번은 유치부에서 막 유년부에 올라온 아이가 설교 시간에 전도사님에게 가서 안아달라고 한 겁니다. 사실 그 아이는 유치부에서도 부모님과 떨어지지 못해서 유치부 예배는 거의 드리지 않았던 아이였습니다. 그런 사실을 잘 아셔서 그러셨는지는 몰라도, 그날 설교는 그 아이를 안고하셨습니다. 그랬더니 다른 유치부에서 막 올라온 아이들도 안아달라고 강대상에 올라갔습니다. 김 전도사님이 어떻게 하셨는지 상상도 못하실 겁니다. 강대상에서 내려오셔서 아이들이랑 바닥에 앉아서 아이들을 안고 설교를 하셨어요. 어떤 아이들은 전도사님 다리를 베개 삼아 누워 있기도 했습니다. 교사들은 전부 당황해서 어쩔 줄 몰라 우왕좌왕하는데, 전도사님은 전혀 신경을 안 쓰셨습니다. 참 대단했습니다. 전 그런 설교자를 본 적이 없습니다.

더 놀라운 건 어느덧 아이들이 스스로 질서를 지키는 모습을 보여줬다는 겁니다. 잘 아시겠지만 유년부에서 최고 학년은 3학년입니다. 이 녀석들이 유년부에서는 대장이라고 뒷자리에 퍼질러 앉아 대장 놀이를 합니다. 그런 아이들이 동생들을 챙기기 시작하더군요. 교사나 사역자가 통제하는 유년부가 아니라 아이들 스스로 질서를 만들고 돌보는 유년부가 되더라고요. 신기한 경험이었습니다.

김 전도사님께서 그러시더군요. 아이들은 믿고 기다려주면 스스로 해낸다고. 조바심 내지 말고 우리의 아이들을 믿어주자고. 주님이 우리에게 하시듯 말이죠. 참 멋지지 않습니까?"

갑자기 허승억 장로는 말을 마치고 무언가를 떠올리려는 듯 눈을 찡그리며 떠오르지 않는 무언가를 기억 속에서 찾고 있는 듯했다.

"이게 나이가 드니깐 기억이 참…"

그는 말을 마치고 다시 애써 무언가를 떠올리며 노력했다. 그는 자신의 가방의 자크를 매만지다 무언가가 떠올랐는지 웃으며 말을 이어갔다.

"김 전도사님이 그런 행동을 하실 수 있었던 게 본인이 잘나서가 아니라 자크 머시기라는 학자의 이론에 따라 했다고 하더군요."

나는 그가 왜 가방의 자크를 매만졌는지 이해가 되었다. 그의 모습에 왠지 흐뭇한 미소가 새어 나왔다.

"자크 랑시에르를 말씀하시는 거죠?"

라 되물었고 그는 무릎을 탁 치며

"맞습니다. 그거요. 그거. 목사님께서도 아시네요."

라 웃으며 대답했다.

"유명한 사람인가 보네요. 우리 교회의 다른 교역자들은 모른다고 하던데 목사님께서는 아시네요. 유명한 신학잔가요?"

"아니요. 신학자는 아니고 철학자입니다. 현대 교육 철학에서 빼놓고 넘어갈 수 없는 위대한 학자죠."

"그렇군요."

그는 환하게 웃으며 화답했다. 다른 교역자들은 누군지도 모른다고 했을 때, 분명 많이 당황하셨을 것이다. 혹여나 검증도 되지 않은 사람이 아닌가 하는 불안감도 있었을 것이리라. 그러나 나의 대답은 그의 그런 걱정을 한순간에 날려 버린 듯했다. 그는 신이 나 말을 이어갔다.

"김 전도사님께서는 교육의 가장 중요한 점은 사랑하고 믿어주고 인내하는 것이라고 늘 강조하셨습니다. 아이들이 스스로 바뀔 수 있게, 가르치고 다그치는 것이 아니라 사랑으로 가르치고 믿고 기다려주는 것이 교육이라고 하셨죠.

아무튼 아이들과 함께 앉아 설교하셨던 그날이 계기가 되어

한 달에 한 번은 저희들이 이름을 붙이기론 눈높이 예배라고 해서 전도사님께서 가운데 앉으시고 아이들이 주변을 둘러앉아 설교를 하셨습니다. 아이들이 좋아한 건 당연하고 학부모들도 참 좋아했습니다. 문제는 전도사님의 방식을 다른 사역자분들이 지속적으로 반대했던 겁니다.

한 번은 저와 전도사님을 총무 목사님이 따로 부르셔서 예배가 장난이냐? 그게 예배냐며 화를 내시더군요. 전도사님께서는 아무런 대꾸도 안 하시고 입을 꾹 다물고 계셨습니다. 그땐 저도 전도사님께 많이 영향을 받았던 모양입니다. 도리어 제가 나서서 부서 예배에 대해 터치하지 말라고 말했습니다. 그러면서 서로 점점 언성이 높아졌습니다.

나중엔 담임 목사님이 어떻게 알고 오셔서 중재를 하셨습니다. 담임 목사님께서 개입하셔서 잘 마무리된 듯했지만 사역자들끼리 있을 땐 전도사님을 많이 괴롭혔던 것 같습니다.

유년부는 계속 부흥하는데 초등부는 반대였습니다. 아마 총무 목사님께서 자존심이 많이 상하셨던 모양입니다. 그리고 총무 목사님뿐만 아니라 다른 교역자들과도 충돌이 있었습니다.

저희 교회의 어른 예배 시간이 깁니다. 한 시간 사십분에서 많을 때는 두 시간까지 합니다. 유년부 예배는 절대 이 시간을 채우지 못합니다. 그러니 유년부 예배가 끝나면 아이들이 어른 예배드리는 곳에 엄마 찾아 삼만리를 하는 거죠. 어른 예배 진행을 맡아 하는 선임 교역자분들 입장에서는 아이들이 못 올라오게 통제하라고 유년부에 지시했습니다."

"네. 충분히 이해가 될 만한 상황이네요. 그래서요?"

"김요한 전도사님은 그걸 거절하셨습니다. 예배 시간을 더 늘릴 수도 없고, 아이들을 통제할 수도 없다고. 매일 생글생글 웃기만 하던 분이 언성을 높이시더라고요. 특히 우 전도사님과 크게 충돌하셨습니다.

'유년부 자체에서 아이들을 통제해버리는 순간 그동안 아이들에게 심어준 이미지는 다 날아간다. 통제를 해야 한다면, 예배국에서 따로 봉사자를 배치해서 해라. 우리는 절대 할 수 없다.'

뭐 이런 식으로 이야기를 하셨습니다. 사실 이 문제는 김 전도사님 이전부터 계속 나왔던 이야기입니다. 그때마다 복도에서 교역자와 제가 서서 올라가지 못하게 했습니다. 그저 교회의 지시에 따랐습니다. 저도 아이들을 막으면서 아이들이 교회에서만큼은 자유로웠으면 좋겠다는 생각이 들어서 미안하기도 하고 여러 감정들이 겹쳐 들었습니다. 그런데 김 전도사님처럼 딱 부러지게 말씀하시는 목회자는 한 분도 없었습니다.

그 순둥이 같은 양반이 아이들 입장에서 싸워주니 유년부 교사들뿐만 아니라 초등부에도 소문이 돌아서 교사들뿐 아니라 학부모들 사이에서 김요한 전도사님 인기가 높았습니다. 때로는 목회자분들께서는 교사들이 정말 원하는 것이 무엇인지 모르는 것 같더군요. 우리는 억지로 교사를 하는 게 아닙니다. 유치부든, 유년부든, 초등부든 모든 교육부서의 선생님들은 아이들을 사랑합니다. 단순히 시켜서, 아니면 교회 일을 해야 하니깐 하는 것이 아닙니다.

김요한 전도사님처럼 아이들을 위해 목소리를 높이는 사람을 교사들은 어느 부서라 할 것 없이 좋아할 수밖에 없습니다."

"그렇겠군요. 그러면 김요한 전도사님 입장에서는 교회나 선임 교역자와의 관계에서 힘든 부분이 많았겠군요."

"제가 정확하게 아는 부분만 말씀을 드려야 할 것 같아서 조심스럽습니다만, 사역자실에서 일어나는 일에 대해서는 정확히는 몰라도 짐작하건대 충돌은 있었을 거라 생각됩니다."

"그렇게 판단하시는 근거는요?"

"제가 이 교회의 개척 멤버입니다. 지금까지 봐왔을 때, 보통 3개월 정도 파트로 사역하시면 이후 바로 전임으로 전환시킵니다. 그런데 김요한 전도사님만 예외였습니다. 김요한 전도사님만 그렇게 가시기 직전까지 계속 파트로 사역을 하셨습니다."

"그렇군요. 혹시 김요한 전도사님께서 파트-타임 사역을 하시길 원하신 건 아닌가요? 프로필을 보니 지금 대학원에 다니시더라고요."

"사실 저도 몇 번 여쭤봤습니다. 저희 입장에서는 당연히 김 전도사님이 전임이 되셨으면 했습니다. 전임 사역에 크게 집착하지는 않으신 건 맞습니다. 다른 사역자들은 못 돼서 안달이셨는데 김 전도사님은 그다지 원하시진 않으셨습니다.

제가 이 교회에 오래 이따 보니 사례를 많이 알고 있습니다. 예전에 김 전도사님과 같이 공부를 계속하시던 분이 계셨습니다. 그때는 전임은 아니지만 준전임이란 것을 만들어서 수요일 예배 참석하시는 것만으로도 전임과 비슷한 사례비를 드렸습니다. 하지만 김 전도사의 경우에는 그런 부분이 허락하지 않았습니다. 성도들이 모르는 것 같지만 사역자들 상황에 대해 다들 잘 알고 있습니다.

김 전도사님의 경우는 파트 사역자 셨지만 평일에도 자주 교회에 나오셨습니다. 그리고 평일 새벽 예배도 많이 인도하셨습니다. 그러니 준전임으로 전환해드리는 것이 올바른 처우라 생각했습니다."

"그렇군요. 그런데 장로님이시잖아요? 공회에서 이런 부분을 건의드리실 순 없으셨나요?"

"건의드렸죠. 안건을 올리고 회의를 했고, 공회에서는 전임이 아니라도 준전임으로 사역하게 해서 경제적인 부분이나 사역적인 부분에 도움을 드려야 한다고 의견이 모아졌습니다. 사실 학비 지원과 같은 부분의 복지도 강화해야 한다고 말이 나왔습니다.

부끄러운 이야기지만 저희 교회에서 사역자를 이렇게까지 신경 쓴 것은 처음 있는 일이었습니다. 그동안은 사역자들 일은 그들의 문제라 생각했습니다. 그러나 김 전도사님은 사역을 통해 성도들의 마음을 완전히 사로잡으신 거죠. 김 전도사님은 정말 식구같이 느껴졌었습니다. 이런 사건들이 있었다는 것도 전도사님께서는 알고 계셨습니다. 결과적으로는 잘 안됐습니다.

저는 개인적으로 이 교회를 떠나시는 것이 어떠냐고 물어봤습니다. 저도 화가 많이 났었습니다. 그분 정도면 어딜 가셔도 잘하실 분이셨습니다. 유년부 부장이 아니라 연장자로서 그리고 친구로서 이 교회를 떠나시는 것이 맞는다고 생각했습니다. 그러나 김 전도사님은 고개를 저으셨습니다. 그러니 오히려 더 보호하고 챙겨주고 싶더군요. 이 교회에 장로는 저를 포함해서 세 명입니다. 그중에 두 명이 교육부서에서 헌신하고 있습니다. 장로 셋 중에서 둘이 김 전도사님의 준전임 전환과 사례비 상승을 강력하게 주장하고 밀어붙였습니다. 그런데…"

허승억 장로는 나의 눈치를 보며 말을 멈춘다. 나는 아무런 말 없이 오른손을 내밀며 계속 말씀하시길 종용했다.

"공회 내부적인 이야기라 조심스럽습니다만 말씀을 드리자면 담임 목사님께서 막으셨습니다. 이유인즉 총무 목사와 상의를 해야 하고, 또 사역자 동정과 관련된 일은 담임 목사의 전권이라고 강조하셨죠. 몇 번 더 요청을 드렸지만 그때마다 총무 목사가 반대한다는 식이었습니다. 저희들이야 뭐라고 하겠습니까? 안타까운 일이지만 어쩔 수 없었죠."

담임 목사는 공회의 의견도 묵살하면서까지 김요한 전도사의 준전임 전환을 반대한 셈이다. 장로 둘이 밀어붙였다. 이건 기껏해야 파트 전도사 월급 조금 더 올려 주는 별것 아닌 일이다. 상식적으로 담임 목사가 이렇게까지 무리할 이유가 없었다. 공회에서 전임 전환 의견이 나올 정도로 교회 구성원들에게 신임을 얻고 있는 교역자를 계속 파트-타임 전도사로 남겨 둘 이유가 있을까? 만약 그렇게 해야 했다면, 차라리 내보내면 되는 일이다. 그런데 내보내지도 않고 묶어 두면서 왜 계속 파트 사역자로 남겨 둔 것일까? 의문이 들었다.

"저는 이해가 잘되지 않네요. 왜 굳이 담임 목사님께서 그렇게 하셨을까요? 혹시 교회의 재정 상태가 어려운 것은 아닌가요? 장로님이시니 회계 보고도 다 받으실 것 같은데…"

"저희 교회 재정은 규모에 비해서 상당히 좋습니다. 보셔서 아시겠지만 본당 건물이 있고 그 외에도 건물이 세 개나 더 있습니다. 세 건물 다 임대하고 있어서 거기서 나오는 비용도 상당합니다. 재정적인 이유는 분명히 아닙니다."

허승억 장로는 커피를 한 모금 마시곤 녹음을 잠시 멈춰 줄 것을 요구했다. 지금부터 말하고자 하는 것들은 김 전도사님의 죽음과는 직접적인 관계가 없기도 하거니와 어디까지나 정황적인 것이며 또한 자신의 개인적인 판단이기 때문이라고도 말했다. 나는 허승억 장로의 요구를 받아들여 녹음기를 껐다. 그는 조심스럽게 말을 이어갔다.

"지금부터 이야기 드리는 것들은 어디까지나 저의 개인적인 의견들입니다."

그리곤 지금부터 할 말에 대해 다시 고민하는 듯 잠시 말을 멈추었다. '무슨 비밀을 폭로하시려 이렇게까지 뜸을 들이실까?'라는 생각이 스쳐 지나가는 순간 그는 뜻밖의 일을 전해주었다.

"저희 교회는 현재 세습을 준비하고 있습니다."

"세습이요? 누구에게요?"

"모르셨습니까? 총무 목사인 마여호수아 목사가 마충만 목사님의 아들입니다. 저희 교회 부교역자들 중에서 저희 교단 출신 신학교를 졸업한 사람은 마여호수아 목사 한 사람입니다. 목사님께서 더 잘 아시겠지만, 교단이 다른 사역자들이 어떻게 후임 담임 목사가 되겠습니까?"

"그렇죠. 그렇긴 한데 제가 관여할 일은 아니라서. 그리고 교단 출신 목회자가 부교역자들 중에 없다고 해도 청빙이란 제도가 있습니다. 무엇보다 저는 김요한 전도사님과 관련된 일만 알면 됩니다만."

"전적으로 제 생각입니다만…"

그는 침을 꿀꺽 삼켰다.

"관련이 있습니다. 교단 출신이 아닌 사역자들만 뽑는 이유는 세습을 위한 일이 맞습니다. 제가 담임 목사님과 총무 목사 머릿속에 들어가 본 건 아니지만, 눈치라는 것이 있지 않습니까? 마여호수아 목사님은 내년에 미국으로 2년 동안 유학을 갈 예정입니다. 저는 교단법 같은 건 잘 모릅니다만, 들어보니 세습을 위해서는 본 교회에 일정 기간 사역을 해야 한다더군요. 그 기간을 다 채웠다고 들었습니다. 그렇다고 바로 세습이 되는 것이 아니라고 하더군요. 2년 정도 외부에 나가야 한다고 들었습니다. 그 2년을 미국에 유학을 가는 겁니다. 솔직히 눈 가리고 아웅 하는 것 아닙니까? 우리 교단 사역자가 있다면 당연히 문제 제기를 하겠죠? 그러면 교회 내부적으로 시끄러워질 겁니다."

"그러면 오히려 김 전도사님에게 잘해줘야 하는 것 아닌가요? 자신들이 뭔가를 꾸미는데 방해가 되지 않으면서 동시에 이의를 제기하지 않게 하려면 말이죠."

허승억 장로의 생각은 분명 일정 부분 일리가 있었다. 그러나 그들이 김 전도사님을 차별하는 이유라 판단하는 것은 지나친 억측이라 생각이 들었다.

"그렇죠. 그런데 문제는 김요한 전도사님에게 있었습니다. 김요한 전도사님께선 성도들에게 인기가 많았습니다. 저희 부서에서만 인기가 높은 분이 아니셨습니다. 많은 성도들이 김요한 전도사님을 해피 바이러스라고 불렀습니다.

잘 아시겠지만, 월요일 새벽 예배에 나가기는 참 힘듭니다. 성도들 입장에서 주일에 하루 종일 교회에 있었으니 월요일 새벽 예배는 여간 힘든 것이 아닙니다. 그런데 김요한 전도사님이 월요일 새벽 설교를 하시면서 월요일에 성도들이 많이 참석했었습니다. 김 전도사님의 설교는 다른 사역자들의 설교와는 상당히 달랐습니다. 성도들이 정말 많이 은혜를 받았습니다. 제가 김 전도사님을 좋아해서가 아니라 전체적인 성도들의 김 전도사님에 대한 신뢰도는 상당히 높았습니다. 전부 사실입니다. 제가 장로고 또 유년부 부장이다 보니 사람들이 저에게 많이 물어봤습니다. 김요한 전도사님 어떤 분이냐고요."

세습, 그리고 인기 있는 부교역자. 조금씩 그림이 그려졌다.

"그러니깐 장로님 생각에는 세습을 준비하고 있는 과정에서 김요한 전도사라는 사역자의 등장이 총무 목사나 담임 목사에게 위협이 되었을 것이라는 거죠?"

"네. 그럼요. 인품 좋고 설교 잘하고 성도들에게 인기까지 있는 학력까지 갖춘, 목사가 아니라는 것 빼고는 총무 목사님과 비교했을 때 성도들이 더 좋아할 수밖에 없죠.

거기다가 총무 목사님의 설교는 흔히 말하는 때리는 설교입니다. 대비되게도 김요한 전도사님 설교는 그렇지 않았습니다. 똑같은 말을 해도 총무 목사님은 '여러분 회개하십시오.'라고 하신다면 김요한 전도사님은 '우리 함께 회개하며 주님께로 나아갑시다.' 이렇게 표현이 달랐습니다. 그러니 성도들 입장에서는 김요한 전도사님을 좋아할 수밖에 없죠. 만약에 김요한 전도사님께서 개척한다고 나가시면, 정확히 모르겠지만 따라 나간다는 사람들 꽤 많았을 겁니다. 그리고 요즘 누가 세습 교회를 좋게 봅니까?"

충분히 수긍이 가는 이야기였다. 사회적인 분위기나 교회적 분위기나 세습은 이제 공공연히 잘못된 행동으로 인식되고 있다. 작고 가난한 교회가 세습을 한다면 박수받아 마땅한 일이다. 작은 교회에는 사역자들도 가기 싫어하는 분위기니, 자식이 부모의 사명을 완수하겠다면 당연히 칭찬받을 일이다. 그러나 중대형 교회에서의 상황은 다르다. 중대형 교회의 세습은 사명의 전수가 아니라 경제적 세습이기 때문이다.

또한 세습이라는 행동이 이미 올바르지 않다는 인식이 팽배한 요즘, 세습을 준비하는 입장에서는 방해가 될 수 있는 요소들에 대한 적개심이나 경계는 반드시 일어날 수밖에 없다.

이런 내부적인 상황을 전해 들으니, 왜 김 전도사님의 전임 전환을 담임 목사가 결정하는 것이 아닌 총무 목사와 상의해야 한다고 마충만 목사가 주장했는지도 이해가 되었다. 또한 내가 느꼈던 위화감들, 담임 목사의 목양실에 들어갈 때의 총무 목사의 행동도 이해가 되었다.

"네. 중요한 이야기를 해주셨네요. 그런데 한 가지 궁금한 점이 있습니다. 장로님 말씀처럼 김요한 전도사님을 세습에 방해 요소로 이해했다면 그냥 내보면 되지 않나요? 굳이 데리고 있을 이유가 없잖아요? 아 참, 제가 부교역자들을 자기들 마음에 안 든다고 내보내 버리는 일을 옹호하는 것은 아닙니다. 정황상 그게 더 맞지 않나 생각이 들어서요."

"그렇긴 하죠. 문제는 김요한 전도사님이 인기가 많아 함부로 내보낼 수도 없고, 또 교역자들이 너무 자주 바뀌는 것에 대한 성도들의 불만이 이만저만이 아니었기 때문입니다. 특히 학부형들과 교사들의 불만이 높았습니다. 아마 스스로 나간다고 하지 않는 이상 내보내긴 싫지 않았을 겁니다. 그래서 처우에 있어서 야박하게 한 것이 아닐까 싶습니다. 스스로 나가게 만들기 위해서요."

허승억 장로의 진술을 통해 풀리지 않았던 의문들이 일정 부분 해소되었다. 그들도 스스로는 세습에 대한 거부감을 인식하고 있었다. 그러나 그들은 멈출 수 없었을 것이다. 소크라테스가 말했던, 잘못을 알면 행동하지 않는다는 주지주의의 윤리관은 최소한 그들에게는 소용없었던 것 같다. 그들은 영악하게 자신들의 부정을 실현시키려 했다. 그리고 이것이 한국 교회의 현주소이다. 최근 일어난 에스엠 교회의 아들 세습 사건이 잘 보여주지 않는가?

"네. 그렇군요. 이 이야기는 여기까지 듣고 공식적인 질문을 드려도 될까요?"

"그렇게 하시죠."

허승억 장로는 고개를 끄덕이며 대답했다. 나는 다시 녹음을 시작했다.

"크게 두 가지를 질문드릴게요. 교단에 올라온 보고서에는 전임 전환 실패와 생활고 비관이 사건의 원인이었다고 되어 있고 또 인터뷰들을 하는 과정에서 가정불화라는 말도 있던데 김요한 전도사님과 가깝게 지내셨던 입장에서는 이 부분을 어떻게 생각하시나요?"

허승억 장로의 눈빛이 갑자기 바뀌었다. 갑자기 날카로워지는 그의 눈빛을 통해 그는 대답하지 않았지만 난 이미 그의 대답을 들은 것 같았다.

"첫 번째 질문은 제가 잘 모르겠습니다. 가깝게 지냈지만 돈에 대한 이야기는 구체적으로 하지는 않으셨습니다. 사모님 이야기 하시다가 조금 흘리신 정도의 이야기가 기억이 나네요. 예전에 힘든 시기가 있었다곤 했습니다. 그런데 요즘은 다 별문제 없는 걸로 압니다. 그리고 제가 모르는 경제적인 문제가 있었다고 해도, 사람이 살다 보면 어려울 때는 다 있지 않습니까?

제가 겪은 김 전도사님은 생활고가 있으셨다 하더라도 좌절할 사람은 아닙니다. 가난에 장사 없다지만 희망과 미래가 없는 사람은 또 아니었습니다. 저는 자세한 상황은 모릅니다만 대학교에서도 상당히 인정을 받는 분이라고 알고 있습니다. 저희 교회에 김요한 전도사님이 다니시는 대학교에 다니는 대학생 청년들이 있습니다. 그 학생들도 이미 김요한 전도사를 알고 있었고 정확히는 모르지만 학교에서 강의도 하셨던 것으로 알고 있습니다. 그리고 성품이 밝고 긍정적인 분이었습니다.

저희 교회 사역자들 내에서는 조금 힘드셨을지 몰라도 어디를 가나 사랑받을 그런 사람이었으니 학교에서도 잘 하셨을 거라 생각이 듭니다. 그 조서입니까? 보고서입니까? 제가 정확히는 알지 못하지만 그건 형식적으로 그렇게 올라간 것 같습니다. 그리고 두 번째 질문하신 가정 불화? 내가 참 어이가 없어서! 누가 그런 말을 합니까?"

허승억 장로는 커피를 한 모금 마시곤 신경질적으로 잔을 내려놓았다. 잔을 테이블에 내려놓는 둔탁한 소리에 깜짝 놀라 흠칫 허승억 장로를 쳐다보았다. 그는 오히려 나를 비판하는 듯 목소리를 높이며 말을 이어갔다.

"내가 참 어이가 없네요. 어디서 그런 말도 안 되는 소리를 듣고 오셨는지. 제가 본 사람들 중에 가장 금슬이 좋은 부부가 그 부부였어요. 경제적으로 많이 힘들 때도 사모님이 한 번도 불평하신 적이 없으셨다고 들은 적이 있습니다. 부부가 보통 싸우는 일이 돈 문제 아닙니까? 돈 문제로 김요한 전도사님께서 학업을 중도 포기하려 했을 때도 급구 말리고 오히려 응원해 준 사람이 사모님이십니다. 제 기억엔 학업과 경제적 문제로 힘들 때, 시댁에 찾아가서 부탁하고 경제적으로 도움을 부탁한 것도 사모님이셨다고 했던 것 같습니다. 또 자식도 얼마나 사랑하는지 저도 아들만 둘이 있는데, 내 아들들에게 미안할 정도로 자식을 사랑하는 분이셨습니다.

진짜 누가 그딴 말도 안 되는 헛소문을 뿌리는 겁니까? 그건 정말 김요한 전도사님을 전혀 모르는 사람들이 지어낸 이야길 겁니다."

허승억 장로는 붉게 상기된 얼굴로 나에게 따지듯이 말했다. 불미스러운 일이 있었음에도 허승억 장로의 김 전도사에 대한 믿음과 존경은 변함이 없었다. 자신이 존경하고 사랑하는 교역자를 누군가가 음해하고 있다고 생각이 되었는지 허승억 장로의 일그러진 얼굴에서 분노를 느낄 수 있었지만 공공장소임을 의식해서인지 목소리 크기는 그의 감정과 억양에 비해서는 절제가 있었다. 그는 커져가는 자신의 목소리를 진정시키려 안간힘을 쏟고 있었다. 그의 이런 행동에 내심 김 전도사님이 부러웠다.

자신과 함께 사역한 부교역자를 위해 이처럼 사랑하고 존중하고 옹호해주는 장로가 있다는 것은 부러운 일이자, 동시에 김 전도사님이 얼마나 진심으로 타인을 대하고 사역에 헌신적이었는지를 보여주었다. 부럽고 또 부끄러웠다. 그들도 그랬을 것이다. 그러나 그들은 김요한 전도사님을 보면서 자신들의 사역을 돌아본 것이 아니라 질투하고 괴롭히며 부당한 대우를 통한 차별의 방식으로 자신들의 수치를 감췄다. 마치 그리스도를 향한 바리새인들의 질투처럼.

"네. 잘 알겠습니다. 마지막으로 장로님께서는 왜 김요한 전도사님께서 그런 선택을 하셨다고 생각하시나요?"

그는 나의 질문에 다시 마음이 가라앉는 것 같아 보였다. 한동안 말없이 자신의 감정을 가라앉힌 후 슬픈 눈빛으로 나를 바라 보며 입을 열었다.

"모릅니다. 정말 이해가 되지 않습니다. 처음에는 믿기지도 않 았습니다. 그리고 나중에는 김요한 전도사님에 대해 내가 알고 있는 모든 모습이 거짓이었나?라는 생각마저 들었습니다. 그분 은 절대 쉽게 자신의 목숨을 던질 분이 아닙니다. 다른 사람을 그렇게 사랑하고 올바른 목회자가 되려고 그렇게 몸부림치는 사 람이 어떻게 자살을 할 수 있습니까? 절대 그런 분이 아니거든 요. 저는 정말 모르겠습니다. 그래서 저도 이렇게 적극적으로 인 터뷰하는 겁니다. 저도 알고 싶습니다. 목사님 정말 부탁드립니 다. 진심으로 부탁드립니다."

그는 애원하듯 마지막 진술을 토해냈다.

허승억 장로의 마지막 답변과 김요한 전도사의 마지막 일기의 기록이 중첩되며 나의 머릿속을 지나갔다. 나는 허승억 장로의 애절한 부탁에 어떤 대답도 할 수 없었다. 다만, 그의 손을 꼭 잡 아 주었다. 나는 그의 두 손을 붙잡고 말을 이어 갔다.

"장로님, 부탁이 있습니다. 혹시 가능하시면 오늘 저녁에 유년 부 교사들을 제가 만나 뵐 수 있을까요?"

"그럼요. 최대한 많은 분들이 오실 수 있게 연락하겠습니다. 어디에서 보시는 것이 좋으시겠습니까?"

"제가 이 동네 지리에 어두워서요. 교회 말고 조용한 식당이 좋을 것 같은데, 대화할 수 있는 곳으로 장소를 잡아주실 수 있 으신가요?"

"그럼요. 해드려야죠. 장소는 제가 알아서 하고 약속 시간은 어떻게 할까요?"

"저녁 시간 때도 좋고 최대한 많은 분들이 오실 수 있는 시간이었으면 좋겠습니다."

"네. 잘 알겠습니다. 약속 시간과 장소는 결정되는 대로 새벽에 전화 주셨던 번호로 연락을 드리면 될까요?"

"네. 그럼 부탁드리겠습니다."

"네. 알겠습니다."

"그리고 교회에는 알리지 말아주셨으면 합니다. 최대한 조용히 자리를 만들어 주셨으면 합니다."

허승억 장로는 고개를 끄덕이며 자리에서 일어났다. 생각보다 시간이 많이 흘러 있었다. 인터뷰를 마치고 카페에서 나왔을 때 하늘은 밝아 있었다.

✝

점심시간이 지날 때쯤 허승억 장로에게 연락이 왔다. 저녁 7
시에 샤부샤부 식당에서 만나기로 약속이 잡혔음을 알려 주었
다. 몇 분이 참석하시는지를 물었다. 허승억 장로는 교사 분들도
할 말이 많다며 전원이 참석할 것 같다고 말한 후 전화를 끊었
다.

허승억 장로와의 인터뷰 후 숙소에 돌아가 김요한 전도사님의
일기들 그리고 논문을 확인했다. 논문에서 새로운 정보를 찾는
것이 쉽지 않았다. 또한 기찰 기간 동안 일기는 전부를 확인할
물리적 여유 없을 듯했다. 선택과 집중이 필요했다.

선택과 집중을 위해 이 사건을 단순화 시켜 정리할 필요가 있
었다. 김요한이란 사람이 있었고 그가 그곳에서 사역을 하면서

어떤 상황들을 직면했다. 그리고 그것을 해결하기 위해 자살이란 선택을 했다. 사람은 동일한 상황이라 할지라도 동일한 선택을 하지 않는다. 그렇다면 그가 자살을 선택한 이유는 상황 자체보다 앞선 그만의 상황을 해석하는 장치가 있다는 것을 의미할 것이다. 즉, 인식론의 문제가 대두된다.

지금까지 발견된 해석 장치는 그의 논문을 통해 흐릿하게나마 발견되었다. 대속과 제자도의 개념이 그것이다. 이것이 강력하긴 하지만 이것만으로는 선명하게 "왜"를 설명할 수 없었다. 분명 무언가가 있을 것이다.

나는 상황 자체보다는 이 인식 장치를 찾아야 한다고 판단했다. 그러기 위한 선택은 사건 이전 일기들 중에서 사역지로 그곳을 선택하게 된 배경을 찾아야 했다.

사역자가 사역지를 선택할 때는 그 사역자의 철학과 기대감이 드러난다. 교회만 사역자를 고르는 것이 아니다. 사역자 역시 교회에 대해 고민한 후 선택한다.

사례비가 다른 곳에 비해 높은 것도 아니고 그렇다고 자신의 교단도 아닌, 즉 자신의 커리어에 어떤 도움도 되지 않을 상황에서 왜 하필 그곳을 선택했는지를 명확히 아는 것이 그의 삶의 기준을 이해하는 중요한 판단 근거가 될 것이라 판단했다.

김 전도사님께서 그곳에서 사역을 하시기 직전인 2017년 9월에서 10월까지의 기록들을 읽었다.

2017년 9월 12일

재미있는 교회 시스템을 찾았다. 나는 교회 공동체가 가져야 할 직접성과 구체성의 구현에 많은 고민을 해왔다. 다행히도 이러한 부분에 있어서 새로운 시도를 하는 교회 운동을 발견했다. 그것은 가정 교회라는 형태이다.

기존의 목회자들에게 집중되어 있는 권력의 구조가 가정 교회 시스템에서는 분산이 된다. 이러한 시스템은 목회자 중심의 권력 구조를 견제할 수 있는 새로운 가능성을 제시해 준다. 그동안 많은 교회에서 셀이니 목장, 두 날개니 하는 시스템을 도입했지만 대부분 최초 발원지를 제외하곤 실패해 왔다.

양적 성장이 어느 정도 이루어진 후 본질을 회복한 사례를 찾기는 쉽지 않았다. 그러나 이번에 찾은 이 가정 교회 시스템은 보다 급진적이다. 뭐 이론이 아무리 급진적이고 성경적이라도 실제로 시스템을 사용하면 달라지겠지. 그래도 이 시스템의 실제를 만나보고 싶다.

2017년 10월 25일

가정 교회 시스템을 사용하고 있는 교회에서 사역자 청빙 공고가 났다. 가정 교회라는 시스템의 이론을 넘어서 실재를 경험할 수 있었으면 좋겠다. 이력서와 자소를 보냈으니 좋은 결과가 있기를 기도해야겠다.

2017년 10월 26일

어제 이력서를 넣은 교회에서 연락이 왔다. 이 교회도 급하긴 급한 모양이다. 오늘 연락이 와서 오늘 면접을 보자고 하다니. 생각보다 큰 교회였다. 다만, 걱정이 되는 것은 계단에 붙어있는 전도 독려 문구들이나 교회 벽 곳곳에 붙어 있는 신앙생활 가이드 포스터들이다.

가정 교회라고 하면 보통 평신도에게 많은 부분에서 자율성과 책임을 부여해 주는데, 이런 부분은 의아하다. 그래도 그 정도 규모의 교회에서는 담임 목사가 파트 전도사를 직접 면접을 보는 일이 거의 없는데, 담임 목사님이 직접 면접을 했다.

생각보다 연세가 많아 보였다. 3개월 정도 함께 일해 본 후 전임으로 전환을 약속했다. 나에겐 딱히 중요한 부분이 아니다. 걱정이 되는 부분은 교회에서 나가라고 하면 조건 없이 나가야 한다는 부분이다.

사람을 도구적으로 사용하려는 것은 아닐까라는 의심도 들었다. 그러나 가정 교회 시스템이라는 것을 경험해 볼 수 있는 좋은 기회이기에 이 교회에서 사역을 하고 싶다.

2017년 10월 27일

교회에서 연락이 왔다. 오늘부터 당장 출근을 하라고 연락이 왔다. 나는 파트-타임 아니냐고 질문했다. 그러나 목사님은 수요예배에 참석 후 유년부 부장 장로님을 소개해 주겠다고 수요예배에 참석하라고 하셨다. 예배 후 부장 장로님과 1시간 정도 대화를 나누었다. 장로님이 상당히 젊어 보이셨다. 쉽진 않겠지만 신나게 해보자. 역시 사역은 즐거운 일이다.

김 전도사님의 사역 전 기록들은 우려와 동시에 기대감이 공존했다. 김 전도사님의 일기에서 생소한 단어가 나타났다. 가정 교회. 가정 교회 시스템이란 것에 대한 나의 지식은 너무나 한정적이었다. 김 전도사님께서 사역지를 선택하시는데 중요한 요소로 작용해 보이는 이 가정 교회 시스템에 대한 개념을 분명히 할 필요가 있었다. 곧 교사들을 만나면 우선 가정 교회에 대해 물어보면서 말문을 터야겠다고 생각했다. 어느덧 시간은 약속한 시간에 가까워져 있었다. 허승억 장로가 보내준 주소를 내비에 찍고 약속 장소로 향했다.

식당은 생각보다 그리 크진 않았다. 카운터에서 허승억으로 예약된 자리를 물으니 종업원은 친절한 미소를 지으며 구석진 방으로 안내해 주었다. 방안에는 허승억 장로 외에 여섯 분이 더 앉아 있었다. 허승억 장로는 일어나 나에게 인사를 한 후 사람들에게 나를 소개해 주었다.

나는 가볍게 자기소개를 마친 후 자리에 앉았다. 허승억 장로는 여섯 분이 더 오실 거라 알려 주었다. 그러나 내가 확인한 교사 분들은 모두 열아홉 분이었다.

"장로님, 교사 분들이 총 열아홉 분 아닌가요? 요람에 보니 열아홉 분이시던데."

"아, 미리 보셨군요. 요람에는 열아홉 분이 맞는데, 열두 분 빼고 일곱 분은 보조 교사입니다. 보조 교사님들은 교사회의나 월례회에 참석을 안 하시고 찬양이나 반주나 율동만 도와주고 계십니다. 그래서 딱히 김 전도사님과 친분이 없으신 분들이라 부르지는 않았습니다. 그리고…"

갑자기 허승억 장로가 나에게 귓속말로 속삭였다.

"부탁하신 대로 교회에 알리지 않았습니다. 보조 교사 분들 중에는 아직 나이가 어리신 분들이 있어서…특히 부모님이 교회에 중직인 보조 교사가 많아서요."

그가 어떤 의도로 보조 교사를 제외했는지 분명히 이해할 수 있었다. 교회 안에는 상당히 많은 파벌이 존재한다. 파벌이라는 단어를 쓰기에도 민망한 수준 미달의 패거리 문화이지만 그것이 사람 모인 곳의 특징이니 뭐라 비난도 할 수 없다. 다만, 허승억 장로가 이런 부분을 신경 쓰고 있다면 부서 안에서도 나름의 긴장 관계가 있을 듯했다. 이런 부분들까지 신경 써서 일처리를 해주신 것은 그저 고마울 따름이었다.

"신경 써주셔서 감사합니다."

모여 있는 사람들에게 간략하게 자기소개를 한 후 한 사람 한 사람과 일일이 악수를 나누었다. 자리에 앉은 후 빙긋 웃으며 교사들에게 질문했다.

"다 모이시기 전에 뭐 하나 여쭤볼게요. 가정 교회 시스템이 뭔가요?"

나는 김요한 전도사님의 일기에 적혀 있던 가정 교회라는 것이 무엇인지 감이 잡히질 않았다. 왜 김 전도사님은 가정 교회라는 이유로 이 교회에서 사역을 하고 싶어 하셨는지 궁금했다.

나의 질문에 허승억 장로는 웃으며 대답했다.

"가정 교회요? 모르시는 분들이 많더라고요. 목장 시스템과 비슷한 겁니다. 목장 같은 건 많이 들어보셨죠?"

목장, 흔히 셀이나 구역모임이라고 하는 것의 유사 시스템 정도로 알고 있었다.

"글쎄요. 제가 아는 건… 구역 모임이나 셀 모임과 비슷한 것인가요?"

"그렇게 보실 수도 있죠. 가정 교회라는 건, 초대 교회 때와 똑같은 방식으로 교회를 운영하자 뭐 그런 겁니다. 평신도들에게 사역을 맡기는 것이라고 생각하셔도 됩니다. 셀이나 구역과 다른 점은, 셀이나 구역은 그걸 관리하는 교역자들이 계시잖아요? 가정 교회의 목장은 그걸 평신도가 관리합니다. 그걸 담당하는 리더를 목자라 부릅니다. 그 리더가 남성이면 목자라 부르고 리더의 아내를 목녀라고 부릅니다. 반대로 목자가 여성이면 목자는 동일하게 목자라 부르고 남편은 목부가 되죠. 그래서 각 목장들이 하나의 교회가 되는 셈입니다."

"그래요? 그러면 하나의 가정을 중심으로 소그룹을 나누나 보네요?"

"그렇죠. 그래서 가정 교회입니다. 하나의 가정을 하나의 작은 교회로 보는 겁니다."

"그러면 교회는 왜 필요하죠?"

"연합 교회를 말씀하시는 것 같네요. 일반적으로 말하는 교회를 연합 교회, 목장을 가정 교회라고 부릅니다. 그래서 가정 교회 시스템이라고 하죠. 각 목장이 할 수 없는 비용이 많이 드는 일을 해결하거나 각 목장들이 모여서 함께 예배드리는 공간이 필요해서 존재하는 겁니다."

"그래요? 평신도 교육이 많이 강조되겠네요."

"그럼요. 제가 목장을 맡고 있는데 저도 교육이나 세미나 코스를 다 밟았습니다. 나름의 규정이 다 있죠."

"네. 그래서 장로님께서 잘 설명을 해주셨나 보네요. 이해가 됐습니다. 그러면 목장 구성원들은 상당히 유대감이 높겠네요?"

"그럼요. 저희 유년부 교사님들도 거의 80프로가 저희 목장원들입니다. 함께 섬기는 목장이 저희 목장입니다."

"장로님께서 목자셔서 그런지 목장에 대한 자부심이 상당하신 것 같네요."

허승억 장로는 웃음으로 자신의 자부심을 인정하고 있었다.

김요한 전도사님께서 왜 가정 교회라는 이유만으로 이 교회에서 사역을 하고 싶었는지 그 이유를 알 것 같았다. 그리고 동시에 구조에 대한 신뢰도가 지나치게 높다는 생각이 들었다.

먼저 그동안 이루어졌던 담임 목사 중심 조금 더 확장하면 교역자 중심의 교회의 권력 구조를 평신도에게 분산시키는 효과를 기대할 수 있을 것이다. 구역 모임이든 셀이든 하위 집단이 강화되면 권력을 분산 시키는 효과를 발휘할 수 있다. 또한 대형교회의 약점인 직접성을 강화함으로 구성원의 소속감을 상승시킬 수 있다. 이러한 시도는 가정 교회 시스템 뿐만 아니라 여러 형태로 나타났었다. 한 때 유행했던 두 날개 교회론도 유사 시스템으로 이해될 수 있다. 허 장로는 상기된 얼굴로 엄청난 시스템인 양 이야기를 늘어놓았지만 이런 시스템은 수도 없이 많다.

그러나 수도 없는 시도에도 불구하고 지금까지도 교회 민주화가 이루어지기 어려웠던 것은 교역자들이 이러한 부분을 인지하고 교회의 민주화를 목표로 시스템을 사용하는 것이 아니기 때문이다. 민주적 교회를 만드는 것에는 1의 관심도 없다.

그들은 교회 부흥, 즉 교회의 양적 성장과 부의 축적에만 관심이 있다. 즉, 수단으로 시스템에 접근하기 때문에 시스템이 가지는 본질의 구현은 관심 밖의 문제가 된다. 그러니 아무리 좋은 시스템을 도입해도 교회는 늘 그 모습 그대로 머물게 된다. 문제는 김 전도사님께서 이 정도 시스템에 기대를 할 만큼 사역 연차가 짧은 것도 아니고 유사 시스템을 수도 없이 보셨을 텐데도 이 가정 교회라는 시스템에 주목한 특별한 이유이다.

이 부분만큼은 쉽사리 판단이 서지 않았다. 한 가지 가설을 세워보았다. 김 전도사님께서는 사전에 그곳을 조사하셨으며 그곳이 정말 이 시스템의 목적성과 일치하는 철학과 신학을 가진 곳으로 판단했다면 그가 그곳에 기대를 한 사실이 이해될 것 같았다.

나는 분권화와 민주화 그리고 교제의 직접성을 높이기 위해 교회가 이러한 시스템을 사용하는지 아니면 단순히 부흥의 수단으로, 혹은 트렌드라 따라 하는 건지를 판단하는 나름의 잣대를 가지고 있다.

"장로님 가정 교회에 대해서 두 가지만 더 여쭤봐도 될까요?"

"그럼요. 뭐든 물어보십시오."

"제가 정확한 용어를 몰라서요. 가정 예배라고 해야 하나요?"

"목장 예배라고 합니다."

"네. 목장 예배를 할 때, 찬양이나 설교 부분은 목자 분들이 알아서 하시나요?"

"그렇게 하시는 분들도 있긴 합니다만 보통은 아닙니다. 다른 가정 교회들은 잘 모르겠지만 적어도 저희는 연합교회에서 가이드라인을 잡아 줍니다. 사실 목자 교육이 있다고 해도 신학을 전공한 것이 아니지 않습니까? 그래서 찬양 콘티라고 하나요? 그런 것도 내려옵니다. 그리고 저도 그렇지만 많은 목자 분들이 목장 예배 때의 설교는 그 주의 담임 목사님 설교를 요약한 내용을 읽는 정도로 설교를 대신합니다."

"설교 요약은 목자 분들이 스스로 하시나요?"

"아닙니다. 그것도 연합 교회에서 내려 줍니다. 교회에 부착되어 있는데 못 보셨나요?"

"잘 기억이 안 나네요. 그렇군요."

설교, 찬양 어느 것 하나 중앙에서 벗어나지 못하는데 그것을 가정 교회라고 지칭할 수 있을까? 도리어 중앙 집권을 강화하는 꼴이 아닌가? 절대 통제 속에서 일어나는 하나의 기만적 장치가 아닌가? 나는 실망감을 감추며 다시 질문을 이어갔다.

"네. 한 가지만 더 여쭤볼게요. 가정 교회, 그러니깐 목장 예배에서는 헌금을 거두나요?"

"물론이죠. 연합 교회와 같습니다."

"그러면 그 헌금은 목장에서 자체 관리하나요? 아니면, 중앙 교회에서…아 죄송합니다. 연합 교회에서 관리하나요?"

"당연히 연합 교회에서 관리하죠. 목장 예배에서 나온 헌금은 목장 헌금이라는 명칭으로 연합 교회에 올라갑니다."

이건 빼박이다. 말이 좋아 가정 교회지 이건 가정 교회가 아니다. 중앙 교회가 통일성을 강조하는 장치라면 소그룹은 개별자들의 특수성과 공동체 참여의 직접성을 보안해 주는 시스템이다. 즉, 가정 교회 시스템의 기능은 가정 교회를 통해 중앙 교회의 한목적성을 견제하고 교회 내부에 소외 계층이 발생되지 않도록 작동되어야 한다. 그러나 그곳은 이 시스템을 시행하는 취지를 역행하는 방법을 사용하고 있다. 이것은 일종의 기만이다. 지방자치제도가 안 되는 이유! 그것엔 여러 가지 이유가 있겠지만, 그중 하나는 중앙으로 다수의 세수가 모이기 때문이다.

재정적 자립이 불가능하면, 당연히 재정적 종속이 일어난다. 더 나아가선 이런 형태로 가정 교회 시스템을 적용하면 더 강력하게 중앙으로 권력의 쏠림 현상이 발생된다. 재정이 중앙으로 몰렸다가 다시 나눠지면 그 권력이 더욱 선명하게 그 위용을 드러낸다. 결국 작은 조직은 중앙에 더욱 강하게 종속된다.

지금 그곳은 분권을 위한 시스템을 사용하는 듯 보이지만, 사실은 분권을 가장한 중앙집권적 형태를 강화하고 있는 셈이다. 이것은 기만이다! 무서운 기만이다! 김요한 전도사님은 이러한 교회의 행동에 많은 좌절을 느꼈을지도 모르겠다.

나는 허승억 장로의 설명을 듣고 김요한 전도사님의 좌절을 간접 경험했다. 짧은 시간이나마 기대감을 가졌다가 실망한 나에 비해 자신의 삶의 터전으로 삼을 만큼 기대감을 가졌을 김요한 전도사님의 좌절감은 더 컸을 것이다. 어쩌면 그는 내부에서 이런 기만과 사투를 벌였는지도 모를 일이리라.

또한 이런 종류의 시스템이 가지는 최대의 단점은 소집단의 고립이다. 이 유년부만 보아도 바로 발견된다. 교사들은 여러 연령대가 모여야 한다. 즉, 여러 개별 집단의 구성원이 소명을 가지고 새롭게 모이는 집단이 되어야 한다. 교사회는 단순히 교육기관이 아닌 교회 내부의 소통의 창구의 역할도 감당한다. 그러나 한 목장의 구성원들이 대체로 교사로 모여 버리면 이것은 개별 집단 시즌 2에 지나지 않게 된다. 이것은 개별 집단의 결속으로 이어질 순 있지만 다양성이 상실된 고립적 집단이 될 가능성도 높다.

또한 교사회에 그 목장의 구성원이 아닌 다른 이질적 구성원이 참여하게 되면 이미 만들어진 친목의 견고함으로 인해 차별과 배제의 논리가 작동될 확률이 높아진다. 젊은 교사들을 배제한 이번 모임만 보아도 이것이 우려가 아닌 실제 현상임이 증명된다.

허승억 장로의 설명이 끝났을 땐 모든 교사들이 모임에 참석했다. 나는 다시 한번 자리에서 일어나 자기소개를 했다. 그리고 기찰에 대해선 어떤 이야기도 하지 않은 채 교사들과 식사를 하려 했다. 그러나 자리가 자리인지라 이곳 저곳에서 산발적으로 김요한 전도사님의 이야기들이 들려왔다. 그러나 나는 그들에게 김요한 전도사님에 대한 어떤 질문도 던지지 않았다. 그들이 하는 말들을 못 들은 체하며 식사에 집중했다. 그들 스스로 하고 싶은 말들을 참을 수 없도록 기다리는 것은 중요한 조사법이다. 말하고 싶어 하는 사람에게 기다림은 생각보다 큰 고통이 된다. 그들이 자기 검열 없이 입을 열수 있도록 기다려야 했다. 식사 자리가 마무리될 즈음 나는 근처에 커피숍이 있는지를 물었다. 다행히도 식당의 아래층이 커피숍이었다.

　우리는 다 함께 커피숍으로 향했다. 그들은 어떤 감정으로 커피숍을 향해 한 걸음 한 걸음을 내디뎠을까? 아마도 나름의 비장함이 그들에게 있었으리라. 그들은 커피숍으로 내려가는 계단에서 누구 하나 입을 열지 않았다. 자신과 함께 동역한 사역자를 애도하는 무거움이 그들을 침묵하게 만들었을 것이다. 그곳에서 최소한 유년부만큼은 김 전도사님과 함께 한 공동체였다. 그들의 침묵에 고마움을 느끼며 나 역시 침묵으로 화답했다. 허승억 장로는 무리에 앞장서 있었다. 그는 조용히 그리고 천천히 카페의 문을 열었다.

　클래식한 분위기의 커피숍은 한산한 가운데 그 빈 공간을 오래된 팝송들의 잔잔한 선율이 채우고 있었다. 몇 개의 테이블을 붙여 교사들은 자리를 만들었다. 나는 교사들이 무리 지어 앉은 자리에서 떨어져 2인석에 자리를 잡곤 교사들이 모여 앉은 자리로 갔다.

　"편하게 커피와 음악을 즐기시면서 한 분씩 제가 앉은 곳으로 오셔서 편하게 대화해 주시면 감사하겠습니다."

교사들은 조용히 나의 말에 경청하면서 고개를 끄덕였다. 몇 몇은 올 것이 왔다는 표정이었다. 그 표정은 사뭇 결의에 차 있었다.

"그리고 커피값은 제가 낼게요. 다 영수증 처리해서 청구할 거니깐 비싼 것 드셔도 됩니다."

분위기가 경직될 것 같아 농담을 던졌다. 나름 효과가 있었을까? 교사들은 손뼉을 치며 호응해 주었다. 특히 허승억 장로는 교사들이 긴장하지 않게 하려는 것인지 계속 농담을 던지며, 편안한 분위기를 만들려 노력했다. 그리고 나는 2인석으로 자리를 옮겨 인터뷰 준비를 했다. 이내 음료가 나왔다. 그리곤 한 분의 교사께서 웃으며 나의 앞에 앉았다.

동그란 얼굴형에 40대 초반 정도로 보이시는 교사분이셨다. 퇴근 후 바로 이 자리에 오셨는지 간호사들이 입는 복장이었다. 흔히들 입는 흰색의 간호복이 아닌 군청색의 간호복이었다. 그녀는 자신을 유년부 총무 교사 김혜은 집사라고 소개했다.

김혜은 집사가 전언하는 김요한 전도사님은 허승억 장로의 전언과 거의 동일했다. 능력 있고 똑똑한 사람, 늘 겸손하게 교사들을 존중해 준 사람, 특히 아이들의 일이라면 선임 교역자들과도 과감하게 대립했던 사람이었다.

"그러면 혹시 일상에서도 선임 교역자들과 감정적 트러블이 잦았나요?"

"아니요!"

갑자기 김혜은 집사는 화를 버럭 내었다. 김혜은 집사는 나를 노려보며 말을 이어갔다.

"우리 전도사님은 절대 그런 분이 아니에요! 제가 이렇게 보여도 모태 신앙인데, 살면서 그런 사역자를 본 적이 없어요. 정말 한결같고, 우리 유년부에 늘 헌신적이시고 겸손한 분이셨어요. 저는 저렇게 똑똑한 사람이 어떻게 저렇게 겸손할 수 있는지 자주 생각했어요. 정말 신기한 분이셨어요. 제가 장로님만큼은 아니겠지만, 그래도 사역자들 보는 눈은 있어요! 얼마나 많은 사역자들을 만나 봤는데요. 문제 일으키는 사역자들은 꼭 뒤에서 뒷담을 해요. 그런데 김 전도사님께서는 한 번도 그러신 적이 없었어요. 가끔 저희들이 다른 교역자들 흉이라도 보면 오히려 그런 분들 아니라며 두둔하시던 분이셨어요. 저희 전도사님, 목사님이 말씀하시는 그런 사람 아니에요!"

나도 모르게 미소가 새어 나왔다.

"네. 알겠습니다. 총무님께서는 김요한 전도사님을 많이 좋아하셨나 보네요."

"그럼요. 그런 분 없어요. 제가 딸딸이 엄만데요. 중학생 하나 초등학생 하나 있거든요. 근데 저는 우리 애들 크면서 사역자분들에게 전화 심방을 한 번도 받은 적이 없었어요. 그런데 김요한 전도사님은 유년부 친구들한테 매주 전화 심방하시고, 아이들 불편한 점은 없는지 학부모님들 기도 제목도 물어봐 주시고 아이들 생활 습관까지도 하나하나 다 체크하셨어요. 저는 그렇게 아이들한테 애정 어린 사람은 처음이었어요. 목사님도 아시잖아요? 보통 전화 심방 같은 건 다 담임 교사들에게 맡겨버리고 사역자분들은 잘 안 하시잖아요. 그런데 김요한 전도사님은 저희 교사들에게 지시하신 적이 한 번도 없어요. 자기가 솔선수범해서 다 하시고, 오히려 그 내용들을 다 정리해서 각 반 담임교사님들에게 다 전달해 줬어요. 그렇게 모범을 보이시니 교사들이 더 열심히 하게 되죠."

"그렇군요. 요즘에 보기 드문 교역자 셨네요. 그러면 총무님께서 보시기엔 김 전도사님께서는 왜 자살을 하셨다고 생각하세요?"

나는 도발적으로 김요한 전도사님의 죽음에 대해 물었다. 순간 김혜은 집사의 얼굴에서 흥분감이 사라졌다.

"그건…정말 모르겠어요. 교역자들 사이에서 트러블이 있었다고 하더라도 그런 일로 넘어지실 분은 아니라고 생각해요. 저는 정말 모르겠네요. 오히려 목사님께 제가 묻고 싶어요."

"조심스럽습니다만 혹시 교회 내부의 문제는 없나요?"

"내부라면 어떤?"

그는 갑작스러운 질문에 당황했다. 김요한 전도사님의 죽음의 원인이 교회와 관련이 있는 것은 분명하다. 그러나 교회 내부의 어떤 부조리가 직접적인 영향을 주었는지는 확실치 않았다.

"총무님이 생각하시기에 김요한 전도사님과 관련이 없더라도 신경 쓰지 마시고, 무엇이든 있으시면 이야기해 주세요."

그녀는 아무 대답 없이 창밖을 바라보고 있었다. 그녀는 일 분여나 아무 말이 없었다. 나는 그녀를 돌려보내고 다음 교사와 인터뷰를 해야겠다고 생각했다. 그때 김혜은 집사는 교사들이 모여 앉아 있는 곳을 힐끔 본 후 작은 목소리로 조심스럽게 말을 이어갔다.

"사실 교회에 대한 불만이나, '이건 아닌데' 하는 부분들이 있죠. 그런데 그런 일을 아무리 목사님이시라도 외부 분에게 말씀드리기가 조금 부담이 되네요."

"없으시면 말씀 안 하셔도 됩니다. 문제없는 교회가 어디 있습니까? 다 문제가 있죠. 혹시나 김 전도사님 사건과 연결되는 부분이 있을까 해서 여쭤보는 겁니다. 다각도로 살펴보려고요. 불편하시면 말씀 안 하셔도 됩니다."

그녀는 다시 교사들이 모여 있는 곳을 힐끔 본 후 찻잔에 입을 가져갔다. 커피를 마시는 건지 입만 대는 건지 알기 어려웠다. 그저 잠깐의 시간이 필요했는지도 모르겠다. 그녀는 김 전도사님에 대해 진술할 때와는 달리 그곳의 내부 사정에 대한 진술을 요구받자 초조한 기색과 함께 동료 교사들의 눈치를 살폈다. 한 사람이 자살한 사건 보다 더 눈치를 보아야 하는 사건이 어디에 있을까? 찻잔을 내려놓은 그녀는 다시 한번 동료 교사들을 힐끔 본 후 입을 열었다.

"사실 저희 교회가 세습을 준비하고 있거든요. 그래서 교인들끼리도 말이 많아요. 4년 전쯤인가? 세습 준비가 본격적으로 이루어지기 시작할 때, 사역자분들을 싸악 다 내보냈잖아요. 그때 그것 보고 교회 떠난 분들도 많았어요. 교회가 엄청 술렁거렸죠. 그러더니 갑자기 마여호수아 목사가 주도해서 가정 교회로 전환한다고 하면서 교인들이 엄청 바빠졌어요. 그러니깐 말들이 쏘

옥 들어가 버렸어요. 가정 교회를 하니깐 교구 담당하시던 사역자가 필요가 없게 되더라고요. 그래서 사역자분들 숫자도 확 줄어들었어요.

그리고 저희 담임 목사님이 옛날 분이셔서, 가끔 정치 이야기하고 그러는데, 그런 것도 신경 쓰이죠. 저희들 목장에 나오시던 분의 남편분이 지방선거에 나가시게 됐거든요. 그런데 공천을 받으려면 당원을 끌고 와야 하나 봐요. 그래서 다들 그분 당에 가입해 줬어요. 그런 것도 진짜 짜증 나죠. 제가 지지하는 당도 아니었거든요. 그래도 뭐 한 영혼이 천하보다 귀하다고 하니깐, 저도 가입해 줬어요. 그때는 열심히 나오시더니 당선된 후로는 한 번을 안 나오시네요."

나는 고개를 끄덕였다. 교회 안에서 일어나는 상식 밖의 일들, 그런 일들이 복음을 위한 일이라고 둔갑되는 경우가 얼마나 많은가?

"총무님, 혹시 김요한 전도사님도 방금 이야기하신 일들을 알고 있었을까요?"

"아마 알고 계셨을 거예요. 회식 갔다가 돌아오는 길에 교사들끼리 그거 가입한 거 어떻게 탈당해야 하냐고 이야기 나눈 적이 있거든요. 그때 같이 계셨으니깐 아마 알고 계셨을 거예요."

"그게 언제쯤이죠?"

"그것까진 모르겠는데…아 그게 작년 봄일 거예요. 정확히는 모르겠네. 4월이나 5월인 것 같아요."

"네. 감사합니다. 더 하실 말씀은 없으신가요?"

그녀는 고개를 끄덕였다. 나는 그녀에게 명함을 건네주며, 더 생각나거나 하고 싶은 말이 있으면 언제든 연락해 달라고 당부했다.

김요한 전도사님의 죽음에 대한 실마리는 이곳의 내부 사정에 대한 정보들에서 발견될 것이라 기대하고 있었다. 그가 극단의 선택을 한 것은 그의 최후의 기록처럼 희생의 개념에 의한 것이었다. 그리고 희생은 죄악과 연결된다. 그러니 당연히 내부의 부정행위와 연결되어 있는 것은 확실해 보였다. 그러나 정확히 어떤 부정이 있었는지는 외부인인 나로선 쉽게 접근하기 어려운 것이다. 김요한 전도사님의 일기가 있다고 해도 그것은 그의 일방적인 기록이자 진술이다. 그러기에 구성원 다수의 진술을 확보해야만 한다.

교회라는 집단의 특성상, 그 구성원이 내부의 부정을 외부로 발설한다는 것은 쉽지 않은 일이다. 아니, 거의 일어나지 않는다. 다행히 김혜은 집사를 통해 몇 가지를 알아낸 것은 큰 수확이었다.

일반적으로 교회는 다른 어떤 집단 보다 내부 결속이 강하다. 특히 기성세대일수록 교회 내부, 더 엄밀하게 말하면 담임 목사에 종속되어 있는 경우가 많다. 일반적인 사회 집단이 가지는 결속력과 리더에 대한 충성심을 넘어서는 종교집단 특유의 충성심이 발생된다. 그것은 신의 대리자로서 목사를 인식하기에 발생된다. 즉, 자신에게 신적 이득이나 신적 저주가 내리지 않기를 바라는 마음이 강력한 충성심의 근간이다. 이와 같은 영적인 영향력을 교회에서는 영 줄기라 표현한다.

한국 교회의 목회자는 영적인 아버지의 역할을 담당한다. 그러나 영적인 아버지는 우리의 창조주이신 하나님 아버지 한 분이시다. 우리의 영 줄기는 오직 예수 그리스도에게 접붙임 받아야 한다. 목사가 아니라.

사실 목회자는 구성원 중 하나에 지나지 않으며 목회라는 직책을 승인받은 사람에 불가하다. 루터의 만인제사장설은 다른 말로 만인사제설이라고도 한다. 그렇기에 개신교회에는 사제가 없다. 모두가 회중이며, 모두가 사제이기 때문이다. 우리에게 계급은 존재하지 않는다. 그러나 한국 교회는 목회자를 특별한 존재라고 여긴다.

하나님과 직접 소통하는 하나님의 말씀을 대언하는 선지자, 예언자 정도로 여기는 것이 슬프지만 사실이다. 한국교회 교인들에게 목사란 하나님과 자신을 연결해 주는 매개자이자, 하나님의 대리인이다. 이러한 한국교회의 목회자에 대한 인식은 개신교 본연의 그것과는 다르다.

나 역시 한국 교회의 일원이자 목회자이지만, 목회자들의 이중 잣대는 이해되기 어렵다. 우리는 가톨릭의 사제 중심주의와 교황 무오설을 비판하지만, 실상은 유사 논리를 펼친다. 담임목사의 설교가 어떤 방향으로 향하든 목사의 설교는 언터처블이다. 목사의 설교를 비판하는 것은 금기이자 죄악이 되어버렸다. 그것은 목사의 설교와 하나님의 말씀을 동일시하는 어처구니없는 발상에서 비롯된 것이다. 그러나 개신교의 기본 정신은 교황

과도 맞싸웠던 도전 정신이다.

성경의 가르침과 양심에 따라 저항하는 정신! 이념이 아닌 성경의 가르침으로 살아가며 그것을 오염시키는 자들과 싸우는 정신! 그러나 이 정신은 이제는 찾아보기 힘들 지경이다. 하나님의 권위는 온데간데없고 인간 목사의 권위만 남은 곳, 일찍이 니체는 이를 신의 무덤이라 비아냥거렸다.

만약 목회자가 권위에 대해 주장하고자 한다면, 그것은 직책이 주는 권위는 아니어야 한다. 목회자의 권위는 공동체에서 기인되고 발현된다. 즉, 목회자의 권리란 공동체가 부여한 권위이며 공동체가 인정하는 권위이다. 목회자의 권위는 목회자에게 있는 것이 아닌 공동체에 있는 것이다. 그러므로 공동체가 부여하는 권위는 영구적이지 않다. 공동체가 그 권위를 회수하는 순간 권위는 사라진다.

그렇다면 공동체는 한 인간의 무엇을 보고 그를 목회자로 인정하고 권위를 부여하는 것일까? 목회자가 되기 위해 공동체가 요구하는 조건을 보면 답은 간단하다. 그것은 교육이다. 신학교를 졸업해야 그 사람을 목회자로 인정한다. 학교를 졸업한다는 것의 의미는 그 분야에 전문성을 획득함을 의미한다. 즉, 공동체가 부여하는 권위란 전문성의 권위이다. 전문성이 결여된 목회자가 자신의 권위를 주장하는 것은 공동체를 무시하는 월권에 지나지 않는다.

또한 소위 말하는 영적 권위라는 것은 목회자의 직책에 있는 것이 아닌 영성에 기인한다. 기도하지 않고 성경 읽지 않는 목회자가 영적 권위 운운하는 것은 어불성설이다. 그리고 이 영적 권위는 전적으로 하나님에 의해 주어지는 것이다.

목회자란 공동체에 의해 주어지는 전문성의 권위와 하나님께서 주시는 영적 권위에 의해서만 인정된다. 목회자의 권위란 관계성에 기인한다. 즉, 공적 영역의 것이다. 그러나 현 교계의 목회자들은 자신들의 권위를 사적인 영역으로 오인한다. 사적인 영역은 비밀의 영역을 가진다. 헌금을 목회자가 임의로 사용해도 된다고 생각하는 광장 집회로 유명한 목사의 발언은 목회자의 권위가 무엇에 기인한지 망각한 대표적인 예라 할 수 있다. 이렇게 공적 영역과 사적 영역이 혼동되고 오염되어 버렸기에 교회는 그들만의 리그가 되어 버렸다.

이런 상황은 교회 내부의 문제를 공적으로 논의하는 것 자체를 불경한 일, 즉 하나님의 대리인에 대한 도전으로 오해하고 이를 은폐하는 것이 순종이라 말하는 사태를 초래하게 만든다. 이런 상황에서 그곳의 내부 문제에 대해 조금씩 접근하고 있다는 것은 행운이라 할 수 있을 것이다. 그리고 그곳의 비밀스러운 문제들은 김요한 전도사님의 자살에 영향을 주었을 것이다. 김 전도사님은 자신이 기대했던 그곳의 내부의 문제들을 직면하면서 많은 고뇌를 경험했을 것이라 생각되었다.

관습을 따르지 않고 본질을 알며 본질로 살아가길 원하는 인간은 피곤하고 괴로우며 좌절하기 마련이다. 그렇게 다수의 관습의 관성에서 조금씩 이탈하는 인간은 어느덧 관성을 거슬러 본질로 가게 된다. 그러나 그것의 결과가 언제나 승리하는 것은 아님을 역사를 통해 알 수 있다. 그러나 나는 이번만큼은, 김 전도사님의 사태만큼은 승리의 사건으로 만들고 싶었다.

김혜은 집사와의 인터뷰 후 이어진 다른 교사들과의 인터뷰에서 새로운 정보는 없었다. 그들의 진술은 동일했다. 그렇게 마지막 한 사람의 차례가 다가왔다.

자신을 3학년 1반 담임으로 헌신 중인 이호철 집사라고 소개한 그는 앞서 인터뷰한 교사들 중에서 가장 나이가 많아 보였다. 조금 벗어진 머리가 그의 나이를 더 들어 보이게 했다. 큰 키의 이호철 집사는 카페의 작은 의자에 몸을 구기듯 밀어 넣었다. 그의 진술도 대체로 다른 교사들과 동일했다. 동일한 질문에 동일한 진술들이 나오는 것을 볼 때, 김 전도사께서 훌륭한 사역자였음은 분명해 보였다. 이호철 집사와의 인터뷰를 마무리하려 하자 그는 무언가를 말하려다 망설이는 눈치였다. 그의 큰 몸을 의자에서 빼내려 하다 망설이는 모습이 우스꽝스럽게 보였다.

"혹시 더 하실 말씀 있으세요?"

나의 질문이 떨어지자 그는 다시 자리에 앉으며 조심스럽게 말을 이어갔다.

"이게 도움이 되실지 아닐지 몰라서…"

"걱정하지 마시고 무엇이든 이야기해보세요."

나는 내심 그곳의 비리나 부정에 대한 또 다른 폭로가 터져 나올 것을 기대했다. 그러나 나의 기대와는 달리 그는 전혀 다른 이야기를 이어갔다.

"김 전도사님 부고 소식을 전해 들었을 때, 예전에 새벽예배 때 김 전도사님께서 하신 설교가 생각이 났습니다. 이런 일을 겪으면 제일 궁금한 것이 이유지 않습니까? 아무리 생각해도 이유를 모르겠더라고요. 그런데 고민이 들 때마다 예전 김 전도사님의 설교가 계속 생각이 났습니다."

그는 잠시 말을 멈추고선 나의 눈치를 보는 듯했다. 자기가 하는 말이 필요 없는 말이 아닐까라는 고민일 것이다. 나는 사뭇 진지한 표정으로 그를 보며 입을 열었다.

"집사님, 모든 설교자가 그렇지는 않지만, 김 전도사님처럼 자신의 신앙과 자신의 삶을 일치시키고자 노력하는 목회자의 설교가 그의 죽음의 이유를 생각할 때마다 떠오른다면, 분명 이유가 있을 것 같습니다. 정말 중요한 단서가 될 것 같네요. 어떤 설교였죠?"

나의 말이 그에게 용기를 준 듯했다. 그의 표정은 한층 밝아졌고 자신감이 붙었는지 어조가 강해졌다.

"선한 사마리아인 있지 않습니까? 그 선한 사마리아인에 대한 설교였습니다."

그는 조금 흥분한 기분을 진정시키고 자신의 기억을 정리하려는 듯 잠시 말을 멈추고는 자신이 들고 온 물 잔에 입을 댔다.

"제가 정확하게 기억하는 건 아닙니다만, 설교의 전체적인 맥락이 사실 이전까지 듣던 설교와는 조금 달라서 오래 기억이 됩니다.

보통 선한 사마리아인 설교를 들으면 이웃사랑에 대해 설교하시잖아요? 그런데 김 전도사님은 조금 다르게 설교하시더라고요.

예수님은 누가 강도 만난 자의 이웃이냐고 물으셨지 누가 죄인이냐고 묻지 않았다고 시작하시더라고요. 거기에 나오는 제사장이나 레위인이 당시의 율법에 의하면 잘못을 한 것이 아니라는 겁니다. 강도 만난 사람의 상태가 거의 죽은 상태로 되어 있는데 제사장이나 레위인은 율법에 따르면 시체를 만지는 것은 부정한 것이기 때문에 그들이 잘못했다고 말하기 어렵고 더욱이 직분자의 경우는 부정한 것을 피하는 것이 엄청 중요하기 때문에 시체로 보이는 사람을 만질 수 없다고 하시더라고요. 그런데 사마리아인은 했지 않습니까?

김 전도사님께서는 누군가의 이웃이 되는 것은 우리가 생각하는 규칙이나 관습이나 우리가 죄라고 규정하는 것을 그 이웃을 위해 할 수 있을 때에 만들어지는 관계성이라 하시더라고요. 그러면서 타인과 이웃의 차이를 이야기하시더라고요.

타인은 제사장이나 레위인과 강도 만난 사람의 관계이고 이웃은 사마리아인과 강도 만난 사람의 관계라고 설명하셨어요."

나의 머릿속에 순간 한 인물이 지나갔다. 나도 모르게 나지막하게 탄식과 그 이름이 새어 나왔다.

"아…레비나스!"

김 전도사님은 레비나스의 타자 개념으로 누가복음 10장 30절 이하의 선한 사마리아인의 이야기를 해석하고 있었다. 타인의 개념과 타자의 개념을 분명하게 분리한 김 전도사님의 통찰은 언제인지 모를 그날의 새벽에 선포되었던 것이다.

"그런데 목사님, 이 설교가 왜 김 전도사님의 죽음을 생각할 때마다 떠오를까요?"

그의 질문에 아무런 대답도 하지 않았다. 내가 생각하는 답을 그에게 전달하는 것이 과연 올바른 일인지 판단이 서지 않았다.

"좋은 정보가 되었습니다. 감사합니다. 혹시 들으신 날짜를 기억하시나요? 아니면 혹시 기록하시진 않으셨나요?"

김 전도사님이 설교하신 날짜의 일기를 확인하고 싶었다.

"저는 설교를 적지 않습니다. 날짜는 전혀 기억이 나질 않네요."

애석하게도 그는 전혀 기억하고 있지 않았다.

"혹시 그 설교를 들으신 분이 유년부 교사님들 중에서 집사님 말고 또 계시나요?"

작은 정보도 놓치고 싶지 않았다. 하지만 돌아온 대답은 역시나 실망스러웠다. 그는 기억하고 있지 않았다.

이호철 집사와의 인터뷰를 끝으로 모든 교사들과의 인터뷰를 마쳤다. 그렇게 교사들과의 인터뷰를 마치고 숙소로 돌아갔다.

'보자. 일단 김요한 전도사님에 대해 정리한 후에 비공식 기찰 보고서 올려야겠네. 참, 비공식이라니.'

이 상황이 왠지 서글프면서도 웃겼다. 나도 모르게 입가에 비웃음과 같은 쓴웃음이 새어 나왔다.

김요한 전도사 자살 사건에 대한 기찰 과정 중간 보고서

·성명: 김요한

·직책: 전도사(파트타임)

·학력: 조직신학 박사학위 수료

·사역 방법: 교수자 중심이 아닌 학습자(성도) 중심. 헌신적으로 사역에 임하며, 영혼을 위한 일이라면 선임 사역자들과의 마찰도 불사.

·사상 관련 정보: 디트리히 본회퍼와 임마누엘 레비나스의 영향을 받음. 제자도, 헌신, 대속에 대한 본회퍼의 영향을 많이 받음. 타자를 위한 교회 공동체에 대한 추구가 강함. 또한 타자를 위해 규범을 넘어서는 사랑과 헌신에 대해 깊은 이해를 가지고 있음.(새벽 설교를 통해 알 수 있었음) 김요한 전도사의 일기의 일부를 분석해 본 결과 신념이 강하며, 불의에 대한 저항의식이 강했을 것으로 추정.

·동료 교역자들과의 관계: 해당 교역자들과 개별 접촉을 하지 않은 상태이나, 김요한 전도사의 부서 교사들과 사모와의 인터뷰를 통해 충돌이 있었을 것이라 예상됨.

·사역 부서 내의 교사와의 관계: 신망과 존경을 받는 교역자. 교사들 사이에 신뢰가 높음.

·경제적 상황: 거주지와 급여를 확인해 본 결과 넉넉지는 않음. 다만, 부수적 수입과 부모님의 경제적 지원 등이 있으며, 지도 교수와의 관계 등을 고려해 볼 때, 장기적 안목에서는 경제적 여건을 걱정할 처지는 아님.

·가족관계: 주변 사람들(부서 장로와 교사들)의 증언과 사모와의 인터뷰를 바탕으로 유추해 본 결과, 화목한 가정이었을 것으로 판단됨.

·사망 원인에 대한 현재까지의 판단: 단정 지을 수 없지만, 최소한 경제적인 문제와 신변 비관이 원인이라고 판단하기는 어려움. 즉, 교회에서 올린 보고서는 거짓이라 판단 됨. 김요한 전도사의 학위 논문, 죽기 전 일기장, 지도 교수의 증언과 교사들의 인터뷰 내용 등을 종합해 볼 때, 교회 내부의 문제에 대한 저항의식이 작동되었을 가능성이 높음.

·종합적 의견: 사건 당일이 예수님의 수난일이었다는 점에서 김요한 전도사의 죽음에 대한 새로운 가능성을 유추 가능하다. 김요한 전도사의 학위논문, 일기 기록들, 주변 인터뷰를 통해 총회에 올라온 보고서는 거짓이며, 그것과는 전혀 다른 의도가 사건의 원인이라 판단된다. 이러한 정황적 증거를 바탕으로 유추할 때, 교회의 내부적 상황에 대한 구체적 기찰이 요청된다.

김요한 전도사님에 대한 약식 보고서를 작성 후 김철민 목사에게 메일을 보냈다. 메일을 보낸 후 어지럽게 흐트러져 있는 자료들을 정리하는데 김철민 목사에게 전화가 걸려 왔다. 메일을 확인하고 바로 전화를 한 모양이었다.

"메일 읽어보고 전화했어."

"메일을 무슨 문자 확인하듯 해요? 퇴근은 하셨고?"

"이 양반, 요즘이 어떤 시댄데. 메신저처럼 메일도 바로 떠. 그리고 퇴근은 무슨."

"지금 몇 신데 퇴근을 안 해요?"

귀에 대고 있던 핸드폰을 떼어 시간을 확인했다. 21:37이란 숫자가 눈에 들어왔다. 미간이 찌그러졌다.

"목사님 곧 열십니다. 진짜. 그러다 몸 다 상해요. 이번에 종합 검진 때 간 치수 높게 나왔다면서요."

미운 정도 정이라고 나도 모르게 그 녀석의 건강이 걱정되었다.

"그건 그렇고 뭘 전화까지 해요? 그냥 읽어 보시라는 건데"

"하아…전화를 안 할 수 없게 보고서를 올리니 그렇지. 최 목, 앞으로 기찰 방향 어떻게 잡을 거야?"

"일단, 다른 것보다는 김 전도사님 명예 회복은 해 줘야죠. 돈 때문에 비관해서 자살한 사역자라는 꼬리표는 떼 줘야죠."

"그러니깐, 그 꼬리표 떼려고 어디까지 파고들 거냐고?"

"하는 데까지 하라면서요."

"해야지. 흠 이걸 어떻게 설명해야 하나?"

"아니, 뭔데 이렇게 뜸을 들이시나?"

"누렁이가 자기 슬슬 올라오라고 하더라."

"누렁이? 아 황 목사님, 총회장님께 누렁이가 뭡니까? 참나. 아무튼 총회장님이 직접 말씀하셨다고요?"

"응."

"갑자기 왜?"

"입금됐나 봐. 그 마 목사님이 총회 연금은 많이 넣는데, 기금이나 후원은 거의 안 했나 봐. 그런데 이번에 우리 회관 올리잖아. 그거 후원금을 꽤 많이 냈더라고. 나도 오늘 아침에 확인했어."

"그래서요? 그만하고 올라오라고요?"

"지금 난 자기 의지를 묻는 거야. 어설프게 할 거면 올라와. 자기만 다쳐. 제대로 할 거면, 부서질 각오하고 해. 어떻게 할래?"

"부서질 각오라는 건 사표 쓸 각오하라는 거죠? 그러면 목사님은요?"

"내가 뭐?"

"아니, 총회장님 지시사항인데, 내가 안 듣고 계속 기찰 진행하면, 목사님이 먼저 털릴 것 아니에요? 목사님은 어떻게 하시려고?"

"자기가 끝까지 가겠다면, 나도 외압 못 들어오게 막아야지. 진짜 끝까지 할 거야? 어디까지 들어갈 것 같은데? 대략 감은 왔을 것 아냐?"

"일단, 목사님 말씀처럼 단순 자살 사건은 아닌 것 같습니다. 부정에 대한 고발적 성격이 강한 것 같아요. 세습 문제도 있고…"

나는 말을 멈추고, 김철민 목사의 반응을 기다렸다. 김철민 목사도 세습에 있어서 자유롭지는 않기 때문이다. 잘못인 것을 안다고 할지라도 그것이 자기 상황과 연결될 때, 사람들은 인지부조화적 행동을 한다.

"왜 말하다 말아?"

"목사님. 내가 많이 조심스러운데, 사실 목사님도 세습 당사자 잖아요?"

한동안 김철민 목사는 말이 없었다.

"최 목이 왜 그런 말 하는지, 뭘 걱정하는지 알겠는데…일단 브리핑해봐. 일단 최 목 브리핑 듣고 이야기하자."

"그럼 뭐 하죠. 이곳이 문제가 상당히 많을 것으로 예상됩니다. 구체적인 것들이 많이 잡히지는 않는데 몇 가지만 보면 뭐 유추할 수 있잖아요. 그중에서 근본적인 문제는 세습인 것 같아요. 그리고 세습을 준비하는 과정이 상당히 치밀하고 치졸합니다.

먼저 아들 목사 빼고 부교역자들이 전부 우리 교단 사람들이 아닙니다. 세습 준비가 본격화되면서 기존의 사역자들 다 해고하고 타교단 사역자로 전원 물갈이를 했어요.

그리고 교회 규모에 비해 사역자 숫자가 적다 싶었는데 그게 가정 교회 시스템을 사용해서 그런 것 같습니다. 세습 문제가 불거질 때 가정 교회 시스템을 도입했고, 교역자들 숫자를 확 줄였더라고요. 세습에 반대될 수 있는 양적인 영역과 질적인 영역 모두 틀어막는 묘수가 가정 교회 시스템 도입이다. 이거죠."

나는 한 번 숨을 고른 후 말을 이어갔다.

"작은 교회들, 운영도 어려운 교회들은 세습한다고 하면 손뼉 쳐 줘야죠. 목사님께서 잘 아시겠지만 경제 규모가 있는 교회들이 세습을 하는 이유가 뭐라 생각하세요?"

나도 모르게 조금 비아냥거리며 김 목사에게 물었고

"돈과 권력이지 뭐."

라며 그는 담담히 답했다.

"그렇죠. 저도 그렇게 봐요. 돈과 권력 그리고 한 가지가 더 있다면, 비리를 덮기 위해서라 생각합니다."

"오케이 거기까지. 그러니깐 최 목 생각에는 김 전도사가 죽은 건, 이 교회의 내부적인 비리들에 대한 폭로를 위한 것이고, 김 전도사 명예를 회복하려면, 그쪽 비리들을 안 팔 수 없다는 거지?"

"꽤 시끄러워지겠죠."

"그런데 요즘 안 그런 교회가 어디 있어?"

"김 전도사님 프로필 보니깐, 그동안 사역했던 교회들이 다 메이저들이더라고요. 여기서부터는 제 생각인데, 만약 여기만의 문제였으면, 극단적인 선택을 안 했을 것 같아요. 떠나면 그만이니깐. 그런데 여러 사역지들에서 같은 부정을 경험하고, 자신이 생각하는 올바름과 괴리가 있는 현실들, 더 나아가서 이건 절대로 해선 안 된다고 생각되는 일들이 교회 내에서는 당연한 일인 것처럼 이루어지는 것을 경험했다면?"

"그렇다면, 문제를 회피하거나 아니면 좌절했겠지."

"빙고. 좌절했겠죠. 그리고 김 전도사님은 그 가정 교회 시스템이라는 것에 상당히 기대를 하셨던 것 같아요. 이게 원래는 교회의 풀뿌리 민주주의 같은 시스템이거든요. 갑자기 제 이야기를 해서 조금 그런데 목사님, 우리 여다야 그렇게 떠나고, 사모 쓰러지고…그런데 교회에서 저한테 어떻게 했는지 아시죠? 제가 그때 무슨 생각이 들었는지 아세요? 처음으로 교회가 혐오스럽더라고요. 그리고 당연히 목회도 그만두려고 했죠. 다행히 총회에서 연락이 와서 총회일 하고 있지만, 저도 교회의 태도들에 정말 넌더리가 났어요.

이 이야기를 왜 하냐면 저는 그게 처음 겪는 일이었는데, 김 전도사님은 사역한 교회들마다 그 속에서 일어나는 역겨운 일들을 목도했다면, 그 좌절감은 상당했을 거라는 거죠. 자기가 아무리 외쳐도 교회는 바뀌지 않고 그렇다고 교회를 포기할 수도 없다면, 자기 목소리를 낼 수 있는 최후의 수단으로 죽음을 선택했을 수 있다고 생각이 듭니다. 이건 뭐 전적으로 제 개인적인 판단입니다. 아무튼 깊숙이 들어가야 할 것 같아요. 브리핑은 여기까지 하고,"

나는 마른 침을 삼켰다. 눈치 빠른 김철민은 내가 무슨 말을 하려는지 분명히 알고 있을 것이다. 그가 지금 어떤 표정을 하고 있을지 궁금했다.

"목사님도 대형교회 담임 목사님 아들이시고, 아버지 목사님이 세습 진행하고 있는 것으로 아는데, 세습 문제를 본격적으로 건드리면 분명 목사님에게 안 좋을 것이고 어쩌면 자기 무덤 파는 꼴이 될 건데 어떻게 이거 계속 가요? 말아요? 사실 지금 당장 목사님께서 철수 명령 내리면 제가 할 수 있는 건 없습니다. 목사님의 입장이 저한테는 중요합니다. 세습 어떻게 생각하세요? 목사님은 세습 받으실 건가요?"

나의 흥분된 목소리와 외침과는 달리 수화기에서는 아무 소리도 들리지 않았다. 난 전화기가 꺼졌거나 통화가 끊겼나 싶어 핸드폰을 귀에서 떼어 화면을 보았다. 여전히 통화는 연결되어 있었다.

"목사님, 목사님께서 답하실 차례인 것 같네요. 정말 한 배에 타려면 목사님 입장이 저에게 중요해요. 목사님?"

나는 재차 그를 다그쳤다. 나의 다그침에 그는 침묵을 깼다.

"최 목, 그전에 한 가지만 더 묻자. 최 목, 나야 수난일에 일어난 사건이니 그 안에 뭔가 다른 배경이 있지 않을까라는 막연한 추측을 한 건데, 최 목은 나와는 다른 사람이잖아. 최 목은 나처럼 감으로 움직이는 사람이 아니잖아. 그리고 보고서 하나에도 상당히 신중한 사람이잖아. 왜 이 사건이 비리에 대한 폭로 사건으로 확신해? 이렇게 확신하는 근거가 뭐야?"

"먼저 목사님께서 캐치하신 것처럼 사망 날짜의 의미, 유서가 없다는 점, 김 전도사님 학위 논문들, 사망 당일의 메모의 내용이 단순 자살이 아니라는 것을 암시하는 점 그리고 평소 성품을 봤을 때 합리적인 유추라고 판단됩니다."

"최 목 판단 근거가 김 전도사 일기라는 건가? 그런데 유서가 없다는 건 오히려 충동적인 행동이었다고 판단될 근거 아닌가?"

"일반적으론 그렇죠. 일단 저의 개인적인 감정이 어느 정도 이입되는 부분도 인정합니다. 그러나 유가족을 만나면서 감정적으로 기운 것보다 중요한 것은 이곳에서 올린 보고서의 거짓말 이슈입니다.

저도 처음 이 사건 보고서 읽고 기찰 시작할 땐, 단순한 사건으로 생각했어요. 그런데 유가족 진술과 교회가 올린 보고서가 전혀 다른 진술을 한다는 점에서 의문이 발생했습니다. 그리고 이후 김 전도사님의 개인적인 기록들과 교사들 진술 그리고 무엇보다 김 전도사님의 연구 주제가 확신을 주었습니다. 좀 재수 없게 들리실 수 있는데 학위를 해본 사람만이 공감 가능한 부분이 있어요. 진지하게 연구하는 학생들의 경우엔, 자신이 연구하는 인간의 모든 것에 감흥을 합니다. 자신이 연구하는 대상자같이 세상을 보고 생각하게 돼요. 그럴 수밖에 없어요. 그 사람의 모든 저서를 수없이 읽고 또 읽으니 당연히 매료되죠. 제가 김 전도사님을 더욱 이해할 수 있는 건 김 전도사님과 제가 같은 사람을 유사한 주제로 연구했기 때문이에요.

저의 추측들이 추측이 아닌 확신이 된 것은 좀 전에 말씀드렸듯 김 전도사님의 일기들이 저의 추측을 확신으로 만드는 근거를 제공해 주었기 때문입니다.

결론은 김 전도사님의 행동은 절대 충동적이거나 돌발적인 행동은 아니라는 겁니다. 문제는 왜 유서가 없는가?인데 저도 아직은 확신을 하진 못합니다만, 두 가지 정도로 가능성을 추측하고 있어요. 유서를 굳이 남기지 않은 건 자신의 사망 사건이 당연히 공론화될 것이라 판단했기 때문이거나 아니며 유서를 남기는 것이 극도로 조심스러웠기 때문이 아닐까 생각이 드네요.

목사님, 유서가 있으면 유서에 머물게 되잖아요. 김 전도사님은 이 사건을 누군가가 진정성을 가지고 조사해 줄 것을 기대하고, 자신의 죽음을 쫓아오다 보면 자신이 말하고 싶었던 것이 자연스럽게 공론화될 것이라고 판단했을 가능성이 높다고 생각합니다. 어디까지나 저의 판단입니다. 그리고 만약 유서에 교회 비리 따위를 남긴다면, 남겨진 사람들에게는 너무 큰 아픔이 되지 않았을까요? 자신이 하는 일이 얼마나 가족을 힘들게 할지 잘 알고 있는 사람입니다.

그런 사람의 유서는 당연히 남겨진 사람들에 대한 미안함으로 도배가 될 겁니다. 그것을 피하면서도 사건을 교회의 비위 사실로 끌고 들어가기 위해선 유서가 없는 것이 차라리 나을 것이라 판단했지 않을까 조심스럽게 유추해봅니다. 만약 내가 김 전도사님과 같은 선택을 해야만 했다면, 저 역시 유서는 쓰지 않았을 것 같거든요."

김철민 목사는 나의 추리에 어느 정도 수긍하는 듯했다.

"현장 기찰관의 판단이 제일 중요하지. 내가 최 목 다른 건 몰라도 기찰관으로서 자질과 능력은 정말 인정해. 오케이. 대충 알아듣겠는데, 이건 좀 개인적인 질문인데 김 전도사 말이야 지나치게 예민한 사람인 건 아닌가? 솔직히 요즘 교회가…참 아픈 말인데 문제없는 교회가 어디 있어?"

"예민했겠죠. 예민하니깐! 그러니깐 좋은 목회자죠. 다른 사람의 아픔에 예민하고, 옳고 그름에 예민해야 죄의 본성대로 그리고 삶의 관성대로 살지 않을 수 있는 거죠."

김철민의 말은 나를 발끈하게 만들었다. 하나님의 뜻대로 산다는 것은 언제나 예민함을 요구한다. 아브라함이 예민하지 않게 행동함으로 이스라엘 백성은 애굽에서 종살이를 했어야 했다. 우린 삶의 자리에서 언제나 예민해야 한다. 그러나 예민한 사람을 불편해하는 것도 사실이다. 우리는 타인의 예민함을 지나침이라 비판하며 자신의 무감각함과 편협성 그리고 타협하는 삶을 포장한다. 상대를 지나치고 예민한 인간이라 비난함으로 우리 안의 속물근성을 포장해 나가는 것이다. 나 역시 그런 인간이었다. 그러나 김요한 전도사님의 삶이 보여준 예민함은 나를 반성하게 했고 각성하게 했다.

"뭘 또 그렇게 발끈하면서 말해? 오케이. 이해했어. 그러면 자긴 기찰 범주를 어디까지 잡는 거야? 만약에 이게 자기 말대로 하면 기찰의 성격이 바뀌는 건 알고 있지?"

"일단 끝까지 해야죠. 저 김요한 전도사님 아들이랑 약속했거든요. 무엇보다 김 전도사님의 선택에 우리도 책임이 있습니다. 우리가 싸웠다면, 우리들이 바꿨다면, 그 사람 혼자 희생할 필요 없잖아요. 우리도 교회의 문제들, 세습 문제들에 침묵한 부역자들이잖아요. 예민하게 싸우고 싶습니다.

목사님, 이해하시기 힘드실지 모르겠지만 이성적으로 생각할 때 절대 이해가 안 되는 숭고함이 복음에 있지 않습니까? 신이 인간이 되고 자신의 피조물을 위해 대리로 죽는다는 것이 이성적으로 이해가 됩니까?"

"알았어. 알았고, 자기 각오가 그렇다면 나도 내 입장을 명확히 전달해야겠네. 이번 기찰은 일이 커지겠네. 오케이. 내 이야기는 전화로 말고 만나서 이야기하지. 내가 그쪽으로 갈게."

"알겠습니다. 도착하시면 근처에 커피숍에 자리 잡고 연락 주세요."

나는 김철민 목사에게 숙소 주소를 문자로 보내주고 그를 기다렸다. 기다리는 동안 조용히 주님께 기도했다.

'주님! 불의 한 것과 타협하지 않으며, 내가 해야 할 일을 온전히 할 수 있도록 이끌어 주소서.'

✝

　그동안 모아 놓은 자료들과 그곳에서 제공해 준 자료들을 챙겨 서류 봉투에 담았다. 생각보다 제법 두툼했다.

　김철민 목사와 만나기로 약속한 카페에 들어서자 구석 자리에 앉아 있는 그의 모습이 눈에 들어왔다. 그는 허기진 배를 채우려 샌드위치를 우악스럽게 먹고 있었다. 자정이 다 되어가는 시간에 샌드위치를 입안에 구겨 넣는 그의 모습이 조금은 안쓰럽기도 서글프기도 했다.

　"뭘 이 밤에 샌드위치를 먹어요? 저녁도 못 챙겨 먹었어요?"

　그는 입안에 샌드위치를 한가득 물고선 나를 올려다보며 애써 입만의 음식물을 삼키려 했다.

　"천천히 먹어요. 체하겠다. 체하겠어."

그는 웃었고 난 그의 등을 가볍게 두드렸다. 이윽고 입안의 음식물을 삼키고는 투덜거리며 말을 뱉었다.

"이 친구야, 먹는데 말을 걸고 그래? 그러면서 천천히 먹으라는 심보는 또 뭐야?"

그러나 잔소리가 내심 싫지만은 않았는지 그의 투덜거림에는 미소가 녹아 있었다. 나는 대꾸하지 않은 채 그가 편하게 식사를 할 수 있도록 음료를 주문하러 갔다. 음료를 들고 왔을 때, 그는 식사를 마치고 커피 잔에 입을 가져가고 있었다.

"그 샌드위치 맛있어 보이던데 어땠어요?"

"맛으로 먹나! 살려고 먹는 거지. 최목은 출출하지 않아? 뭐하나 시키지그래?"

"든든히 먹었습니다. 샌드위치가 저녁이었어요?"

"그 김 전도사 있던 교회 정보 좀 찾아본다고 밥때를 놓쳤어."

그는 나에게 봉투 하나를 건네주었다.

"이것만 주려고 온 건 아닐 것이고, 뭔 대단한 이야기라고 전화로 하지 얼굴 대고 이야기하려고 해요. 이 늦은 시간에"

나의 빈정거림에도 그는 아무런 대응을 하지 않았다. 평소의 그라면 분명 화를 내든 아니면 빈정거림에 다른 빈정거림으로 대응하든 뭐라도 했을 것인데, 나를 빤히 쳐다볼 뿐 아무런 대꾸도 하지 않았다.

"평소답지 않게 무게를 잡으시고 그래요?"

그러나 그는 여전히 나를 빤히 쳐다 볼 뿐이었다. 잠시 침묵이 이어진 후 그는 대답이 아닌 질문을 던졌다.

"우리 M.Div 마지막 학차 때 오안영 교수님 수업같이 들었는데, 기억나?"

"들은 건 기억나죠. 종교개혁사 수업이었잖아요. 그게 왜요?"

"역시 최목! 기억력이 대단하네. 그러면 혹시 수업 중에 오 교수님이 지금 한국 교회의 상황과 루터의 종교 개혁 때의 상황이 동일하다고 생각하느냐고 질문하셨던 것도 기억나?"

"그랬나요? 그게 지금 10년도 더 된 일이에요. 그리고 그 교수님이야 워낙 질문을 많이 던지고 토론을 시키셔서 그걸 다 기억하진 못하죠."

"그래? 오 교수님이 YES OR NO로 나눠서 손들어 보라고 하셨는데 기억이 안 나나 보네. 그러면 그 수업 끝나고 나랑 따로 더 이야기했던 것도 기억 안 나겠네?"

"그렇죠."

"오케이. 최목이 나한테 묻고 싶은 것이 세습에 대한 나의 입장인 거지? 그리고 구체적으로 왜 내가 지금 세습 안 하고 총회에 앉아 있는지, 앞으로 세습 받을 건지가 궁금한 거지?"

"네. 그런데 학창 시절 이야기는 왜 해요?"

그는 나의 질문에 아랑곳 않고 말을 이어갔다.

"내가 오 교수님이 질문 던졌을 때 놀란 건, 질문에 대한 우리 동기들의 반응이었어. 상상도 못한 반응이었거든. 보수적인 교수님 앞이라 그런 건지 몰라도 한국교회에 개혁이 필요 없다고 손드는 동기들이 많았거든. 그리고 원우들이 논쟁하고 토론하는데 교수님께서 개입하셔서 '루터의 종교 개혁은 신학적 오류에 대한 지적이 있었다. 지금 우리의 신학에 문제가 있다고 생각하느냐?'는 질문을 YES 파들에게 했더니 다들 꿀 먹은 벙어리가 됐지. 그때 우리 히어로 최재성 원우님이 발표를 했는데, 그 의견이 내 삶을 바꿨어."

김철민 목사의 이야기를 들으면서 기억이 되살아났다. 그러나 나는 모른 척 그에게 질문했다.

"내가 뭐라고 했는데요?"

그는 갑자기 나의 목소리를 흉내 내며 말을 이어갔다.

"루터의 종교 개혁에서 교황무오설이나 면죄부 교리 등 신학적 저항만이 있었던 것은 아닙니다. 루터는 브롬스 제국 회의 이후 은거 생활 동안 성경을 번역했습니다. 저는 루터의 종교 개혁에서 이 부분이 현대를 살아가는 우리들에게 주는 강력한 시사점이 있다고 생각합니다. 그 당시 성경은 성직 계급 중에서도 일부 엘리트 성직자들만이 열람할 수 있는 하나의 권력이었습니다. 라틴어 성경 외에는 번역조차 할 수 없게 한 것은 성경 해석권의 독점이 자신들의 권력을 유지시키는 중요한 장치임을 알고 있었기 때문입니다. 그러나 루터는 이러한 시스템을 붕괴시켰습니다.

성경을 번역하여 누구나 읽을 수 있도록 만들어 버린 것입니다. 다시 말해, 교회의 권력 구조를 재배치함으로 교회 안의 새로운 질서를 만들었습니다. 그리고 이러한 새로운 질서에 대한 설명이자 당위성을 부여한 신학적 장치가 만인제사장설이라 생각합니다.

루터는 교리적이며 신학적인 논쟁만을 한 것이 아닙니다. 루터의 종교개혁이 종교개혁 이전 개혁자들과는 달리 힘을 받을 수 있었던 것은 루터가 말하는 새로운 질서가 신흥 계급인 부르주아 계급의 욕망을 충족시킨 측면도 간과해선 안 됩니다.

어떤 권력이든 견제 받지 않는 권력은 타락하게 되어 있음을 역사가 증언하고 있습니다. 오늘날 한국교회에서 발생하는 문제들은 권력구조의 문제에서 발생된 측면이 강합니다. 즉, 교리의 문제가 아닌 구조의 문제입니다.

담임 목사 중심의 권력 구조는 담임 목사에게 맹목적으로 순종하게 만들어 버립니다. 그것이 부당한 일이라 해도, 성도들은 욕을 하면서도 순종합니다. 왜냐면 담임 목사가 어떠한 권력을 독점하고 있다고 생각하기 때문이죠. 이러한 권력 독점을 루터는 성경를 성도들에게 돌려줌으로써 해결하려 했고 그것을 신학적으로는 만인제사장설을 통해 이론 기반을 정립하려 했습니다. 지금 이 자리에 있는 우리가 한국교회의 권력의 독점적 시스템의 균열을 가할 방법을 찾지 않는다면, 우리는 현대 속의 중세인으로 살아가게 될 것입니다.

구조 개혁과 신학적 논쟁이 전혀 다른 것으로 이해될 순 없습니다. 이 둘은 상호 요청의 관계에 있습니다. 현대 한국교회에 가장 시급한 것은 권력 구조 개혁, 시스템의 개혁과 동시에 이 시스템의 개혁을 지지해 줄 이론적 배경을 구축하는 일이 될 것입니다. 지금의 신학이 틀렸기 때문이 아니라 지금의 시스템이 문제가 있기에 새로운 구조와 이론이 요청되는 상황입니다.

지금이 개혁의 때가 아니라고, 교회가 잘하고 있고 교회를 비난하는 목소리는 방금 어떤 원우님이 주장하셨던 것처럼, 악한 세력이라고 한다면 우리는 프로테스탄트라는 언어의 의미를 스스로 포기하는 꼴입니다. 우리는 저항자들이며, 언제나 개혁하는 자들입니다. 개혁은 개신교의 존재론적 특성입니다."

  그는 암기라도 한 듯 줄줄 이야기했다.

  "목사님, 기억력이 엄청나시네요. 이걸 어떻게 다 외우고 있어요? 교수도 아니고 동기가 한 말을?"

  그는 빙긋 웃으며 대답했다.

  "자기는 한 번 말했지만, 나는 수십 번 아니 수백 번 들었거든."

  나는 고개를 갸웃거리며 그를 쳐다봤다.

  "녹음했다고, 녹음! 나는 녹음을 해도 다시 듣는 일이 잘 없거든. 그런데 자기가 말한 건 수십 번을 듣고 또 듣고 받아써서 다시 읽고 그랬어. 그리고 수업 끝나고 나랑 대화했던 것도 기억 안 난다고 했지?"

  나는 대답을 하지 않았다. 김철민 목사의 이야기를 들으며 어느덧 사건은 기억의 저편에서 떠올라 펼쳐져 있었다. 그러나 지금은 사실이 중요하지 않았다. 김철민 목사가 어떻게 기억하고 있는지, 그리고 그 기억이 그에게 어떤 영향을 주었는지가 중요했다. 내가 기억이 난다고 진술하면 그는 자기 검열 속에서 사실을 말하려는 부담을 가지게 될 것이리라. 그것은 이 대화에 전혀 필요치 않았다. 나는 아무것도 모르는 척, 그를 물끄러미 쳐다만 보았다.

"내가 수업 마치고 자기 찾아가서 물어봤었거든. 자기가 말한 시스템의 개혁이 구체적으로 뭐냐고"

"그랬더니?"

"그랬더니 자기가 오히려 나한테 묻더라고. 내가 생각하는 개혁의 방법은 뭐라 생각하냐고. 그래서 목회자의 윤리 교육이 필요하다고 말했었지. 시대가 변하면서 예전에는 문제라고 생각도 못했던 일들이 사회가 발전하면서 문제의식을 가지게 되잖아. 특히 어르신들이 예전에 하던 방식이나 예전에는 문제 되지 않았던 일들이 요즘은 문제가 되는데 그런 부분들을 잘 모르셔서 한국 교회나 교계가 욕을 먹는 것이 아닐까? 뭐 이런 식으로 대답했었지. 자기는 어떨지 몰라도 나는 아버지가 목사님이시다 보니 아버지 친구라는 분들이 다 목사님이시잖아. 그분들 한 분, 한 분 만나보면 다들 좋으신 분이거든. 정말 다들 나에게 잘해주고 좋은 분들인데 교회 내에서 문제가 생기고 그 교회 성도들이나 특히 부교역자들이 평가하는 건 내가 알고 있는 모습과는 많이 달랐어. 나는 그게 어르신들이 성품이 나쁜 것이 아니라 교육을 받지 못해서 그런 것이 아닐까 생각했어. 그런데…"

그가 다음 말을 이어가기 하기 전의 나도 모르게 불쑥 대답이 튀어나왔다.

"계몽의 문제라."

나도 모르게 튀어나온 말에 김철민 목사의 말을 잘라 버린 것이 미안해 눈을 살짝 찡그리며 가볍게 목례로 사과의 뜻을 전했다. 그러나 그는 나의 행동에는 전혀 신경은 쓰지 않고 활짝 웃었다.

"맞아! 그때도 그렇게 말했어! 그때도 최목이 그러더라고. 정확히는 '계몽의 이슈?'라고 되물었지."

그는 상당히 흥분해 있었다. 그는 붉게 상기된 얼굴로 커피잔에 입을 대었다.

"우리가 보통 교회에 문제가 있다든지, 개혁을 해야 된다든지 하는 이야기는 많이 잘하잖아. 그런데 정말 그 문제의 원인이 어디에 있는지를 구체적으로 생각을 하지 않고 살았던 것 같더라고. 나도 그렇고. 그런데 자기가 그러더라, 윤리 교육이 강화되면 정말 목회자가 바뀌고 교회가 바뀔 것이라 생각하냐고.

교육이라는 것은 모르는 것을 알게 하는 것인데, 정말 목회자들이 몰라서 지금과 같은 문제들이 발생한다고 생각하느냐고 묻더라고. 그리곤 만약 정말 몰라서 그런 것이라면 그 목회자는 세속보다 낮은 도덕 교육을 받은 사람이라는 것을 스스로 실토하는 꼴이고, 교회의 윤리 교육 수준이 공교육보다 낮다는 것을 인정하는 것 아니냐고 하더라."

나는 샐쭉 웃으며 나의 옛이야기에 빠져 들어갔다.

"내가 그럴싸하게 말을 응? 참 응? 그럴싸하게 했네요."

학창 시절의 이야기가 나와서 일까? 평소답지 않게 장난기가 흘러나왔다

"아주 그냥 잘해. 아주 잘하더라고. 더 들어봐."

김철민이 평소와 다르게 나의 농담을 킥킥 웃으며 받아주었

다. 학창 시절의 이야기는 우리를 잠시 그때로 돌려보내고 있었다.

"그리고 성인교육은 다르다고 지적했었어. 윤리에 대한 교육은 분명히 필요하고 중요하지만, 그건 근본적인 문제에 대한 해답이 아닐 수 있다고 하더라. 특히 성인 교육은 일시적으로 자신의 삶의 관성에 충격을 줘서 변화되는 것처럼 보이게 하지만 일정 수준의 시간이 지나면 망각될 우려가 크다는 거지. 리더 개인의 윤리성과 철학에 의존하는 집단은 그 윤리성을 유지하는 것에 한계가 분명하다는 거지. 그러면서 자기가 생각하는 교회 개혁에 대해 쫙 말을 해줬어. 내가 최목 말을 듣고, 아버지가 담임으로 계신 교회에서 개혁을 해보려고 했는데, 안되더라고. 그것 해보려다 안 돼서 교회에서 나온 거야."

안되더라는 김철민의 말에 미안한 감정이 들었다. 동시에 내가 뭐라고 했는지 궁금했다.

"내가 뭐라고 했는데요? 동기와 나눈 몇 마디가 뭐라고 그 좋은 자리를 박차고 나오셨대?"

김철민은 나의 말을 기다렸다는 듯이 대답했다.

"사람은 자신의 욕망을 향해 움직인다. 선을 이루고 싶은 욕망이 강한 사람도 있고, 반대인 사람도 있다. 다만, 욕망이라는 것은 어디로 어떻게 튈지 모르는 럭비공과 같은 것이어서, 그 욕망의 통제를 위한 장치들이 필요하다. 그게 시스템이다.

한국교회에서 일어나는 모든 부정한 일들은 돈의 문제다. 세습을 왜 하겠냐? 왜 성도들이 목사가 헛소리해도 순종하겠냐?

복받고 싶다는 욕망은 다른 것이 아니라 돈 벌고 싶다는 욕망 아니냐? 왜 담임 목사님들이 부교역자들을 노예처럼 부릴 수 있냐? 그리고 왜 부교역자들은 부당한 일을 당하면서도 저항하지 못하고 그 밑에 남아 있겠냐? 현대 자본주의 사회에서 우리의 욕망 기재를 통제하는 가장 강력한 수단이 무엇이라 생각하느냐? 그건 자본 그 자체, 즉 돈이다. 결국 다 돈의 문제다. 교회에서 발생되는 대다수의 문제는 돈의 문제다. 목사들은 스스로 자본주의가 추구하는 성공을 위한 주술사들이 되는 길을 택한 것이자 동시에 자본주의의 논리에 순응하는 경영자들이 된 것이다.

교회가 왜 큰 규모로 성장하길 원하겠는가? 결국은 돈의 문제다. 그 당시에 자기가 교회에서 담임 목사님 수행 전도사를 하고 있다고 하더라고. 그러면서 내가 더 잘 알겠지만 총회에 나가보면 담임 목사님들이 타고 온 자동차가 무엇인지 그리고 교회 규모에 따라 목에 힘들어 가는 것이 다르다며 작은 교회하는 목사님들을 그렇게 무시한다고 이야기하더라고. 뭐 나 역시 잘 아는 이야기지. 아버지만 보아도 그렇게 하시니깐."

아버지란 단어가 나오자 김철민 목사는 잠시 눈을 감았다. 아버지도 그렇다는 말은 쉽게 나올 수 있는 것이 아니다. 아들들에게 아버지란 존경의 대상이자 동시에 넘어야 할 산이다. 그런 아버지가 지금 그때의 우리가 비판하던 대상과 동일하다는 것을 인정하는 것은 아픔이며 상처이다. 그럼에도 김철민 목사는 냉정하게 자신의 아버지를 평가하고 있었다.

"자기가 그러더라. 담임 목사가 누리는 특혜들이 무엇인가? 결국 재화를 자유롭게 사용하는 것이다. 다 돈의 문제다. 우리가 살고 있는 이 사회의 시스템이 무엇인가?

자본주의라는 말은 자본이 최고의 가치라는 것을 의미한다. 우리는 그 지점에서부터 고민해야만 지금 우리의 현실이 명확하게 보인다. 교회의 가치와 복음의 가치가 아니라 세속적 가치가 교회를 잠식할 때, 교회는 교회가 아니다.

맛을 잃은 소금은 무용하며 버림받을 수 밖에 없다고 주님이 말씀하셨듯이. 세속이 '㈜교회'라고 비판하는 것들을 듣지 않느냐? 그럼에도 교회는 자본의 논리를 따른다. 작금의 교회는 효율이라는 가치로 재화를 분배하고 있다. 그러나 성경은 그렇지 않다. 그러므로 교회가 교회이기 위해선, 교회의 분배 논리는 효율성이 아닌 성경이 말하는 기준인 필요에 따라 분배해야 한다.

교회는 실적으로 사람을 평가하는 곳이 되어선 안 된다. 교회는 누군가를 실적을 토대로 평가하는 곳이 아닌 존재 그 자체로 인정하고 사랑해야 한다. 교회는 은총의 공간이어야 하며, 사랑의 공간이어야 한다. 세속의 시스템이 아닌 성서적 시스템이 교회에 적용되어야 한다. 그러므로 현재의 교회의 시스템에 대대적인 수정이 필요하다.

또한 교회는 한 사람이 재화와 권력을 독점해서도 안 된다. 칼뱅이 왜 사중직을 이야기했는지 우리는 그 정신을 기억해야 하고 계승해야 한다. 그렇게만 된다면, 교회는 성서가 말하는 모습으로 전환될 일말의 가능성을 가진다.

우리는 담임 목사에게 돈이 집중되는 지금의 시스템에 제동장치를 만들어야 한다. 그것이 개혁의 시작이다. 한 사람의 인격이나 영성에 의존해서도 안 된다. 사람은 사랑의 대상이지 믿음의 대상이 아니다. 만약 한 개인이 믿음의 대상이 된다면 그것은 우상숭배와 같다. 사람은 절대 신뢰의 대상이 되어서는 안 된다. 그러므로 개인의 인격을 믿고 교회라는 공동체를 맡기는 것은 너무 위험하다. 그러므로 교회는 한 사람에 의존하는 것이 아닌 시스템을 구축해야만 한다. 계몽, 교육 다 좋은 가치이다. 그러나 그것은 계몽과 교육에 대한 지나친 낙관주의이다. 교육도 필요하지만 시스템을 통한 견제의 장치를 구축하지 않는다면 위대한 한 사람은 모르겠지만 다수의 인간은 다시 자기 욕망으로 포섭된다.

뭐 이런 이야기들이었어. 그런데 난 이 이야기를 들었을 때, 막연하기도 하고 뭐랄까 선명하게 그림이 안 잡히더라고. 나에겐 디테일이 필요했어. 그래서 다시 물었지. 구체적으로 돈의 문제를 해결하고 교회의 권력 질서를 돈의 질서가 아닌 복음의 질서로 바꾸기 위해서 어떻게 해야 하냐고. 그때 자기가 해준 이야기가 인상적이었어.

부교역자와 담임 목사의 임금격차를 개별 교회법으로 통제장치를 만들면 된다. 교단법은 사회법으로 보면 헌법과도 같은 것이라서 하나의 지향점을 제시하는 것이며 구체성은 개교회가 구체화시켜야 한다. 그래서 교단법은 해석의 여지가 많다. 또한 개별 교회마다의 특수성을 무시할 수도 없다. 결국은 개교회가 이러한 문제의식을 가지고 개교회의 회칙을 통해 장치들을 만들면 된다. 예를 들면 부교역자와 담임 목회자의 임금 차이를 몇 프로 이상은 되지 않게 하고, 담임 목사가 누리는 모든 복지혜택을 동일하게 부교육자도 누리게 한다는 식으로 법을 만들면 된다. 그렇다면 누가 사회의 지탄을 받으면서까지 세습을 하려고 하겠는가? 이게 자기가 나에게 이야기했던 것들이야."

그는 마치 방금 이야기를 전해 들은 사람처럼 내가 한 오래된 이야기들을 토해냈다. 그의 목소리는 흥분되어 있었고, 또한 결의에 차있었다.

"그래요? 그래서 아버지 담임하시는 교회에서 뭘 하셨기에 나오셨어요?"

그간 궁금했지만 물을 수 없었던 질문을 그에게 던졌다.

"그게, 내가 소위 말하는 대형교회 PK 아니냐? 그러니 교회의 부정을 누구보다 많이 본 사람 아니겠어?

교회의 부정이라는 것이 아버지의 부정이겠지만. 아무튼 개혁의 필요성에 대해선 누구보다 감각적으로는 잘 알고 있었어. 그런데 아는 게 없으니 문제는 있는데 이게 구체적으로 뭐가 문젠지 모르겠더라고.

분명히 잘못된 것들이 아무런 죄책감 없이, 아니 도리어 올바른 일이라 착각하고 떳떳하게 이루어지고 있는데 왜 이런 일들이 일어나는지에 대해 단순하게 생각을 했던 거야. 단순하게 생각해서 죄를 짓는 인간이 나쁜 놈이라고 생각하는 거지. 결국 그 시절 내가 고민했던 건 목회자의 도덕성을 높이는 방법이었어.

그리고 나뿐만 아니라 대부분 그렇게 생각했던 것 같아. 그래서 교계에서 한국교회의 개혁을 위한 성회도 하고 회개 집회도 하고 그랬잖아.

그런데 자기는 전혀 다른 관점인 거야. 그게 놀라웠어. 이게 15년도 더 전에 자기가 해준 말이잖아. 그땐 아무도 이런 말을 안 했거든. 사람의 문제가 아닌 구조와 시스템의 문제라는 발상을 난 전혀 하지 못했던 거지.

최 목 말 듣고 상당히 충격을 받았지. 자기가 나한테 해준 말들을 매일 듣고 읽었던 것 같아. 그러다 나도 목사 안수 받고 어느 정도 교회 내에서 입지가 생겼을 때, 아버지가 사용하는 재정 장부에 접속할 수 있게 되었어. 아니 나도 몰랐는데 아버지가 사용하시는 재정 장부가 따로 있더라고. 그리고 확인해봤지. 부끄러운 말이지만 엄청나더라.

내가 지금껏 살아오면서 누렸던 모든 것들이 너무나 죄스럽고 부끄럽더라. 단순히 생활비가 많은 수준이 아니더라고. 나 방학 때마다 어학연수 다녀왔었거든. 사실 해외로 놀러 다닌 거지 뭐. 그게 아버지 사례비에서 그러니깐 아버지 월급봉투에서 나온 돈이 아니라 교회의 재정으로 선교 헌금으로 사용됐더라고. 내가 살아온 삶이 수치스럽더라. 해외여행 비용 문제는 조족지혈이야. 도저히 못 참겠더라고. 그래서 아버지께 권면 드렸는데 쌍욕을 하시더라.

교회를 마치 자기 사업장처럼 말씀하시더라고. 솔직히 사업장도 이딴 식으로 하면 요즘은 구속이잖아. 이건 횡령이나 마찬가지니깐. 정말 정중히 말씀드렸어. 내가 살면서 아버지를 한 번도 거스른 적이 없거든. 솔직히 존경도 했고 그런데 그날의 아버지는 내가 존경했던 목회자가 아닌 TV에서나 보던 부정한 사업가였어. '내가 어떻게 일으킨 교회인데'부터 '젊은 놈이 고생을 안 해봐서 이런 소리나 하지' 같은 이야기를 하시더라. 아버지에 대한 나의 존경심은 완전히 무너지더라. 그날 처음으로 아버지에게 대들었어.

이런 식이라면 나는 이 교회에 아버지 후임으로 사역하지 않겠다고 악다구니를 했어. 놀랍게도 최 목 말처럼 세습해야 될 이유는 돈이었어. '다 너 잘 되라고 내가 하는 것이다.'라고 하시더라. 그런데 그건 아니잖아. 교회는 담임 목사 자식이 잘 되라고 존재하는 곳이 아니잖아! 교회는 아버지 혼자 무엇을 해서 된 것도 아니고! 교회 성도님들의 삶을 어렸을 때부터 봐온 나로선 도저히 받아들일 수 없었어.

교회는 목사 한 사람이 무엇을 해서 되는 곳이 아닌 성도들의 피와 땀과 눈물의 결정체라는 걸 누구보다 잘 알고 보았거든. 내가 증인이거든.

하나님에 대한 신앙이나 양심과 같은 고매한 가치를 떠나서 교회는 우리 성도들이 피땀 흘려 번 돈들로 새워진 신앙 공동체잖아! 인간적으로 그러면 안 되는 거잖아! 성도들은 지하철 타고 다니고, 기름값 10원 오르는 것에 부담 느끼며 10원 한 장 아끼려고 힘들게 살아가는데 목사들은 대형 고급 세단 몰면서 기름 한 방울 자기 돈으로 안 넣는다는 게 정상은 아니잖아. 아버지는 기름 값이 얼마신지도 모르시더라고. 더 웃긴 이야기는 그 기름 넣는 것도 귀찮아 부교역자들에게 차키 던져주고 교회의 법인 카드 주면서 기름 채우라고 명령하는 이런 짓거리! 이런 짓거리는 목사가 할 짓이 아니잖아!

그래서 내가 미친 짓을 했지. 그때 내가 총무 목사였거든. 나도 세습할 마음이 그땐 있었으니깐. 총무 목사 업무 중에 공회를 열 때 올라가는 안건을 정리하는 업무가 있어. 안건 목록에 내 임의로 부교역자와 담임 목사의 임금 격차 해소와 세습 방지 안건을 올린 거지. 지금 내 꼴이 스포일러야. 결국 난리가 났지 뭐. 결과는 참담했고.

그러면서 참 재미있는 경험을 했는데, 부목사들이 오히려 날 욕하더라. 웃기지 않아? 내가 자기들 편인데 말이지. 부목사들, 장로님이 아버지한테 잘 보이려고 오히려 나를 비난하고 이게 기회다 싶었는지 부목사 중에 연차가 제일 높은 목사가 아버지 편들면서 앞에서 얼마나 살랑 살랑거리는지. 내가 절대 세습 안한다고 했으니깐 그 목사가 다음 담임으로 가장 유력할 거야. 내가 그때 경험이 상처가 된 건지 교훈이 된 건지 몰라도 그때부터 목회자라는 인간들을 안 믿어. 자기가 해준 말처럼 인간은 신뢰의 대상이 아니더라고.

그리고 그 부목사 있잖아. 교단법을 보면 내부 인사를 담임으로 청빙하려면 다른 교회 한 번 거쳐야 되잖아. 올해에 작은 교회에 청빙 갔더라고. 아마 내가 계속 버티면 그 목사가 이, 삼 년 있다가 오겠지.

상황이 이러한데 내가 그곳에 어떻게 있을 수 있겠냐? 결국 나는 교회를 나왔고, 오갈 데도 없는데 마침 총회에서 전임 사역자 뽑더라고. 그래서 지원했고 지금과 같은 상황이 된 거지. 이제 와서 하는 말이지만 아마도 총회에 들어온 것도 아버지 후광이 있었지 싶다.”

나는 묵묵히 그의 이야기를 경청했다. 그리고 두려움마저 들었다. 나에겐 기억조차 가물거리는 말 몇 마디가 한 사람의 인생을 흔들어 놓았다는 것에 책임감이 밀려왔다.

“후회 안돼요?”

“후회? 아니. 전혀. Never! 사람들은 나보고 불효자라고 하더라고. 그런데 아니지. 이게 진짜 아버지 위한 일이라고 생각해. 세습 거부? 세습 그거 최 목 말대로 진짜 돈 때문이야. 그것 빼곤 이유가 없어. 이 나쁜 머리를 아무리 굴려 봐도 돈 말고는 이유가 없어!

제공받는 모든 금전적인 혜택들을 내려놓을 수가 없어서, 자식에게 물려주고 계속 누리고 싶은 아버지 자신의 욕망이야. 교회는 하나님의 것이지, 개척한 목사의 것이 아니잖아. 아버지에 대한 실망감이 있지만 나 정말 아버지 사랑하거든. 아버지도 언젠가는 내가 얼마나 자신을 사랑하는지 알게 되실 거라 생각해. 그렇게 기도하고 있고.”

그의 단호했고, 그의 목소리는 격양되어 있었지만 또한 울음기도 섞여있었다.

“무슨 말인지 알겠어요. 그리고 목사님 입장도 잘 알겠고. 그동안 마음고생 심하셨겠네요. 어릴 때부터 섬기던 교회에서 손가락질 당하고 떠나는 것이 얼마나 힘든 일인지 잘 알아요."

김철민 목사의 얼굴은 붉게 상기되어 있었지만, 그의 눈은 툭 치면 주르륵 흐를 만큼 눈물이 고여 있었다. 그의 이야기는 내가 가졌던 김철민에 대한 나쁜 감정들을 녹여주었다. 그도 김 전도사님처럼 자신의 자리에서 치열하게 싸웠고, 공동체를 잃었고 좌절했다. 이 안타까운 이야기는 역설적으로 나에게 안심을 주었다. 그의 상처는 오히려 견고한 모퉁이 돌이 되어 이 기찰에 중요한 역할을 할 것이 분명했다. 최소한 그가 이 기찰을 방해하는 자가 되진 않을 것이었다.

"감상에 젖는 것도 좋은데 미안하지만 일 이야기 좀 하죠."

냉정해져야 했다. 같이 부둥켜안고 울고 위로할 여유 따윈 우리에게 사치였다.

"목사님, 중대형 교회 재정 흐름은 다들 비슷할 거예요. 그곳도 마찬가질 것이고. 저보다는 목사님이 더 잘 아실 것 같은데 기찰 포커스를 어디로 잡는 것이 좋을까요?"

"무슨 뜻이야? 헷갈린다."

그는 이미 감정을 정리하고 다시 냉정한 눈빛이 되어 나에게 되물었다.

"김 전도사님이 자살하시면서 폭로하려 했던 일은 세습 하나에 국한된 것이 절대 아닐 거예요. 세습의 원인이 코어가 되겠죠. 그리고 그 코어는 100에 99.999는 돈의 이슈일 거고. 문제는 교회 재정이 깜깜이 재정이란 거죠. 목사님 이야기처럼 이미

오픈 된 재정 장부는 사실 큰 의미 없어요. 오픈 재정 장부에서는 몇 가지 유추할 소소한 단서 정도 있겠죠. 그러니깐 여기서부턴 작전이 필요합니다. 재정 자료에 접근할 루트를 찾아야 해요. 그래서 큰 건으로 빵! 작은 사건을 시시콜콜 들춰봤자, 목사님이 말씀하셨던 것처럼, '젊은 친구가 예민했네' 정도의 반응으로 땡! 하고 종 칠 겁니다. 그러면 큰 건수로 이슈화 시켜야 되는데 목사님의 이야기를 들어보니 결국 세습 문제를 건드리면 돈 문제나 다른 부차적 문제들이 고구마 줄기처럼 줄줄 올라오지 않겠어요?"

김철민 목사는 하루 사이에 까슬까슬 자란 수염을 매만지며 쉽게 입을 열지 않았다. 검지로 탁자를 톡 톡 치며 머리를 굴리고 있었다. 탁자를 치던 그의 검지가 점점 빨라지다 갑자기 멈춰섰다. 그는 허공을 향해 긴 한숨을 흘려보낸 후 입을 열었다.

"최 목 말이 맞아. 맞는데 일단은 세습 자체보다 그곳의 재정 흐름을 우선적으로 파악해야 해. 세습과 돈이 함께 간다는 건 다들 아는 이야기이지만, 동시에 실체와 증거가 없는 진실이야. 기찰이 데모나 의혹 제기가 아니잖아. 실체와 정보를 가지고 이야기해야지.

재정 흐름을 파악해서 세습의 목적이 경제적 이득을 위한 것이라는 사실을 증명해야 해. 그리고 이 세습과 관련된 부정에 대해 분노하고 좌절한 김 전도사가 이것을 내부적으로 해결이 불가능하기 때문에 극단의 선택을 통해 바로잡으려 했다는 프레임으로 가야 될 것 같아. 그러면서 이것 외에도 많은 문제들이 교회 안에 있었다는 것으로 기찰을 추가 강화해야 한다는 쪽으로 가면 그림이 좀 나올 것 같은데. 그게 사실이기도 하고.

그리고 유년부 장로가 교회에 불만도 많고 김 전도사님 존경한다며? 그분에게 조사 요청서 한 장만 써달라고 하면 일사천리로 파고들 수 있어. 얼마 전에 대형 교회 목사가 세습하면서 십자가의 세습 운운 하는 것 봤지? 심정으로는 목사들 이빨 감당안 돼. 정확한 정보가 필요해."

"재정 흐름이오? 그게 말이 쉽죠! 기찰 하루 이틀 하시는 것도아니고. 교회 재정 대부분이 깜깜이 재정인데, 뭘 어떻게 접근을해요?"

나의 짜증 섞인 투정에 김철민 목사는 검지로 나를 가리키며 미소를 보냈다.

"최 목, 지금 큰 건 찾기에 집중해서 안 보이는 것 같네. 요즘세금 문제 때문에 재정 정보가 조금은 공개된 부분이 있을 거야. 그것 먼저 체크해. 이게 베스트는 아니지만 흐름을 파악할 힌트들이 있을 수 있어. 흐름을 파악해야 빈틈을 찔러 들어가지!

베스트는 재정부 관련 직분자 하나 구워삶으면 되는데 그게 또어렵지. 보통 재정 직분자들은 심복 중의 심복들이 맡으니깐."

그의 말이 끝나자 잠시 우리는 침묵과 함께 했다. 그의 말처럼재정 직분자를 설득하거나 장로를 설득하는 것은 말은 쉽지만불가능에 가까운 일이라는 것을 서로 알고 있었다. 그때 그동안풀리지 않았던 의문이 생각의 저편에서 고개를 내밀었다. 김요한 전도사님은 아무런 준비도 없이 그저 이슈가 되길 바란다는 막연한 기대로 이런 위험한 일을 기획했을까? 기찰 과정에 드러난 그의 성품과 현실은 너무나 괴리되어 있었다. 정말 김 전도사님은 아무런 자료도 챙겨두지 못했을까? 아니면 너무 꽁꽁 숨겨두어서 내가 찾지를 못하는 것일까? 그것도 아니라면 너무 평범한 곳에 그것이 있어서 오히려 찾지 못하고 있는 것일까? 나 혼자의 힘으론 이 질문에 답을 찾기가 어려웠다.

"목사님 의견이 좀 듣고 싶은 부분이 있어요. 제가 기찰을 하면서 한 가지 의문이 든 게 있는데 김 전도사님이 이런 부분에 대한 폭로를 하려고 했고 그런 목적으로 자기희생을 했다면, 그런 자료들을 따로 숨겨 둬야 되는 것 아닌가요? 김 전도사님 성품을 봐서는 일을 허투루 할 사람이 아니거든요. 그런데 직접적인 정보가 없단 말이죠!"

"내가 김 전도사를 잘 이해하지 못해서 그런가? 나는 이상하다는 걸 못 느끼겠는데. 그런 것 아닐까? 살다 보면 걷기 전에 뛰어야 될 때가 있잖아. 모든 것이 준비되고 일이 되는 건 아니잖아. 그리고 정보를 습득하는 것과 그 증거를 수집하는 건 다른 문제잖아. 아마도 파트 전도사가 증거를 수집하기는 쉽지는 않았겠지. 나는 오히려 증거 자료를 수집하지 못한 것이 더 자연스럽게 보여. 오히려 증거 자료를 가지고 있었다면 극단적인 선택이 아니라 다른 방법으로 폭로전을 했지 않을까? 그래도 혹시 모르니깐 김 전도사가 어떤 증거 자료를 보관했을 가능성도 열어두고 기찰 활동을 진행해 줘. 그런데 증거 자료를 찾는 것에 너무 집중하다 보면 일에 진도 빼기가 쉽지 않을 거야. 우선적으론 공개된 자료들을 먼저 들쑤셔 봐.

아, 생각났다. 이건 어때? 김 전도사님 사례비 관련 자료 요청하면서, 상대적 박탈감 쪽으로 결론지으려 한다고 담임 목사에게 이야기하는 거지. 그러면서 사례비나 보너스, 휴가비에 대해서 전임들과의 차이가 얼마나 나는지 알 필요가 있다고 하는 거지.

분명히 그쪽에서는 발전 기금도 냈겠다, 총회장과 통화도 했을 것이고 해서 자기가 우호적으로 자기들에게 유리한 쪽으로 마무리하려고 한다고 생각할 거야. 방심한 곳을 찌르는 거지.

담임 목사 만나서 요즘 젊은 사람들이 참 연약하다는 식의 그런 것 있잖아! 노인네들 좋아하는 멘트들! 그런 말로 양념도 살살 치면 넘어올 것 같은데…

그리고 이 사람들은 부교역자와 담임 목사의 사례비가 엄청나게 차이가 나는 것이나 자금 유용 같은 짓거리에 문제의식조차도 못 느끼고 있을걸?

그걸 당연한 것으로 생각하기 때문에 자기들 쪽으로 유리하게 감찰 마무리하겠다는 뉘앙스만 풍겨도 자료 다 넘겨줄지도 몰라. 자기 생각은 어때? 뱀을 잡기 위해 뱀이 될 필요는 없지만, 뱀처럼 지혜로워야 한다고 자기가 자주 말했었지?"

그는 책상을 톡톡 치며 나에게 동의를 구했다. 이번 기찰을 해결하기 위해선 수단과 방법을 가릴 여유는 없었다. 그리고 이번 기찰만큼은 반드시 해결하고 싶었다.

"일단 그렇게 접근하는 것 외엔 방법이 없겠네요."

"그런데 문제는 시간이야."

그는 손목시계를 톡톡 치며 의미를 강조했다.

"시간이오?"

"응. 기찰이 가능한 시간은 길어야 일주일! 총회장이 곧 자기한테 전화할 거야. 그리고 철수 명령 떨어질 것이고, 내가 볼 땐 3일 안에 연락이 온다. 돈 더 뜯어내려면 더 걸릴 수도 있겠지만, 이미 들어온 돈이 꽤 되는 것 같아. 총회장도 만족한 눈치고.

아무튼 3일 안에는 자기한테 연락이 올 거야. 그러면 현장 정리하고 보고서 쓴다고 버틸 수 있는 시간은 하루, 길어야 이틀! 그리고 주일 끼고 월요일에 총회장도 쉴 거니깐 조용히 넘어갈 것이고 화요일에는 최 목 복귀해야 될걸? 결국은 일주일 안에 어디까지 확인하고 들어가서 그걸 이슈화시킬 수 있는가의 문제네. 일주일 안에 끝장 볼 수 있겠어?"

그는 다시 손목시계를 톡톡 치며 나에게 물었다.

"일주일…만약에 내가 더 버티고 안 올라가면 어떻게 돼요?"

"심플하게 감찰직 박탈되는 거지 뭐."

"그러면 안 되죠. 아니 목사님은 말을 뭐 그렇게 쉽게 해요? 뭘 남의 이야기하듯 해? 자기가 책임감을 가지고 막아줄 궁리를 해야지. 진짜 믿으려 하다가도 믿음이 안가."

나의 짜증에 김철민 목사는 머쓱한지 양손을 모으고 미안함을 표했다.

"알았어. 그런데 이건 내 능력 밖이야. 할 수 있는 일을 하자고! 길어야 일주일이야. 명심해! 일주일!"

"알았어요. 일단 해봐야죠. 촉박하긴 한데 또 생각해보면 길다고 더 나올 것 같지도 않고. 그런데 일주일도 안 되면 어떻게 해요? 그래도 최소한 일주일은 있어야 될 것 같은데? 일주일은 보장할 수 있어요?"

"일주일이면 돼? 내가 어떻게든 일주일은 반드시 만들어 볼게. 근데 자기 이걸로 옷 벗을 수도 있는 것 알지?"

그는 사뭇 진지한 얼굴이었다.

"내 걱정 해 주는 거예요? 별일이네."

김철민 목사의 반응에 나도 모르게 웃음이 나왔다.

"나만 옷 벗을 각오로 하나? 김 목사님도 저랑 손잡고 나와야 될걸요?"

"내가 여기까지 이 시간에 오면서 아무런 각오도 없이 와서 내 이야기나 주절주절했겠어? 최 목이랑 손잡고 나간다라 그것도 좋지. 둘이 손잡고 개척이나 하지 뭐. 우린 또 항존직 아니냐?"

"항존직이라…항존직 개념이 짜증 나긴 하는데 이럴 땐 또 좋네요. 비빌 언덕이 있네요. 좋아요. 그건 그렇고 이건 개인적으로 궁금한 건데 혹시 나 사역 쉴 때, 총회에서 온 청빙 제안에 목사님이 개입했어요?

"왜 그렇게 생각해?"

"아니, 그렇잖아요. 총회에서 내가 쉰다는 걸 어떻게 알고 연락이 와요?"

"그걸 이제야 알았어요? 어휴, 눈치 하곤. 이런 눈치로 그동안 그 기찰 업적은 어떻게 쌓으셨대. 나 참. 자기도 먹고는 살아야 할 것 아냐? 그리고 자기 같은 인재 내버려 두면 안 되지.”

“그럼, 날 꽂아줘 놓고 그렇게 갈군 거예요?”

“나 목사들 안 믿어. 자기가 믿지 말라고 했잖아. 그리고 자기가 나한테 영향을 줬다곤 해도 목사들 사역하면서 변하는 것 하루, 이틀이야? 자기가 안 변했다는 보장이 어디 있어? 그래서 모질게 했지. 그런데 안 변했네. 안 변해줘서 고맙고 그리고 그동안 모질게 한 것…”

김철민 목사는 갑자기 말을 멈추고 머뭇거리며 나의 눈치를 보았다.

“최 목…미안해.”

나는 피식 웃음이 나왔다.

“사과도 할 줄 알아요? 내가 살다가 김철민 씨에게 사과를 다 받아보네.”

“됐고. 아무튼 낯간지러운 소리 그만하고 일주일이야. 일주일. 어떻게든 일주일은 만들어 볼 테니깐 파이팅 하자고.”

순간, 학창 시절 나에게 질문했던 그의 얼굴이 머릿속에 스쳐 지나갔다. 딱 그때의 그 눈빛! 오늘이 아니라 내일을 바라보며 반짝이던 그 생기 넘치던 눈빛이었다.

“오케이. 접수! 반드시 해내야죠. 그리고 목사님 반말 좀 하지 마요. 아니다. 나도 그냥 반말할란다. 알았지? 철민아.”

“알았어. 알았다고. 우리 이 건만 확실하게 마무리하고 폼 나게 개척하자. 목사직 쪽팔리지 않게…아니지 주님 보시기에 부끄럽지 않게. 전도사님께서도 그리스도의 몸을 지키기 위해 자기 목숨도 던지는데, 목사가 둘이나 붙어서 위에 인간들 눈치만 보면 솔직히 쪽팔리잖아. 안 그래?"

김철민 목사는 평소답지 않게 상기되고 흥분되어 있었다. 고양된 그를 보면서 한편으로는 즐겁고 한편으로는 왠지 모를 불안감이 들었다. 그래도 그가 열정을 내어주어 고마운 마음이 더 컸다.

"그건 그렇죠. 그런데 개척할 돈은 있어요?"

나는 웃으며 그에게 물었고

"내가 돈은 좀 모아뒀지. 나는 자식이 없잖아. 돈 쓸 때가 없어."

그는 손가락으로 OK 사인을 하며 답했다.

"그래요. 그럽시다. 든든하네요."

"반말한다며?"

나는 자리에서 일어나며 그를 향해 빙긋 웃음으로 답을 대신했다.

"편하신 대로 하세요. 최 목사님."

✝

2019년 3월 3일

"그런즉 그들을 두려워하지 말라 감추인 것이 드러나지 않을 것이 없고 숨은 것이 알려지지 않을 것이 없느니라."

주님, 그들이 감추고 있는 것을 어떻게 드러내실 겁니까? 지금도 그들은 자신의 것을 위해 타인의 것을 훔치고, 주님의 이름을 팔아 타인의 것을 노략질합니다. 언제까지 참으실 겁니까? 언제까지 저들의 거짓과 탐욕과 착취에 침묵하실 겁니까? 주님, 그들의 더러움과 악함과 탐욕이, 그들의 본질이 저에게 드러났듯이 이제 만천하에 드러나 주님의 백성과 주님의 교회를 탐욕의 무리에서 지켜주소서. 그들의 탐욕과 도적질에 침묵치 마시고, 그들을 멈춰주소서. 당신께 신원하고 신원합니다. 이제는 그들이 멈추고 본래의 사명을 감당하게 하소서.

주님, 나의 주님! 그들을 보면 그들을 미워할 수밖에 없습니다. 교회의 이름으로 저질러지는 악행과 착취는 악취가 되어 코를 찌릅니다. 어찌 그들을 미워하지 않을 수 있겠습니까? 그러나 주님 그들을 더 미워하게 될지언정 그들을 교회를 사랑하는 나의 사랑을 멈출 수도 없습니다.

나의 주인이신 예수 그리스도시여! 부디 그들을 돌이켜 주소서. 부디 그들을 그들의 본질에 맞게 살아갈 수 있도록 인도하여 주시옵소서!

시간이 없다는 강박 때문일까? 창백한 새벽의 빛깔이 채 가시지 않은 이른 시간에 눈이 떠졌다. 강박은 나를 행동하게 만들었다. 그러나 그것은 조바심이 주는 불편한 행동이 아닌 사명감과 강한 의무감을 선물해 주었다. 나는 눈이 떠지기가 무섭게 김요한 전도사님의 일기 꾸러미를 찾았다. 그리고 책갈피를 빼어 들며 읽어 내려갔다.

사고 발생일과 가까워질수록 김요한 전도사님의 기록들은 사건을 점진적이며 구체적으로 보여주고 있었다. 특히 그의 3월 3일의 기록은 나의 눈과 마음을 붙잡고 놓아 주질 않았다.

'자신에게 드러났다. 구체적으로 어떤 사건이었을까?'

이번 기찰 사역에서 가장 힘든 부분이 바로 구체적 증거의 부재였다. 선명하게 보이는 것이 없이 사건은 실루엣만을 보여 주었다. 구체적 증거가 없다면 논의조차 할 수 없는 것이 기찰이다. 의혹과 정황만으로는 무엇도 이룰 수 없다.

그러나 김요한 전도사님의 '나에게 드러났다'는 기록은 일말의 희망을 가지게 했다. 어떤 구체적 증거들을 김요한 전도사가 획득한 것을 '나에게 드러났다'로 표현한 것이라면, 나는 이것을 찾아야만 했다. 김철민 목사의 예상처럼 정보만 드러나고 증거들을 획득하지 못했을 가능성도 있다. 그러나 일말의 가능성도 포기할 수 없는 노릇 아니겠는가?

먼저, 몇 가지 가능성을 분류해 고민해야 했다. 김요한 전도사님이 재정 관련 자료를 목도한 것인가? 아니면 획득 했는가?라는 문제이다. 두 번째는 만약 획득했다면 그것이 김요한 전도사님이 보관하고 있었는가 아니면 다른 사람에 의해 회수되는가?의 문제였다. 그리고 마지막으로는 김요한 전도사님이 이것을 어딘가에 보관하고 있다면, 그것을 찾을 실마리가 있는가의 문제이다. 나는 이 세 가지 경우의 수를 모두 고려해서 행동해야 했다.

다시금 김요한 전도사님의 일기들을 꼼꼼히 읽기 시작했다. 만약 내가 김요한 전도사님이라면, 일기에 단서를 남겨두었을 것이다. 일기라는 것은 김요한이라는 사람에게 관심을 가지지 않는다면, 꼼꼼히 읽어 내려가지 않을 사적 기록이다.

문제는 나에게 시간이 부족하다는 것이다. 마음이 조급해졌다. 조급함은 신중함을 상실하게 만든다. 글들이 눈에 들어오지 않았다. 잠시 자리에서 일어나 호텔 로비로 나갔다. 이른 시간이라 그런지 로비에는 아무도 없었다. 아무도 없는 텅 빈 로비를 혼자 이리저리 걸어 다녔다.

호텔 로비는 묘한 김장감을 주었다. 나는 늘 호텔 로비에서 이상하게 김장감이 들었다. 호텔 로비의 카펫이 주는 감촉과 소리도 늘 싫었다. 왠지 호텔 로비에서는 조용해야 할 것 같은 강박도 싫었다. 결국 호텔 정문을 빠져나왔다.

호텔 주변을 걸으며 조용히 음악을 듣고 싶었다. 그리곤 주머니에서 블루투스 이어폰을 찾았다. 멍청하게도 이어폰은 들고 나왔는데 휴대폰이 없었다. '이런 젠장' 조급함은 일상의 일도 실수하게 만들었다.

'잠깐만, 이런 바보 같은 실수를!'

나는 바보 같은 실수를 저질렀다. 기찰을 시작하면서부터 지금까지 시종일간 감정적 고요가 없었던 탓일까? 이런 말도 안 되는 실수를 이제야 파악하니! 나는 급하게 호텔방으로 돌아갔다.

사모님께 전달받은 김 전도사님의 휴대폰은 일기들을 넣어두었던 작은 상자의 구석에 놓여있었다. 급하게 충전기를 찾아 폰을 충전했다. 폰이 충전되고 켜지기까지의 몇 분이 몇 십분, 몇 시간처럼 느껴진 것은 나의 무능함에 대한 죄책감 때문이었을까?

'이런 멍청한 짓을, 놓칠 것을 놓쳐야지.'

나는 자신을 질타하며 휴대폰이 켜지기를 초조한 마음으로 기다렸다.

'비밀번호가 뭐였더라? 아 사모님 전화번호 끝자리였지.'

나는 다급히 사모님의 연락처를 찾았다. 7592. 휴대폰이 켜지기가 무섭게 비밀번호를 입력했다. 그리곤 바로 사진첩을 뒤졌다. 장부나 증거 자료들을 요즘에는 휴대폰 카메라로 찍어 많이들 보관한다. 그러나 애석하게도 휴대폰의 사진첩에는 가족들의 사진과 유년부 아이들의 사진 외에는 별다른 것이 없었다. 다음으로 메모장을 열었다. 휴대폰의 한 메모만이 잠금이 설정되어 있었다. 다시 7592를 눌렀다. 애석하게도 그 메모는 7592로 자신을 드러내주지 않았다.

'만약 이 메모가 김 전도사님의 히든카드라면 어떤 비번을 사용했을까? 분명 자신만이 알고 있는 번호는 아닐 거야. 누군가에게 보여 주어야 하지만 아무에게나 보여 줄 수 없는 자료잖아. 어렵게 생각하지 말자. 내가 충분히 유추할 수 있는 번호일 거야. 나라면 어떤 비번을 선택했을까?'

쉽게 생각하려 하지만 쉽게 떠오르지 않았다. 김요한 전도사님의 기일을 비번으로 입력했다. 0419. 그러나 메모는 열리지 않았다. 분명 그리 어려운 번호는 아닐 것이다. 그러나 아무 생각도 나지 않았다. 잠시 김요한 전도사님이 되어야 했다. 휴대폰을 손에 쥔 채 바닥에 털썩 앉아 눈을 감았다. 그리고 명상 아닌 명상에서 김요한 전도사님과 본회퍼가 떠올랐다.

"본회퍼!"

1945년 4월 9일. 이 날은 기독교 현대사의 위대한 양심이었던 디트리히 본회퍼가 처형을 당한 날이다. 나는 급하게 0409를 눌렀다. 그렇게 문이 열렸다.

"이 메모를 보신다면 저에 대해 저의 죽음에 대해 많이 고민하셨겠네요. 재정국의 박창섭 집사님을 찾아가세요. 당신이 찾으시는 것을 그가 줄 겁니다. 부디 당신이 나와 같은 길을 걷는 사람이길 바랍니다. 그리고 박창섭 집사님께는 아무것도 묻지 마시고 어떤 자료도 요청도 하지 마시고 그저 식사만 하시면 됩니다. 그러면 박창섭 집사님께서 알아서 하실 겁니다. 하나님의 섭리와 은총이 아직 우리를 포기하시지 않았기를 그리고 당신에게 하나님의 은혜와 그가 주신 용기가 함께 하기를 바랍니다."

이것으로 분명해졌다. 김요한 전도사에게 증거는 없다. 그러나 증거는 있다. 그리고 그는 준비하고 있었다. 가슴이 두근거렸다. 휴대폰 옆에 펼쳐놓은 일기장이 눈에 들어왔다. 아니 일기장이 나에게 자신을 드러냈다.

2019년 3월 16일

오늘 나는 나 자신이 무슨 짓거리를 하고 있는지, 나 자신이 너무나 혐오스럽게 느껴졌다. 나는 목회자인가? 장사꾼인가? 나는 무엇을 하는 인간인가? 10월에 있을 장로 임직 대상자들이 선별되었다. 수년 동안 장로 선출이 없었지만, 교회의 재정적인 문제로 장로 선출이 필요하다는 것이 오늘 아침 회의의 내용이었다. 내가 생각하기엔 당연히 공회를 거쳐야만 하는 사안이다. 그리고 노회의 투표도 거쳐야 한다. 그러나 이러한 과정은 이 교회에서는 필요하지 않는 모양이다. 담임 목사님이 결정하면 그대로 되는 구조…공회는 왜 있는 것인지…그러나 이 모든 것은 그들의 독단으로 나와는 상관이 없는 것으로 치부할 수도 있다. 문제는…나에게 장로 선출 예비 후보들에게 전화를 돌리라는 것이다. 안내 문구들이 적혀 있는 파일을 총무 목사님에게 받고 경악했다. 그리고 나는 이 경악스럽고 수치스러운 일을 해야만 한다.

안내문에는 장로 선출 과정, 장로 고시 등 세부 내용이 적혀있었다. 그리고 가장 하단에 "장로 직을 받으시게 되면, 감사의 표현으로 감사 헌금 3000만 원이 책정되어 있습니다. 가능하신가요?"라는 문구가 적혀있었다. 나는 내 눈을 의심했다.

교회에서 장로 직분을 주고 헌금을 받는 관행은 하루 이틀의 문제가 아니다. 개인이 감사의 마음으로 할 수도 있다. 그러나 가격이 책정되어 있고, 그 가격을 내지 못하면 장로 직분을 받을 수 없다는 것은, 이것은 도저히 용납될 수 없는 일이다.

그러나 나는 이 안내를 해야만 한다. 이것이 정말 교회를 위한 일인가? 이것이 정말 주님의 몸 된 교회가 할 수 있는 일인가? 그리고 이딴 일을 해야 하는 나는 과연 목회자가 맞는가? 그리고 무엇보다 이 부조리를 단호하게 거부하지 못하는 나 자신이 역겹다.

명확해졌다. 그렇다면 움직여야 한다. 나는 일기를 덮고 숙소를 나와 그곳으로 향했다. 그리고 교역자실에 들어가자 총무 목사만이 자리에 앉아 있었다. 총무 목사에게 인사를 건네며 물었다.

"안녕하세요? 다들 어디 가셨어요?"

"아 네 아침 먹으러 갔을 겁니다."

"총무 목사님께선 아침 안 드시나요?"

나는 애써 밝은 목소리로 그를 걱정하는 연기를 쥐어짰다.

"저는 집이 바로 앞이라 집에서 해결합니다."

"아 그렇군요. 혹시 담임 목사님께선 식사하시러 가셨나요?"

"식사 마치시고 2층 목양실에 계실 겁니다."

총무 목사는 지극히 사무적인 목소리로 대답했다. 그러나 이전과는 조금 달랐다. 사무적이지만 적대적이진 않았다. 나는 총무 목사에게 가볍게 목례한 후 급하게 2층으로 뛰어 올라가 담임 목사의 목양실의 문을 두드렸다.

"최재성 목사입니다. 들어가도 되겠습니까?"

안에서는 아무런 응답이 없었다. 그러나 나는 문을 열고 들어갔다. 역시나 이전과 같은 상황이었다. 마 목사는 잠을 자고 있었다. 마 목사는 황급히 일어나 나에게 자리를 권했다. 나는 이전 마 목사와의 만남과는 달리 사뭇 긴장되었다.

'잘하자. 여기서 삐끗하면 끝장이다.'

나는 속으로 다짐하며 담임 목사에게 90도로 깍듯이 인사한 후 최대한 상냥하게 말을 건네었다.

"총회장님께 이야기 전해 들었습니다. 이제 감찰은 마무리하고 올라가 보려 합니다. 그동안 제가 무례한 부분이 있었다면 너그러이 이해해 주십시오."

"이 사람이 참, 당연히 이해하지. 이해하고말고. 감찰이 어디

쉽나? 아무튼 그래요. 그동안 수고하셨네요. 잠자리는 불편하지 않으셨는지 모르겠네."

"아닙니다. 배려해 주셔서 너무 편하게 있었습니다. 그런데 다름이 아니라 한 가지 더 요청드려야 할 것이 있어서요."

나는 미안해서 어쩔 줄 모르는 사람 마냥 양손은 맞잡고 배배 꼬며 그에게 물었고

"뭔데? 편하게 말해 봐요."

마 목사는 입꼬리를 실룩 거리며 대답했다.

"일단, 감찰 보고서 내용을 대략 브리핑 드리면 교회에서 올리신 최초 보고서와 동일하게 김 전도사는 생계 비관으로 자살한 것으로 작성하려 합니다."

그는 갑자기 얼굴이 굳어지며 나를 바라보았다. 나는 그의 반응에서 괴리감을 느꼈다. 요청할 것이 있다고 했을 땐 웃고, 보고서 내용을 자기들이 올린 최초 보고서와 동일하게 맞추겠다는데 인상이 굳어지는 것은 좀처럼 이해가 되지 않았다. 마 목사의 굳은 표정 때문인지 긴장감이 몰려왔다.

"그래서 근거 자료로 재정 자료가 좀 필요합니다."

마 목사는 한차례 고개를 갸웃거리더니 잠시 생각에 잠겼다. 그리곤 수화기를 들고 어디론가 전화를 걸었다.

"박창섭 집사? 난데, 여기 목양실로 잠시 와. 그래. 아니 지금 당장 오라고! 지금 당장!"

그는 수화기를 내려놓으며 다시 온화한 미소를 지었다.

"그래요. 그런 건 내가 도와줘야지. 사람 하나 올 거요. 재정국

박창섭 집사라고 필요한 건 그쪽에 부탁하세요. 마무리 잘해주시고."

곧이어 박창섭 집사가 목양실로 들어왔다. 박창섭, 김 전도사님 휴대폰 메모장에 기록되어 있던 그 이름의 인물이었다. 마 목사는 그에게 나를 소개하며, 요청하는 것이 있으면 다 들어주라 식으로 말을 했다. 그리곤 귓속말로 몇 마디 더 전달했다. 박창섭 집사는 그저 고개만 끄덕일 뿐이었다.

대예배실이 있는 3층 계단을 지나 4층에 재정국 사무실이 있었다. 사무실 안으로 들어가자 박창섭 집사는 째려보는 듯 눈을 가느다랗게 뜨며 필요한 것들에 대해 물었다.

'이 양반이 키멘이다! 표정으로 봐선 날이 서있는데…어떻게 해야 하지? 김 전도사님이 남기신 메모대로 아무것도 요구하지 말아야 하나?'

이런저런 생각이 스쳐지나 갔다. 둘의 사이가 어떠했는지는 몰라도 박창섭 집사가 이미 죽은 김요한 전도사님과의 약속을 지킬지는 의문이었다. 그때 사무실 한편에 마련되어 있는 소파가 눈에 들어왔다. 나는 부드럽게 웃으며, 천천히 걸어 소파에 앉았다. 그리곤 김요한 전도사님을 믿기로 했다.

"집사님, 많이 바쁘세요? 제가 요즘 운동 부족이라 그런가? 두 층이나 계단으로 올라오니 숨이 차네요."

나는 혀를 빼곤 내밀어 헥헥거리는 시늉을 하며 의자에 앉아 그에게 말을 건넸다. 그는 그런 나의 모습이 우스웠는지, 미소를 지으며 음료 하나를 건네며 맞은편 자리에 앉았다.

"어휴 젊으신 분이 그러시면 어떻게 합니까?"

"그러게요. 잠시 숨 좀 돌리고 일하죠. 그런데 집사님은 연세가 어떻게 되세요?"

"올해로 예순하나입니다."

"아이고 정정하시네요. 그러면 여기서 사무 사역하시는 건가요? 아니면 따로 하시는 일이 있으세요?"

"교회 일하면서 살고 있네요. 거창하게 사역이라고 할 건 아니고."

나는 박창섭 집사에게 가족관계나 재정 업무의 힘든 점 등을 물으며 그의 환심을 사려 노력했다. 그렇게 20여 분의 시간을 수다로 보냈다. 점심시간까지 시간을 끄는데 성공한 셈이다. 나는 김요한 전도사님의 메모대로 박창섭 집사에게 같이 식사하러 가자는 제안을 했다. 그러자 박창섭 집사는 놀란 듯이 나를 쳐다보았다. 그는 잠시만 기다려 달라고 말하며 갑자기 업무에 집중했다. 나는 그저 소파에 앉아 그의 뒷모습만을 바라보았다. 점심시간 전에 마무리할 일이 있는 모양인지 그의 프린트기는 쉬지 않고 무언가를 프린터 하였고, 그는 그것을 다시 확인한 후 서류 봉투에 급하게 담았다.

박 집사는 자리에서 일어나며 김요한 전도사님과 있었던 일을 잠시 이야기했다. 그의 말에 따르면, 교회 일을 하면서 김 전도사님을 제외하곤 업무시간에는 교역자들과 식사를 같이 한 적이 없다는 것이다. 다만, 김 전도사님은 가끔씩 사무실에 찾아와 함께 식사하자며 도시락을 사들고 오셨다고 했다.

몇몇 교회들이 이런 짓거리를 한다. 교회에서 일하시는 집사님들이나 사무 보조를 보시는 분들에 대해서 선을 긋는다. 같이 교회 공동체를 위해 일을 한다고 해서 '동급'이라고 생각하지 못하게 만드는 일종의 '갑질'이다. 김 전도사님을 제외하곤 여기도 마찬가지 짓거리를 하고 있는 모양이었다. 그는 나와 식사로 괜히 교역자들에게 혼나는 것은 아닌지 걱정이 되는 모양이었다.

　"김 전도사님께서는 끝까지 모르셨겠지만, 저와 같이 식사했다고 총무 목사님께 혼나셨다는 걸 제가 알고 있었습니다. 그래도 김 전도사님은 그런 것 한 번 내색 안 하시고 기회만 되면 같이 밥을 먹어 주셨죠. 보통은 제가 혼자 밥을 먹거든요. 나이를 먹어도 혼자 밥 먹는 건 참 외로운 일이죠. 이젠 그 밥 친구도 없네요."

　"어휴 많이 외로우셨겠네요. 부담되시면 제가 주차장에 먼저 내려가 있을게요. 조심히 내려오세요. 저 때문에 업무가 느셨는데, 밥 한 끼 사야죠."

　나는 말을 마치고 그의 동의도 구하지 않은 채 곧장 사무실을 나와 주차장으로 향했다. 잠시 후 박창섭 집사가 내려왔다. 나는 그곳에서 15분 정도 떨어진 패밀리 레스토랑으로 향했다. 식사는 꽤 즐겁게 이어졌다. 나는 박창섭 집사에게 김요한 전도사님의 일이나 재정의 흐름 등과 관련된 일에 대해서는 일절 묻지 않았다. 그저 박창섭 집사의 살아온 인생에 대해 묻고 또 들어주었다. 박창섭 집사는 자신의 삶의 이야기들, 자식들의 이야기들을 꽤 긴 시간 늘어놓았다. 그렇게 나는 박창섭 집사에게 즐거운 식사 시간을 선물해 주었다. 교회로 다시 돌아온 후 그는 나에 대한 경계심이 많이 사라진 듯했다. 그는 사무실 소파에 앉아 있는 나에게 커피 한 잔과 잔잔한 미소 그리고 서류 한 뭉치를 내밀었다. 서류는 이미 준비되어 있었다.

"목사님, 뒤를 잘 부탁드립니다."

그는 어떤 설명도 붙이지 않았다. 나 역시 더는 묻지 않았다. 아무 말 없이 그가 내민 서류를 받아 가방에 밀어 넣으며 그를 올려다보았다. 그는 미소 짓고 있었고 평안해 보였다.

그렇게 필요한 자료와 서류의 상당수를 얻을 수 있었다. 김요한 전도사님의 급여 내역을 비롯하여 담임 목사를 포함한 모든 교역자들의 급여 지급 정보와 판공비 및 복지 자금과 연금 정보들 그리고 교회의 재산 목록들까지.

✝

"생각보다 심각해요."

"특히 어떤 부분이?"

"이것 좀 보세요."

나는 박창섭 집사에게 받은 자료를 그에게 넘겨주며 말을 이어갔다.

"부교역자들 사례비랑 담임 목사 사례비 차이가 20배가 넘어요. 그리고 담임 목사님 사모님도 간사로 등록되어서 사례비를 받고 있어요. 또 여기 총무 목사가 담임 목사 아들인데 같은 연차 목사들 보다 50%는 더 받고 있어요. 더 충격적인 것은 담임 목사 연금으로 년에 교회에서 지출하는 내역이 부교역자들 연봉의 10배예요."

나는 서류들을 책상에 펼쳐 손가락으로 주요 부분들을 쿡쿡 짚으며 설명해 갔다.

"이 개스…이건 마 씨 일족 기업이구먼. 교회가 패밀리 비즈니스네. 그런데 연금을 교회에서 다 대납하는 거야? 성도들이 이런 것을 알까?"

"글쎄요. 성도들이 아는지 모르는지는 모르겠네요. 그리고 교회 재산 목록에 보니깐 담임목사 자가용도 교회 재산으로 되어 있네요. 그렇다는 건…"

"세금 한 푼, 기름 한 방울 자기 돈으로 안 넣는다는 소리겠지. 요즘 다들 이 짓거리를 한다고는 하지만, 다들 정말 너무하네. 이 사람들은 주님이 다시 오실 것을 안 믿나 보네."

"부동산 목록도 보면 가관입니다. 일단 이 교회가 부동산이 상당히 많아요. 특이한 건 교회가 경기도에 있는데 충청도에 부동산이 상당해요. 그리고 아파트도 세 채를 가지고 있는데, 두 채다 담임 목사와 총무 목사 사택입니다. 그리고 다른 부교역자들 사택은 없어요. 교회 근처에 두 채가 있고, 충청도에 한 채가 더 있는데 용도가 담임 목사 사택으로 되어 있어요. 그리고 교회 수련관도 올해 매입에 들어갔어요. 수련관도 역시 충청도예요."

"왜 충청도에 부동산이 있지? 그것도 알아봤어? 그리고 아파트는 왜 또 두 채 플러스 한 채 인거야? 경기도에 아파트 하나 있고 아들놈 아파트까지 있으면 됐지!"

"담임 목사가 충청도 사람이에요. 그리고 충청도에 있는 아파트의 쓰임이 명확한 것은 아닌데 담임 목사 사택으로 표기되어 있는 것으로 봐선 담임 목사가 원로 목사가 되면 아마 고향에 내려가서 지내려고 마련해 둔 것 같습니다. 그리고 여기 수련관 목양실 설비 견적 좀 보세요."

나는 서류에 나열되어 있는 숫자들 중 한 부분을 손가락으로 가리키며 핏대를 세우고 말을 이어갔다. 서류를 바라보는 나의 눈동자엔 핏발이 서 있었다.

"노욕도 이런 노욕이 없어요. 목양실에 왜 천만 원이 넘는 진공관 오디오 시스템을 집어넣는 건지. 미치지 않고서 이런 짓거리를 할 수 있을까요?"

진공관 오디오 외에도 목양실에 들어가는 물건들의 금액은 상상을 넘어서는 것들이었다. 목록에 버젓이 적혀있는 명품들의 이름은 부아를 치밀어 오르게 했다.

김철민 목사는 주먹으로 가볍게 책상을 두 번을 친 후 확신한 듯 말을 이어갔다.

"오케이. 진단 나오네. 이 양반 애향심이 엄청 나시네. 말년에 수련관 올리는 것도 뻔한 이야기지. 결국 은퇴하면 여기서 한자리 차고 있을 생각이신 것 같네. 정말 아방궁도 이런 아방궁이 있을까? 세습을 왜 하려는지 알겠다. 세습이 아니면 분명 후임 목사를 통해 정죄될 것 뻔하고. 결국 돈을 지키기 위한 세습이네. 그렇지?"

"네. 김요한 전도사님 일기에 나와 있더라고요. 보자. 여기 이 부분 읽어 보세요."

나는 김철민 목사에게 일기를 보여주며 동시에 소리를 내어 읽어 내려갔다.

성도들의 노동의 대가로 얻은 피땀 흘린 돈들이
자신들의 착복을 위해 이용되고 있다.
그리고 이제는 이 부정의 죄악을 대물림하려 한다.
그들은 그들만의 왕국을 계승하기 위한 계획을 짜고 있다.
타교단의 교역자만을 부교역자로 뽑아 경쟁자를 모두 제거했다.
성도의 헌금, 하나님께 드려진 예물로 착복에 착복을 더하고 있다.
막아야 한다.
나의 양심이 지금 이곳에서 이 모든 것에 저항하라고 충동질한다.
마 씨네 교회가 아닌 예수 그리스도의 교회로!
성도들의 모임으로 되돌려야 한다.
어떠한 대가를 치루더라도!

김 전도사님의 글을 읽으며 목이 메고 눈시울이 붉어졌다. 하지만 지금은 울 수 없다. 아니 아직은 울 자격도 없다. 이 일을 완수하기 전에는. 읽기를 마치자 바로 김철민 목사는 입을 열었다.

"이 정도면 우리가 추측한 것들이 딱딱 맞는 것 같은데?"

김철민 목사는 잠시 생각에 잠겼다. 그리고 다시 입을 열었다.

"정말 기가 막힌다. 그런데 이 짓거리들이 다 그곳의 공회에서 승인한 것이라면 교단 법으로 걸 수가 있나?"

"사적으로 유용한 것이란 것을 밝히면 되는데 쉽지는 않을 것 같아요…또 이게 도의적으로는 당연히 문제가 되겠지만 개교회가 장로회를 소집한 공회를 통해 승인한 것이라면 교단 차원에서 치리(治理) 하는 것은 어려울 것 같아요."

"그렇지. 내정 간섭되는 거지. 거기다가 입금까지 했으니. 아, 머리 아프네. 방법이 없나?"

"김요한 전도사님도 나름 방법을 찾아보셨던 것 같아요. 결국엔 방법을 못 찾았던 것 같지만."

"그래서 극단적인 선택을 한 건가?"

"네. 김요한 전도사님 노림수는 이슈화되는 것이었던 것 같아요."

"정말 교회를 사랑하셨나 보네. 진심으로 존경스럽다. 나 자신이 부끄럽기도 하고. 그런데 어떻게 하냐? 전혀 이슈화가 안…"

"그거네요. 목사님! 이슈화를 우리가 시키면 되잖아요?"

나는 흥분된 목소리로 소리 질렀다. 그러나 김철민 목사는 아무 대답도 하지 않았다. 한동안 침묵이 흘렀다.

"이슈화라…최 목, 이제부터 진짜 중요한 이야기가 될 거야. 자 봐라. 총회를 넘어서서 이슈를 한다는 건…지금 현행 교단법을 넘어서는 행위야. 그게 정당할까? 그리고 교단법을 넘어서면 총회에 사직서 내고 나오는 수준이 아니라…"

그의 목소리에서 망설임과 두려움이 느껴졌다. 그도 알고 있을 것이다. 이 일을 했을 때, 우리에게 어떤 화살들이 날아들지를.

"목사님과 제가 여기서 의견이 갈리는 것 같네요. 목사님 교계가 자체적으로 정화할 능력이 없는데, 그럼 어떻게 할까요? 기독교인에게 자살이 의미하는 것이 뭔지 아시잖아요? 한 명의 젊은 목회자가 자신의 구원까지 던지면서 바로잡고자 한 일입니다. 그 사람은 그만큼 교회를 사랑했고, 하나님을 사랑했고, 그리스도를 사랑했었어요. 자기 구원을 던져서라도… 무슨 뜻인지 알잖아요. 솔직히 이게 그곳만의 문제라고 생각하세요? 아닌 것 알잖아요. 교회가 이러면 안 되는 거잖아요! 교회가…교회가 정말 이러면 안 되는 거잖아요! 이거 교단 안에서 해결하려고 하면…아니! 절대 못해요. 다들 같은 욕망으로 살아가는 인간들인 것을 아시잖아요! 교계가 자체적으로 자정할 수 있었으면 이미 했었어야죠. 교단 안에서 뭔가 해 보시겠다? 그거 바보짓이에요. 진짜 몰라서 이러시는 거예요?"

나는 흥분된 목소리를 감출 수가 없었다. 그리고 말을 이어 갔다.

"목사님 우리는 교회를 파괴하기 위해 이러는 것이 아닙니다. 오히려 바로잡고 교회가 교회로 다시 설 수 있기 위해서 해야만 해요. 그 어떤 결과가 우리를 집어삼킨다고 해도 이건 해야만 한다고요. 지금 이딴 짓거리가 아무런 죄의식조차 없이 벌어지는 교회, 그건 교회가 아닙니다!

김요한 전도사님이 그곳 엿 먹으라고 자기 목숨 던지면서까지 아무도 듣지 않는 영혼의 비명을 지르면서 떠난 것이 아니잖아요.

본인은 얼마나 무서웠겠어요. 홀로 앉은 차 안에서, 마지막의 순간 아내에게도 전화 한통 못하고, 자식 얼굴 다시는 어루만져 주지도 못할 그 상황을 선택할 때, 본인은 얼마나 두려웠겠어요? 가족들에게 얼마나 미안했겠어요?

이걸 외면하면서 스스로 하나님의 종이라고, 목사라고 말씀하실 수 있으세요? 진짜 이건 아니잖아요. 최소한의 양심이 우리에게 주어졌다면, 우리가 스스로 그리스도인이라고 주둥이로 나불거릴 거면 절대 외면하면 안 돼요. 교단법이고 나발이고 하나님보다 앞서는 것은 없어요. 우리의 양심을 앞설 순 없단 말이에요. 교단이니 뭐니 하는 제 식구 감싸기 하면서 묻어버리면 안 돼요.

진짜 교회를 지키는 일이 무엇인지 아시잖아요! 하나님의 나라와 그분의 백성들을 지키는 일이 무엇인지 아시잖아요! 교회의 본질과 현실을 구분하셔야 합니다. 우리는 본질을 파괴하겠다는 것이 아닙니다. 지금의 교회의 현실이 스스로 개선할 어떤 여력도 없다는 건 동의하시잖아요? 본질을 지키기 위해 구조를 바꿔야 합니다. 구조적 개혁을 위해선 당연히 어떤 작용이 필요하고요. 하지만 슬프게도 교회 내부에서는 그 어떤 작동도 할 여력이 없어요. 김요한 전도사님은 그걸 알게 된 것이고요. 이제 와서 두려우신 거예요? 이 사건 끝까지 싸우지 못하고 주저 않을 거면 목사? 저는 그런 목사직은 필요 없습니다.

설경구가 공공의 적에서 그러더군요. 나쁜 놈 못 잡는 검사가 검사냐고. 그것 못하면 검사 안 한다고. 쪽팔려서. 영화 속 검사도 이 정도의 의기는 있는데 우린 목사잖아요! 하나님 앞에 부름받은 자들이잖아요!"

나는 김철민 목사의 눈을 노려보며 쏘아대었다. 그러나 나의 기대와는 달리 그의 눈은 정직했다. 눈꺼풀은 약하게 떨리고 있었고 눈동자에는 두려움이 가득했다.

"최 목, 솔직히 목사직까지 거는 건 좀 무섭다."

그는 이 한마디를 던지고는 입을 닫았다. 그리곤 천천히 고개를 돌렸다. 그의 등이 파르르 떨리고 있었다. 두려움 때문일까? 아니면 결국 여기서 무너지는 자신에 대한 부끄러움 때문이었을까? 그는 나를 다시는 쳐다보지 못했다. 그저 고개를 돌리고 떨고만 있었다.

그렇다. 우리는 교단에서 일하는 사람들이기에 교단법을 넘는다는 것의 의미를 누구보다 잘 알고 있다. 그의 진술은 정직한 이야기였다. 사실 이 사건은 단순히 개교회 하나를 상대하는 것이 아닌 한국교계 전체와 싸우는 일이 될 것이 뻔했다.

일게 목사 둘이 상대하기에는 너무나 거대한 존재가 우리가 할 행동에 어떻게 적의를 드러내고 공격하고 짓밟을 지가 명확한데 두렵지 않다면, 그건 정신병자거나 유아적 인간일 것이다. 패배가 자명한 전장 앞에 선 인간이 어찌 두렵지 않을 수 있겠는가? 연민이었을까? 나는 처음으로 김철민을 와락 안았다. 그리곤 그의 귀에 작지만 명료하게 말했다.

"고맙다, 철민아. 허세 부리지 않고 정직하게 말해줘서 고맙다. 여기까지라도 함께 해줘서 고맙다. 두렵다면 나 혼자 짊어질게."

나의 갑작스러운 포옹에 놀란 건지 아니면 나의 말에 놀란 건지 그는 이전 보다 더욱 떨고 있었다. 그 떨림이 나에게 전해졌다. 나는 그가 원망스럽지도 답답하지도 않았다. 올바름을 아는 것과 올바르게 살아가는 것은 전혀 다른 문제이다. 올바르게 살지 못한다고 비난할 순 없다. 다만, 안타까울 뿐.

나는 포옹을 풀며 아무 말 없이 그의 회피하는 시선을 억지로 바라보았다. 그는 여전히 말이 없었다. 그렇게 약간의 시간이 지날 동안 나 역시 아무 말이 없었고 그도 여전히 없었다. 그 침묵은 김철민 목사의 웅얼거림으로 천천히 그리고 조용히 사라져갔다.

"뭐?"

나는 명확하게 들리지 않는 그의 웅얼거림 속에서 두 단어는 선명하게 들려왔다.

"미안합니다. 김 전도사님."

나의 되물음에 그는 다시 나를 바라보며 천천히 그리고 신중하게 또박또박 말을 이어갔다.

"겁나네. 막상 하려니 많이 무섭고. 그런데 용기란 무섭지 않은 것이 아니라 무섭지만 해야 할 일을 하는 것 아니겠어? 그래도 하자. 나는 감히 하나님을 위해서 하겠다고는 못하겠다. 그런데 김요한 전도사를 위해서 해보자. 아니 그것도 너무 주제넘는 이유야. 난 목사라고 명찰 붙이고 있는 나 자신을 위해서 해야겠다. 쪽팔리지 않게. 우리가 김요한 전도사의 이웃이 되어보지 뭐."

그의 이 말이 끝남과 동시의 나는 그에게 꽉 쥔 주먹을 내밀었다. 그도 자신의 주먹을 꽉 말아지고 나의 주먹에 화답해 주었다. 그렇게 우리의 의지는 마주쳤다. 그러나 그 마주침의 울림은 여전히 불안했다. 불안한 마주침이라도 마주침은 마주침이다! 마주쳤으니 이젠 사건을 일으킬 차례였다. 우리는 긴 책상에 마주 앉아 대화를 이어갔다.

"실수 없이 그리고 속전속결로 터트려야 해."

"김 목사님, 우리에겐 두 가지 문제가 있어요. 먼저 언론에 제보하려고 해도 언론을 믿을 수 있을까요? 언론이 오히려 이걸 건수로 금전적 거래를 할 수도 있어요. 그리고 다음으론 성도들입니다. 만약 보도해 줄 언론을 찾는다고 해도 성도들이 언론 보도에 대한 신뢰도가 낮으면, 보도 내용 자체를 안 믿어버리면 소용이 없어요. 그리고 마녀사냥식의 자극적인 보도는 자칫 우리 의도를 벗어난 결과를 만들 수 있어요. 이 내용들은 성도들의 반응이 중요한 것이니깐. 비기독교인들의 여론이 아무리 들끓어도 그런 건 큰 도움이 안 돼요! 엠에스 교회 사태 보면 답 나오잖아요. 결국 교인 여론이 중요한 것이고 이 여론을 만들 수 있는 언론을 찾아야 해요."

나의 말에 김철민 목사는 고개를 끄덕이며 말을 받았다.

"그러니깐 언론 선택이 중요하네. 성도들에게 거부감이 없으면서 신뢰도가 있어야 하는 언론이라. 그런 언론이 있나?"

"찾아야죠. 그동안 관심이 없어서 몰랐던 분야이니 찾아보면 있지 않겠어요? 교단 차원에서 일을 해결할 것이 아니니 시간적으로 여유가 있잖아요."

"그건 너무 낙관적으로 생각하는 것 같은데. 최 목, 보라고. 결국 자기 이름으로 기찰 보고서는 올라가게 될 것이고 내가 승인해서 올릴 것 아냐? 그런데 그것과는 정반대의 내용을 언론에 우리가 제보해봐. 그러면 반대쪽에서 어떻게 나올까? 우리 이름의 보고서를 들이밀면서 언론 보도가 거짓이고 선동이고 날조라고 반격할 거야. 그러면 제보 당사자인 우리 진술의 신뢰도도 바닥을 칠 거란 말이지."

그는 뛰어난 행정가다웠다. 그가 없었다면 과연 이 일을 내가 끝까지 할 수 있을까?라는 물음마저 들었다.

"혼란스럽네요. 그럼 보고서와 제보를 어떻게 해야 된다는 거죠?"

나는 머리를 긁적이며 김철민의 입이 열리기를 기다렸다.

"잘 들어. 이건 투 트랙으로 가야 돼. 그리고 거의 동시에 이루어져야 돼. 타이밍이 기가 막혀야 된다는 말씀이지. 그놈들 비리와 부정에 대한 폭로를 위해 김 전도사님 자살했다는 보고서가 채택될 확률은 제로야. 제로일 뿐만 아니라 우리 둘 다 징계 먹거나 권고 아닌 권고사직 당할 거야. 그리고 자기도 잘 알겠지만 여기가 회사가 아니잖아.

우리가 올린 보고서가 폐기되는 것과 동시에 기록에 남지도 않거든. 그런 것 지우는 거야 일도 아니잖아. 이런 보고서가 올라왔고, 권고사직을 당했다가 아니라 보고서가 올라온 적이 없는 것이 될 확률은 백 퍼센트. 그리고 우린 김 전도사님 최초 보고서처럼 어이없는 이유로 사직 처리 될 거야. 청진기 대면 진단 나오잖아."

"그럼 어떻게 해요? 뭘 어떻게 하라는 겁니까?"

나는 순간 억장이 무너지는 감정을 느끼며 김철민에게 버럭 소리를 질렀다. 그러나 그는 아무런 감정적 동요 없이 말을 이어갔다.

"제일 좋은 방법은 그 부장 장로 있잖아. 김 전도사님 존경하는. 이름이 뭐였지?"

"허승억 장로."

"그래. 그 허승억 장로에게 교회 자금 사적 유용 의혹으로 기찰 요청서를 받아오는 거지. 장로에게는 권한이 있으니깐. 김 전도사님 기찰 보고서 보류하고 동시에 지금 자료들 언론에 뻥! 하면 총회에서도 이걸 은폐하기엔 부담이 되지. 그러면 추가 기찰 사역이 배정될 것이고, 자기랑 나는 전혀 모르는 일인 척하면서 동시에 내가 최 목을 기찰 목사로 적극 추천하는 거지. 어때? 그림 좀 그려지지 않아?"

"글쎄요. 난 잘 모르겠는데요. 일단 허승억 장로가 그걸 해줄 확률은 거의 없다고 봐요. 아니 그건 안돼요. 그곳의 장로가 많지가 않아요. 딱 세 분입니다. 그러면 지금 돌아가는 꼬락서니들을 장로들이 모르지 않을 거고 또 공회 승인받아 움직였다면, 허승억 장로가 공회원일 건데 자기 발을 찍겠어요? 장로가 많으면 파벌 싸움이 있어서 공작이라도 해보겠는데 여긴 그런 곳이 아니에요. 마 목사가 그곳의 시스템을 정말 자기 권력에 대항할 수 없도록 기가 차게 만들어 놨어요. 장로는 절대 안 움직일 겁니다. 오히려 저희 계획만 노출되는 꼴이 될 거예요."

"다른 방법이 없잖아!"

김철민은 짜증 섞인 목소리로 툭하니 말을 뱉었다. 그리고 그의 계책에서 그의 본심이 보였다.

"목사님, 지금 자리 보존하고 싶죠?"

"뭐? 옷 벗을 각오하고 있다니깐!"

김철민 목사는 화를 버럭 내며 대답했다. 그러나 그의 화는 분노의 화가 아닌 감추고 싶은 속마음을 들킨 인간의 자기방어였다.

"내가 보기엔 아닌 것 같아요. 우리 자리를 보존하는 범위 안에서 계획을 짜시잖아요."

김철민 목사는 아무 대답을 하지 않았다.

"그럼 최 목 계획은 뭔데?"

"보고서 올립시다. 대신 보고서는 사본을 꼭 만들어 놓고요. 보고서 올라가면 총회장님 바로 호출 나올 것이고. 그리고 구두로 징계 명령이 내려오겠죠. 그런데 징계든 뭐든 공식적인 결과가 내려오려면 절차상 시간이 좀 걸리잖아요. 총회에서 우리가 언론 공개를 하려고 한다는 것은 전혀 예상 못 할 것 아니에요? 그 시간적 틈을 노려서 언론에 공개하는 거죠."

"최 목은 옷 벗는 것을 당연한 것으로 깔고 가는 거네. 하아. 꼭 그래야만 하겠어?"

김철민은 이마에 손을 대고 깊은 한숨을 토해냈다. 결국 그는 자신의 진심을 입으로 뱉은 꼴이었다.

"잠시 생각할 시간 드릴게요. 꼭 같이 안 하셔도 되요. 목사님이 보고서 결재를 안 해줘서 내가 총회장실에 직접 찾아가는 그림으로 가도 돼요. 내가 목사님 생계를 책임질 수도 없는데 강요할 순 없죠."

나는 말을 마치고 김철민 목사에게 생각할 시간을 주었다.

나는 그에게서 등을 돌리고 창밖을 내다보며 그의 대답을 기다렸다. 그날 호텔에서 주님을 만나지 못했다면, 나 역시 두렵고 무서워 결국 포기했을 것이라 생각되었다. 나 역시 아내의 병원비가 필요하고, 밥을 먹고 살아야 하는 생계를 짊어진 인간이다. 그렇다. 인간의 양심과 의지는 밥그릇 앞에서 나약한 것이다.

인간이 그렇다는 것을 누구보다 잘 아시기에 주님께선 그날 밤 날 만나주신 것이리라. 세상이 감당할 수 있는 인간이 아닌 세상이 감당치 못하는 인간만이 세상과 싸울 수 있다. 그리고 그것은 인간의 내적 능력이 아닌 절대 타자이신 하나님이 주시는 능력 안에서만 가능한 싸움이자 존재의 모험이며 도약이리라.

"최 목은 무섭지도 않아?"

등 뒤로 김철민 목사의 목소리가 들려왔다.

"김 목사님은 정확히 뭐가 무서우세요?"

"뭐가 무섭다니? 무슨 말이지?"

"감정에는 대상이 있어요. 무서움이라는 감정을 발생하게 만드는 대상이 있으실 것 아니에요? 목사님은 총회가 무서우세요? 아니면 사직했을 때 일어날 생계 문제가 무서우세요? 그것도 아니면 남들의 시선이 무서우세요?"

나는 여전히 그를 등지고 질문을 이어갔다. 등 뒤로 그의 한숨소리가 작은 파도처럼 물결치며 밀려왔다.

"흠…난 목사야. 이건 나의 정체성 같은 거야. 어릴 때부터 목사 외에 다른 것은 생각해 본 적 없거든. 그런데 목사가 아닌 나를 생각하는 것 자체가 두려워."

"목사란 복음을 전하는 사람이자 복음대로 살려고 노력하는 인간이죠. 그런데 복음대로 살지 않는 목사가 정말 목사로 의미가 있을까요? 운전면허증 있다고 운전수가 되는 것 아닙니다. 운전을 해야 운전수가 되는 거죠. 목사님께선 면허증 안고 살아가세요. 저는 운전을 하겠습니다."

나는 김철민 목사를 향해 천천히 등을 돌려 그를 마주 보았다.

"김철민 목사님, 저도 두렵습니다. 그런데 두려움의 대상이 목사님과는 다른 것 같네요. 목사 타이틀 이건 별것 아닙니다. 목사의 타이틀이 아닌 목사로서의 삶을 사는 것이 중요하죠. 제가 두려워하는 것은 주님입니다.

내가 주님을 만나는 그날, 나에게 '너는 악한 종이다.'라고 선언하실까 두렵고 '너는 나의 마음을 아프게 한 자이며 내 아버지의 집을 더럽힌 자이다.'라 선언하실까 두렵습니다. 내가 사랑하고 사랑하는 나의 주인이신 예수 그리스도께서 '나는 너를 도무지 모른다.'고 선언하실까 봐 두렵고 내가 주님의 마음을 아프게 할까 봐 두렵습니다.

목사님은 김철민의 삶을 사세요. 저는 주님 앞에 부른 받은 군사의 삶을 살겠습니다. 저는 두렵기 때문에 하나님의 나라를 위해 그리고 그의 백성들을 위해 싸우겠습니다."

나는 아주 천천히 다시 등을 돌리며 한 걸음, 한 걸음 그에게서 멀어져 갔다. 그러나 김철민은 나를 잡지 않았다.

올바름을 아는 인간과 올바름으로 사는 인간은 삶의 밀도가 다르다. 김철민 목사는 김철민으로 살아갈 것이다. 그러나 나는 지금부터 하나님의 군사로 부른 받은 자로 살아갈 것이다. 그렇게 나는 단독자로 살아가게 될 것이다. 하나님 앞의 단독자로.

✝

"최 서방, 전화를 했으면 말을 해야지? 뭔 일이 있어야?"

"장모님…"

"왜 이래싸? 최 서방 뭔 일이래?"

"죄송합니다."

"뭐가 죄송 혀?"

"장모님, 저 총회에서 나와야 할 것 같아요."

"그려? 그거 듣던 중 반가운 소리구먼. 어디 청빙 받았어?"

"아니에요…"

나의 대답에 휴대전화는 한동안 아무런 대화도 전달하지 않았다.

"그려. 힘들 땐 쉬어야지. 그동안 우리 사우 열심히 했잖여. 사람이 쉴 때도 있어야지."

"죄송합니다."

"아니여. 그래서 사직서를 쓴 거여? 쓸 거여?"

"아직은 아닌데 조만간 그렇게 될 것 같습니다."

"그려. 알았으. 우리 사우가 알아서 잘 하겠지만, 내 노파심에 한소리 하면 뭐든 기도하고 결정햐. 기도하고. 주님 앞에 정직하게 하면 그게 정답이여. 꼭 주님께 묻고 기도하면서 매사를 결정혀야. 알았지? 우리 사우 힘내. 내도 기도할게. 그리고 여는 신경 쓰지 말어."

"네. 감사합니다."

"그려. 밥 잘 챙겨 묵고. 한국인은 밥심이여. 알겠지?"

"네. 이만 끊겠습니다."

전화를 끊자 순간 외로움이 밀려왔다. 김 전도사님도 이런 외로움을 느끼셨을 것 같았다. 하나님 앞에서 정직하게 산다는 것이 이처럼 외로운 것임을 익히 키에르케고어가 말하지 않았던가! 하나님 앞의 단독자로 산다는 것, 그 길의 외로움을 그는 통찰했었고 우리에게 가르쳐 주었다. 그러나 아는 것과 겪는 것이 다르듯 이 거룩한 외로움을 마냥 즐길 수가 없었다. 허나 그렇게 살아야 한다. 가족에게도 누구에게도 온전히 설명해 줄 수 없는, 오롯이 홀로 감당해야 하는 것이 복음의 길이기에 나는 이 길을 가기로 결단하고 결단했다.

교회를 살리기 위해, 도적의 소굴이 아닌 아버지의 집으로서의 교회를 재건하기 위해 싸워야 하는 싸움이라면 나는 피하지 않겠다.

✝

"최 목 보고서 잘 받았어. 더 이상 내가 도울 수 없어서, 용기가 없어서 미안해. 나는 결제 서명 안 하고 자기가 보낸 보고서들고 지금 총회장실에 들어갈 거야. 총회장님 전화 오면 바로 녹취 들어가. 내 역할은 여기까진가 보다. 정말 미안하다."

"네."

김철민의 전화를 끊고 채 5분이 지나기 전에 총회장에게 전화가 걸려왔다. 그는 노발대발하며 보고서 철회하라고 소리쳤다.

"최재성이 마! 너 마! 미쳤어? 마 목사가 이번에 총회에 얼마나 헌신했는지 알아? 헌신하는 사람을 도둑놈으로 몰아세우고 너는 정신이 있어? 없어?"

"어떤 헌신을 하셨는데요?"

"이번에 총회 회관 올리는데 일억 오천이나 헌신했다. 그리고 기찰 끝나는 대로 일억 오천 더 헌신하신단다. 이렇게 하나님 일에 헌신적인 분인데 네가 그런 분을 삯꾼으로 몰아?

알아들었으면 당장 보고서 철회하고 내가 김철민한테 말해 놓을 테니깐 김 목사가 지시하는 대로 보고서 써서 올려. 알아들었어?"

"총회장님! 보고서 철회는 없을 겁니다. 그럴 수 없습니다."

"뭐? 이거 갈 곳 없는 놈 데려다 입혀주고 재워줬더니 주인 손을 물려 들어? 너 사직서 들고 당장 뛰어 들어와."

"목사님, 사역자들의 주인은 당신이 아니라 주님 한 분이십니다. 교회의 주인은 오직 주님 한 분이십니다."

"뭐 이 자식아! 이게 잘한다, 잘한다 하니깐 정신을 못 차리네. 너 혼자 깨끗해? 네가 볼 땐 다 더러워 보이지? 그런데 이것 다 필요한 거야! 평생을 헌신했는데 그 정도 보상은 있어야 목사 하지.

이런 짓거리하는 놈이 네가 처음일 것 같아? 너같이 앞뒤 분간 못하고 날뛰다가 매장된 놈들이 얼마나 많은 줄 알아? 어리석은 놈. 당장 사직서 들고 들어와. 너 같은 놈은 당장 잘라 버려야 돼! 내가 너 교계 어디에서도 발 못 붙이게 만들어 줄게. 어디서 가르치려 들어!"

그는 자신의 말을 마친 후 전화를 끊어버렸다.

"박 기자님 잘 들으셨죠?"

"네. 녹취도 다 됐어요. 유전무죄 무전유죄는 교회에서도 예외는 아닌가 봅니다. 사회도 사회지만 교회 내 갑질도 만만치 않네요. 참 유치한 언어폭력 잘 들었습니다."

그의 말의 나도 모르게 쓴웃음이 새어 나왔다. 어쩌면 세속보다 더 갑질을 갑질이 아닌 권위로 위장되고 인식되는 곳이 교계이니. 그러나 이 정도 갑질은 지금 내 앞에 놓여 있는 죄악의 문서들에 비하면 애교 수준이었다.

"여기 재정 유용과 관련된 자료들입니다. 이 정도면 충분히 이슈화 시키실 수 있을 겁니다."

나는 박 기자에게 그곳의 재정 자료를 넘겼다. 박 기자는 말없이 자료를 넘겨받았다. 그리곤 자료를 그 자리에서 하나, 하나 펼쳐보기 시작했다.

그는 자료를 넘겨보며 꼼꼼히 질문했다. 어느 정도 자료에 대한 이해가 끝나자 박 기자는 탁자를 가볍게 내려치며 작은 한숨과 함께 입을 열었다.

"이야. 왕이네요. 왕! 목사라 쓰고 왕이라 읽어야겠네요. 통신비, 정수기 렌털료, 인터넷 이용료에 억대 연봉에 연금까지 다 교회 재정으로 해주는군요. 은퇴 후 살 왕궁도 만들어주는데 이런 작은 비용까지 한 푼도 자기 돈이 나가는 것이 없다니! 진짜 왕이네요. 하나님도 부러워하시겠어요."

박 기자의 말은 나도 모르게 얼굴이 수치심으로 붉게 타오르게 했다. 수치스럽고 부끄러운 현실. 내가 목사라는 것이 이처럼 수치스럽게 느껴진 적은 없었다. 그러나 이 수치의 죄악을 덮어버리는 것은 더욱 수치스러운 일이다. 나는 말없이 고개를 끄덕이며 박 기자의 말에 동의해 주었다.

자료에 대한 설명을 모두 들은 박 기자는 자료들을 다시 정리해 자신의 가방에 넣었다. 박 기자는 자리에서 일어나며 나에게 악수를 청했다.

"데스크 승인 떨어진 취재입니다. 빠르면 이틀! 길어도 일주일 안에 기사화될 겁니다만…개인적으로는 목사님이 걱정되네요. 그래도 목사님 같은 분이 계셔서 다행이라는 생각도 듭니다. 아시겠지만 저 역시 기독교인입니다. 기독교인으로서 목사님께 감사를 드립니다. 그리고 한 사람으로서 존경심을 느낍니다."

나는 박 기자와 헤어진 이후 바로 총회로 향했다. 생각보다 기분이 나쁘지 않았다. 홀가분한 기분은 나도 모르게 찬양 한 곡조를 흘러나오게 했다. 나 자신이 대견스럽기까지 했다. 기분 탓일까? 햇살마저 따사로웠다. 그러나 자칫 풀어질 수 있는 마음을 다잡았다.

'이제 시작이군. 난 하나님의 나라를 위해 끝까지 이 싸움을 싸워야만 해. 전쟁의 이김은 여호와께 있으니 결과는 하나님께 맡기자. 그들은 두려움의 대상이 아니다. 오직 주님만을 두려움과 떨림으로 사랑하고, 그분의 복음을 위해 싸우자. 그리고 반드시 이길 것을 믿자! 그분은 우리를 포기하지 않으실 테니깐.'

대제사장들과 서기관들이 듣고 예수를 어떻게 죽일까
하고 꾀하니
이는 무리가 다 그의 교훈을 놀랍게 여기므로
그를 두려워함일러라

마가복음 11장 18절